爱情,限量版

C'EST QUOI L'AMOUR?

文字
摄影

刘若英

小练坐在灰色的沙发上看着书，小映把头枕在小练的大腿上，身体平躺在沙发上，两只脚随着她高兴地晃啊晃着，脑子里或者说胡思乱想，或者说"什么都没想"，这是小映最喜欢的状态。

他们家整洁有序，乍看很像家居图录，就连他们两个在家随意穿的，感觉都是搭配过的！细致一点地看，可以见到图录上没有的生活细节：两人一起在乌布山区的鬼脸照片；牙膏的盖子只扭到一半，盖口凹凸不平的是牙膏渣子；书架上的书明显分为两边，一边全是财经、管理之类，另一边多是言情小说跟漫画。这是宜家也好、无印良品也好，都是图录上不会有的画面。当然属于小练的那一边书架上偶尔也会有漫画出现，但绝对是科幻、恐怖之类的。客厅的角落有着一把像是小时候我们骑的木马摇椅，但特别的是，马变成了熊。那是小映26岁生日时小练送的礼物，小练总笑喜欢熊的小映爱蜷着身子晃啊晃的。电视机很小，因为他们两个都不爱看电视，两台笔记本电脑随意地散落，一台Mac，一台PC，虽说互不相容，但也安然无事地依傍在一起，只是各有各的主人。

小练在投资银行上班，小映是做网络设计的。小映的工作时间比较不受限，但她的作息却比上班的小练更规律。她每天大约九点多起床，一定空腹喝一杯黑咖啡，一片或涂花生酱或不涂花生酱的吐司，然后伸展一下就坐进自己的小书房，一直到一点多，她吃简餐。所谓简餐对她来说就是百吃不厌的辛拉面跟三色水饺。即便是快餐，她从来不随便，水饺要提早从冰箱拿出，自然解冻，做好后一定要放进精致的碗盘里才肯用餐。对她来说，这是起码的坚持。她不认为这是怪癖。

　　说在银行上班的小练是工作狂并不夸张，他上大号时，都不会忘记把手机带进厕所，有时甚至把 PC 带进去，放在膝盖上上网。小映已经习惯小练的全年无休，只是还是很讨厌半夜翻身时，旁边的床突然是冰冷的。

　　他们的认识很一般，几个交集的朋友，几次聚会，不算一见钟情，但两人每次见面总可以说上很多话。不像现在，说好听一点是相敬如宾，刻薄一点是彼此已经失去激情。这也属正常，不是所有人都这样嘛？研究人类的专家也说人本来就是这样。

　　小映倒是常常回想当时喜欢小练的原因，想着，想着，自己觉得好笑。一次聚会中，小练无意间问小映"冷不冷？"就这么简单，三个字，小映就爱上小练了！据小映说，"现代的男女，已经没有细节的问候了！男人都不像男人了，体贴好像变得没个性！"而如果你问小练，他当初喜欢她什么呢？小练的答案更妙："不能跟你们说，因为说了，小映就会不自然地去突显那方面的自己，那多恶啊！"什么跟什么啊？但这就是典型的小练。

　　他们对上眼没多久，就因为不耐天天"三条街"的相思病而住在一起了！由于两个人都是第一次跟人同居，所以前几天为了谁先洗澡而让来让去。有一回，两人都不好意思先去洗，你等我我等你的结果是，两人都没洗就睡着了！现在，想都不用想，默契主导一切！通常都是小映先洗，因为小映喜欢傍晚的时刻，也就是小练还没下班时，独自泡在浴缸里。那时天黄黄的，水流声夹杂城市车流声，让小映觉得此时是

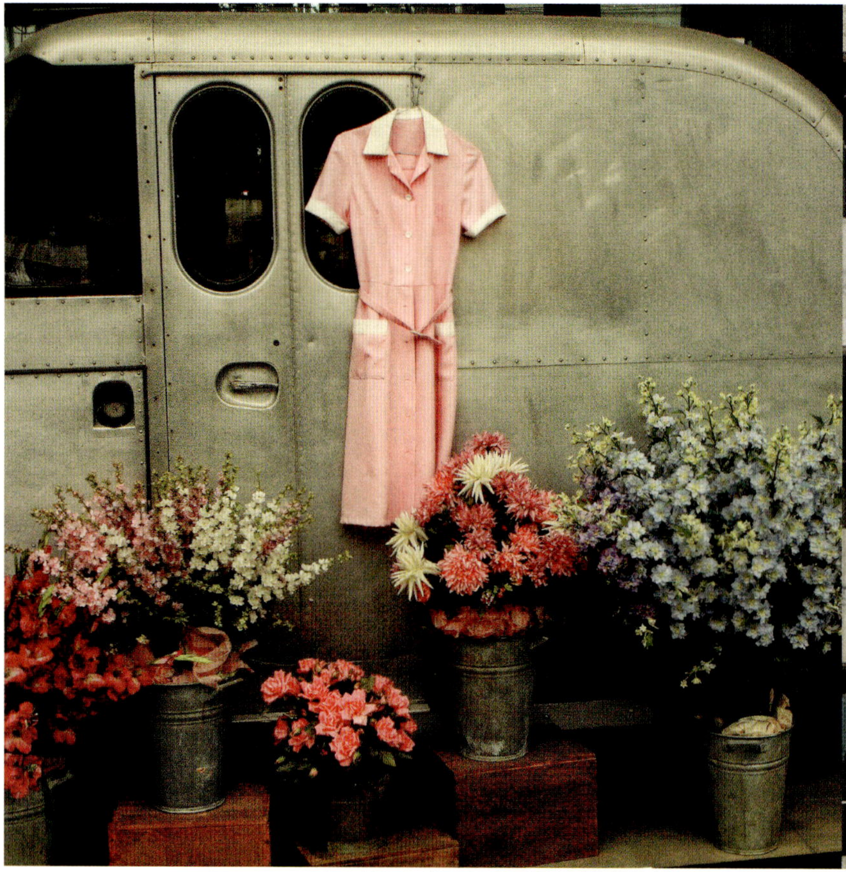
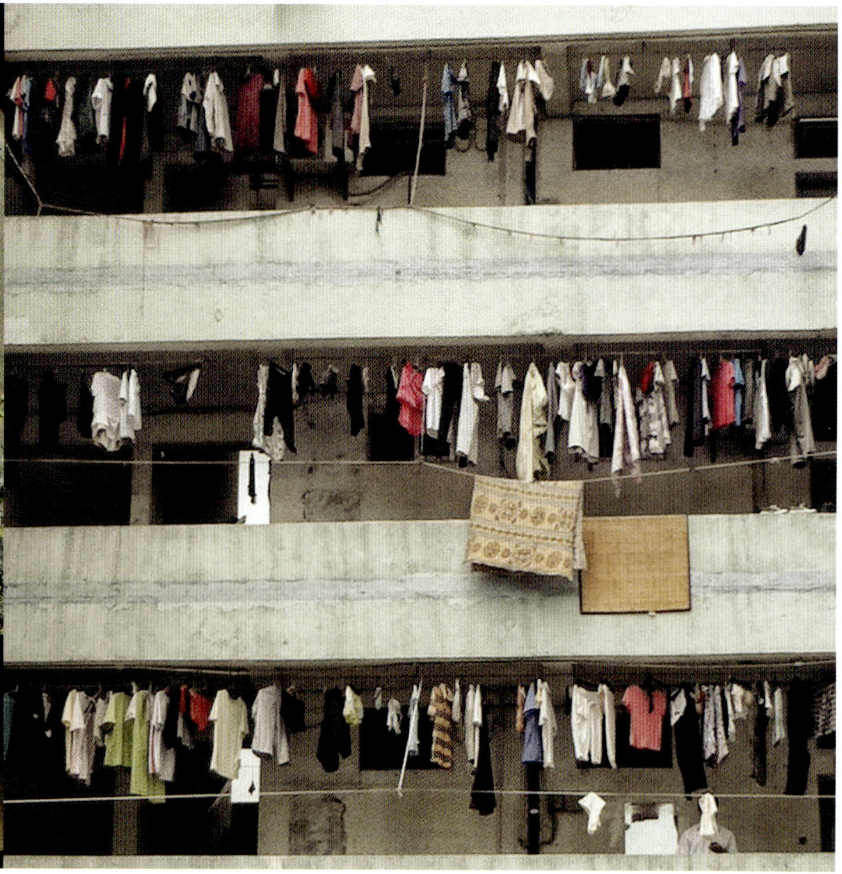

属于自己的最后时刻。有时小映甚至会开一小瓶清酒，让心跳更快一些。有几次小练回家见到泡完澡的小映还没穿衣服就窝在沙发上睡着了。

　　小练还没那么忙的时候，总会拿一条很大的毛巾把沙发上的小映裹起来，像是褓褓里的婴儿，运到床上去。她其实都醒了，但是舍不得睁开眼，那是幸福的时刻，唤醒她已不复记忆的温暖。那其实是她想象的，来自一张儿时的照片，她眯着眼躺在母亲怀中，母亲歪着下巴看着她。不过小练抱她好像是很久以前的事了。小练步调更紧凑了以后，小映大多都是自己冷醒，打个喷嚏，然后穿上衣服，没事似的回到小书房继续画她的插画。她一直没有发现这些小小的改变，其实在她心里种下一些看不到的火苗，或说"冰"苗。对他们而言，不去面对这些微妙的互动，就是一种解决方式。

　　无声的变化正在发生。他们也会在生活的空隙、无法填满的小片刻里，各自地问自己，为什么距离感越来越强烈？为什么对应该反感的事情不反感了，对应该生气的事情不生气了。小练是理性思考，他觉得这是所有爱人之间都会遇见的低潮时期，互相适应适应，熬过去就好了。熬过去，就会像家人一样，永远温暖地在一起。而小映是直觉型，几次的感情低潮不得纾解之后，心早已经飞了出去，她并不憧憬清淡如水的厮守。

　　小映超喜欢搜集限量商品，虽然她知道这都是商人骗钱的伎俩，但就是无法抵抗"限量"这两个字。她有时会自问，所有美好的东西都有限时限量，所以值得珍藏，那么爱情呢？是否因为她跟小练之前的爱情过于美好，几乎像是无瑕的汽车广告一样，短短三十秒，但人生的滋味都包含在里头了。

因为过于完满，所以也只能短短的，长了就露出马脚。两人相处也是这样吗？这个疑问时不时会出现在她脑袋里。小映知道这是无解的问题，如果把这个拿出来讨论，以小练的个性，除了一堆言之成理的分析之外，不会有什么进展跟结果吧。小练会说她"想太多"。小映其实很讨厌"想太多"、"不要想太多"这种说法，人会想太多不是自愿的，不想太多的人是天生就不会想太多，不是人家劝出来的。

小练每天的工作不断地加重，但除此之外，他自认为把剩余的时间都给了两人世界。可不管他怎么挤出那些闲暇，对小映而言，都过于破碎。这些相处，就算拼凑起来，也找不回她当初的感动。

她又是一个人在沙发上醒来，准备去厨房找点东西吃。

小练今天倒是早回家了，一回来，竟带了小映喜欢的辣椒大蒜意大利面和菠菜汤。这家餐厅不算便宜，通常是有什么特别的节日才会光顾的，今天小练却带了外卖回来。小映的小公主本能受到刺激，立刻像只无尾熊一样，把自己紧紧悬空挂在小练身上。小练笑说，"你最近是不是胖了啊？"小映没听到一样，只不断地亲吻着小练。

"这是怎么回事，能在上班日一起吃晚饭简直就跟过节一样？"小映边吃边说着。

"饭要一起吃一辈子，现在急什么？"小练回答。

Ok, that's it. 这句话太"小练"了，小映就是在等这个时刻。她拿起酒杯，放在耳边听着酒晃动的声音，盘算怎么措辞，尽管心里已排练过无数遍。她要跟小练说，她已计划好自己一个人去巴黎旅行。

倒是小练先开口了。

"有一件事情，我想跟你商量一下。"小映睁大眼睛看着他。小练继续说，"公司希望我能去纽约实习两个月，时间不算太长，但是我还是觉得应该先跟你商量一下！"

小映抬起头看着他，"我可以跟吗？"这是计谋还是本能，小映自己也不知道。

小练在第一时间拒绝了，说这样给公司的感觉好像假公济私。小映清清淡淡地继续吃着，倒让小练有点纳闷，小映通常不会简单放过他。小映沉默了五分钟，"那我自己去巴黎旅行吧！"这下该小练愣了，"巴黎不是说好一起去的吗？"

"我们说好一起做的事情太多了，可是几乎没有一样实现，你总是再说再说，我总是等等等，我不想等到走不动了，才想起还有那么多遗憾！反正你要去纽约，本来就要分开两个月，有什么分别呢？如果你还想去巴黎，我可以再去一次。"

小练无语了，这些话不像一时兴起，是在脑子里储存许久的。小映开始收拾桌子，只剩下两个酒杯里的残存红酒……

小映躺回沙发里，听着雨声，小练拿着两个酒杯走过来，在一旁坐下，他们碰杯。

JEAN PAUL SARTRE
1905 - 1980

SIMONE DE BEAUVOIR
1908 - 1986

"你生气了吗?"小练问。

"没啊!你呢?"小映边喝边问着。

"我?没啊!"

这是他们最熟悉的对话方式,总像是排练过似的。

空气因为湿气而有了模糊的距离,像极了两个人此时的心情。

接下来的几天,依旧的生活。小映除了手边的工作,大把的时间用在上网寻找巴黎自助游的信息上。罗浮宫、巴黎铁塔、圣母院、蓬皮杜中心,这些旅游的惯性标的,不知为何,对小映来说一点吸引力也没有。感觉好像只需要去拍张照片,表示自己到此一游就可以交代了。但巴黎她不是第一次去,这些证据,她早在认识小练前就收集过了。那为什么还要回到巴黎,为什么不是佛罗伦萨、纽约、京都?小映自己也说不上来,只感觉脑中有根指南针在作祟。

她继续一层一层地搜索巴黎的资料,不知自己在找什么。无意间,小映看见了一张景点照片,一块简单而洁白的墓碑,上面刻着两个名字,其他什么都没有——

Jean-Paul Sartre 1905.6.21 – 1980.4.15
Simone de Beauvoir 1908.1.9—1986.4.14

这个墓碑莫名地吸引了小映的眼珠,她试图念出这两个名字,试了几遍,原来就是萨特与西蒙·波伏娃。那是大学时课外读物的记忆了,男的称号是法国存在主义大师,女的

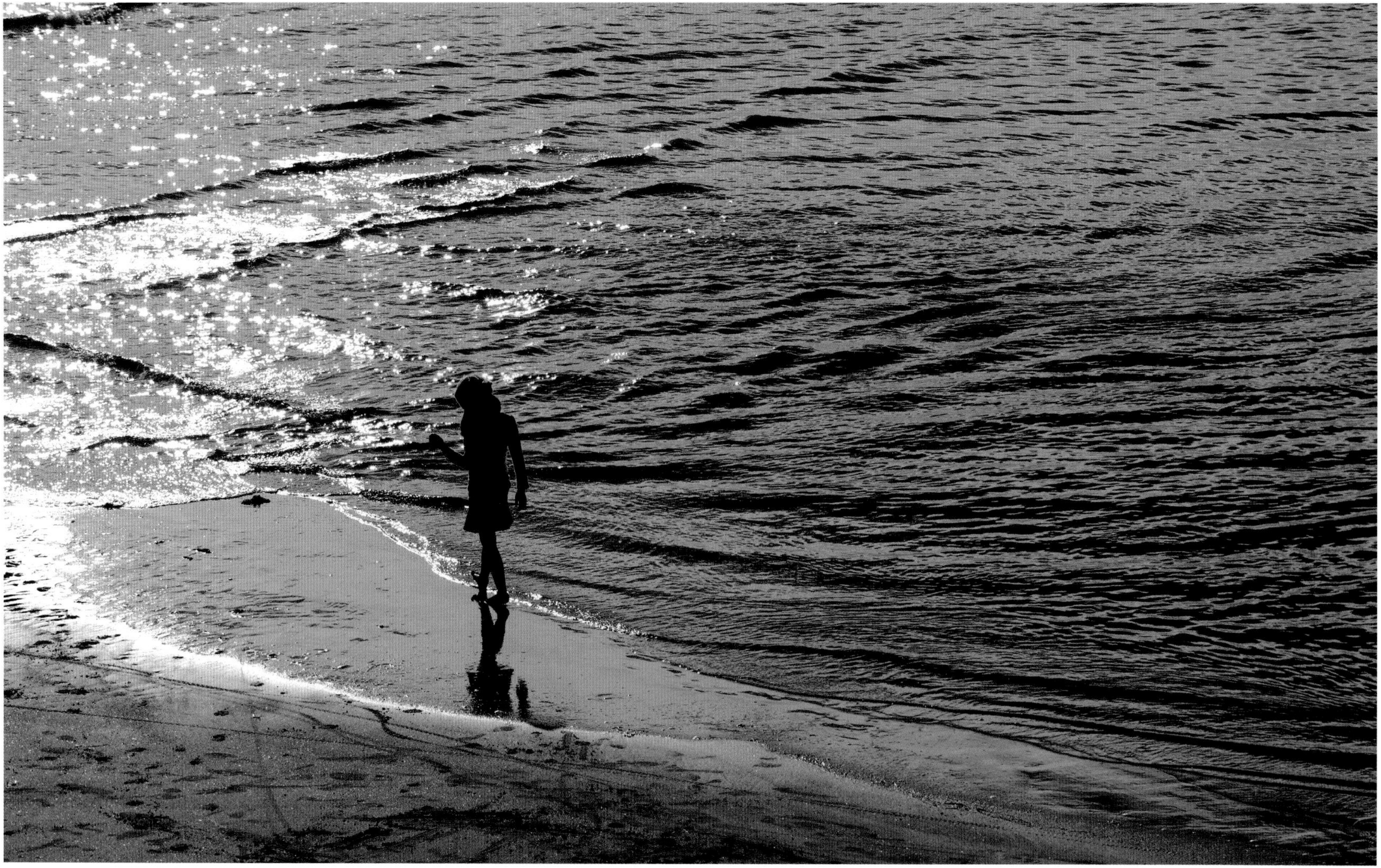

据说是女权思想创始人。她顺手Google了一下，资料上说两人相恋了近六十年，没有结婚，却互相依偎到终。小映记得第一次接触波伏娃，是第一家诚品书店刚刚开幕，她去逛，看见萨特的一句话写在扉页上，"这个世界上，能与我精神跟灵魂对话的，只有一个人，一个女人——波伏娃。"这短短一句话，让小映感动不已，立刻买了那本书。结果，当然没看完，内容都是严肃的哲学理论。但小映却美滋滋地埋下了一个愿望："如果有一天，有个了不起的男人这样提起我，那该是世界上最大的赞美了。"

两人把启程日安排在同一天。前一晚，房间里分装好两箱行李，小映还在浴室取舍她的保养品时，小练走了进来，从后面揽腰抱住小映，小映转过身来，亲吻他的头发、胡渣。小练突然说，"要不你还是跟我去纽约吧！"小映松开了手，"不是你说的吗，我们还有很长的日子要一起过，何必这么不潇洒呢？不是你教我说……"小练捂住了她的嘴，"那……你要每天发照片给我看哦。"

第二天，尽管班机时间相差三个小时，他们一同去机场。在车上，两个人都没说话，手却是紧握着。在不同的柜台办理完手续，小映到了闸口时，紧紧地抱住了小练，哭了起来！小练说，"快上飞机吧！到了打电话，要待不住就来纽约！"仿佛赌气似的，小映一转身，跑了进去。小练看着她的背影，突然心口一紧，像是目睹了某部连续剧的结尾，只是没有主题曲，不知是喜是悲、下一集怎么开始？

飞机到达巴黎时是清晨，小映一个人拖着行李走出来等巴士，她拿起相机，拍了一张清晨的天空，平常泛白的云朵

在清晨却成了层层叠叠躲在深蓝里的乌云。小映用 Video 自拍，"虽然坐了十几个小时的飞机，但是一点也不累！现在有点凉凉的，小练，你应该还没到吧？"按下 Stop 键，她跟自己说，下次要跟自己说话，不要又是习惯性地跟小练留言了。

她订的是一家民宿，房间里头除了床，有一张双人沙发，一张书桌兼餐桌，最喜欢的是开着窗的一个小小厨房。

小练到达纽约已经是当地晚上十点多了，接飞机的是没见过面的同事，从肯尼迪机场到市区近一个小时，同事不断说着纽约的夜生活，小练突然问他，"我住的地方能上网吗？"

一到公寓，小练急着开电脑，同事笑他，"果然传说中的工作狂。"

"到喽！一切都好。今天的行程是随便走走，买点日常要用要吃的东西回来。"简单的留言出现在小练的屏幕上。小练有些酸楚，平时也没觉得自己多需要小映，反倒常常是"无声胜有声"，但看到这么简短的信息，竟有种被抛弃的感觉。不消说，照片一张也没有。小练来不及分析自己，决定先不回电邮。

都说忙碌是治疗不安最好的药方。小练让自己狠狠忙了三天，几次想打电话，不是时间不对，就是情绪不对，然后就忘了。然后又是时间不对，又或许，他无法面对真正的原因。他有点明白这是一个关口，但他相信自己的冷处理是对的，是对两个人的关系比较好的……

小映每天睡到自然醒，因为时差。有时醒来还是早上五六点，她按照自己在台湾的步调，一杯黑咖啡，一片土司，然后看着地图，研究公交车地铁的路线。九点出发，一区一区地逛，行礼如仪地把之前脑海里想象的行程都走一遍。

几天下来，一种不耐烦的情绪油然而生，除了旧旧的书店提供了些许温暖，她感觉巴黎跟记忆中完全不一样，是因为夏天的关系，路人的衣着少了表现品味的层次感？是因为那些景点都去过了，自己挖不出新意？还是因为欧元太贵，shopping下不了手？还是，还是……自己变了，心情变了？

墓园比一般的景点早开门，小映八点就到了门口。走进去，一如安息地该有的萧索，一个石碑上刻着个别墓碑的指引。她细细地搜索，发现在这里当邻居的诗人跟文艺人士还真不少。她放弃按图索骥，随意地走。晃着晃着，远远就看见她所熟悉的画面。那是她凝视过许久的网页上的画面，除了墓碑是想象中的洁净，墓前一堆留言纸条跟花朵特别引人注目。她没有刻意靠近，只是静静地在墓碑前的椅子上坐了下来。就是这座毫不聒噪的墓碑下，躺着一对至死不渝的战友和恋人，他们一生都在打破传统，应该说用尽力气挑战传统，但最终选择守着对方。这是保守或前卫，已显得那么不重要。早晨微弱的阳光穿过树梢遍洒整个区域，非常的"印象派"，也非常的"默片"。小映在想，这么有智慧的两个人，选择不结婚，只打两年的契约，就这么一直"续约"到终，是什么道理？

她突然强烈想念起小练来，希望他就在身边，便拿起了电话。这是分开后的第一个电话。小练还在睡，但是一听声

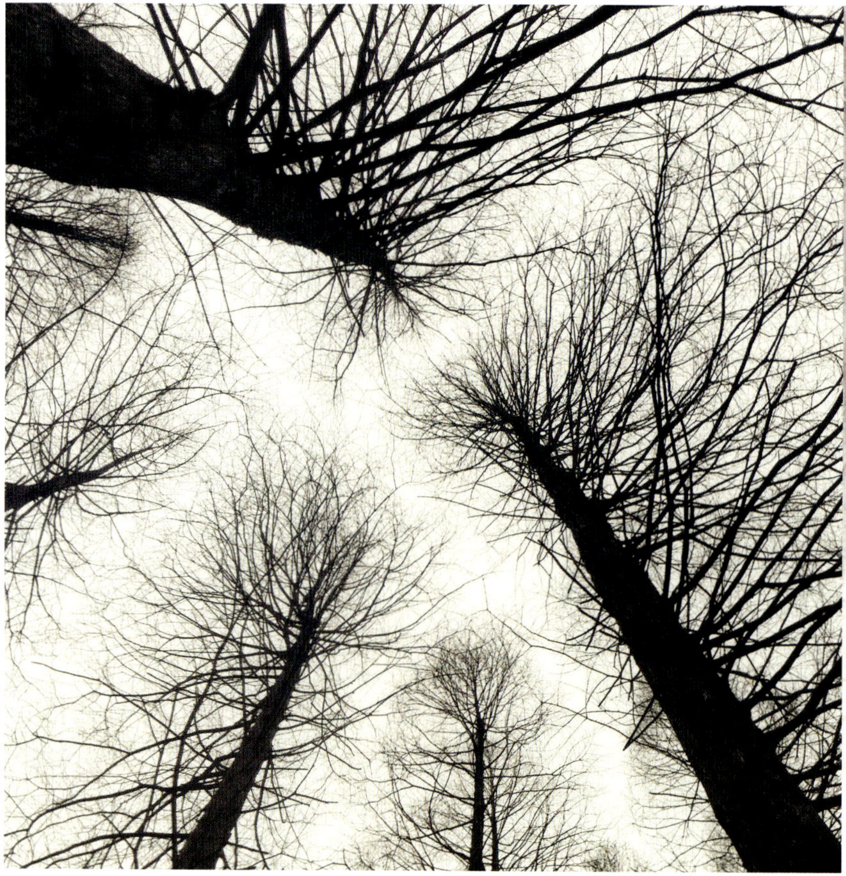
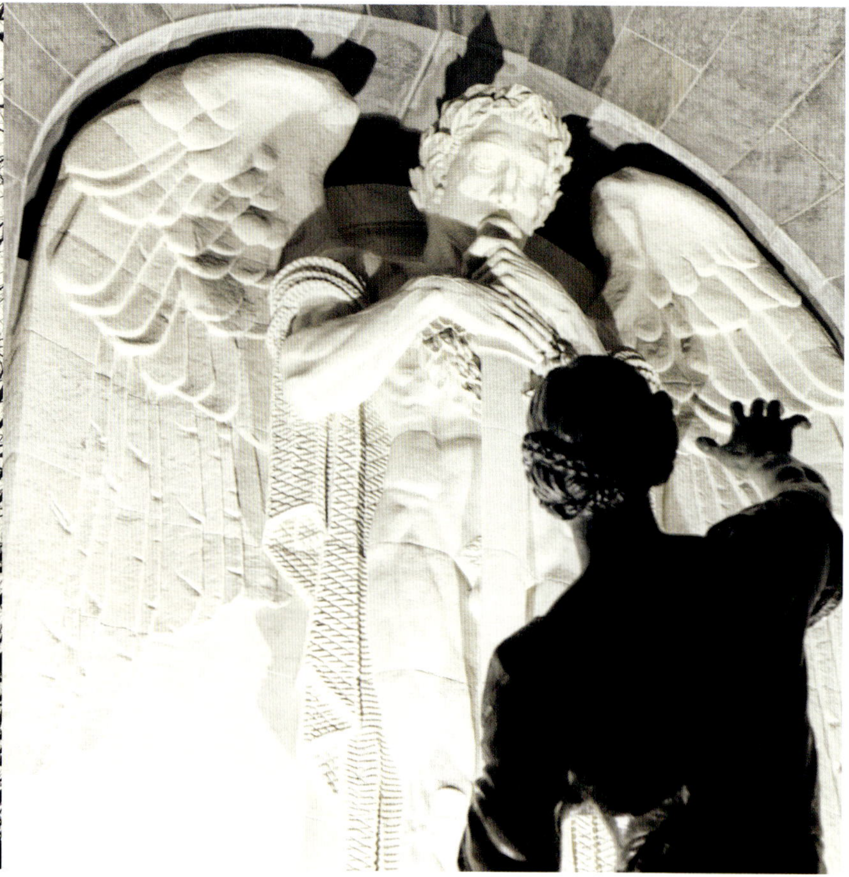

音就清醒了。

"你还在睡吗？"

"嗯……没关系！你还好吗？"

"很好啊，我在萨特跟西蒙•波伏娃的墓园。"

"啊？谁？"

"萨特，喔，法国作家。"小练努力跟上节奏，"……去墓园干嘛？"

"跟他们聊天啊！"

"你疯啦？"

小映哽住了，小练没听出她发出的求救信号，她望着眼前的墓碑，多么希望小练能回她，"你等我，我马上过去加入一起聊。"但这不是小练，虽然小映期待奇迹发生。小映想，也许这是西蒙•波伏娃坚持不结婚的原因，婚姻就像奇迹，可以发生，但不能指望。小映什么都没说，她不想听到小练来一句"你真的想太多！"

小映说，"没啊！我想跟你说，我买了一张画。"

"买画？什么画？多少钱？"

"不是什么画啦，就路边画家的画，但很大，有客厅半面墙那么大，运费很贵。"

"不要吧！"小练从床上坐起来。

"哎呀，你是理财专家，你不懂啦。"

"你真的疯了……"

"我说不清楚，但我觉得画的价值不重要，我能把一种心情带回去比较重要。"

小映挂上电话后，小练起床，忐忑不安。事实上，他收

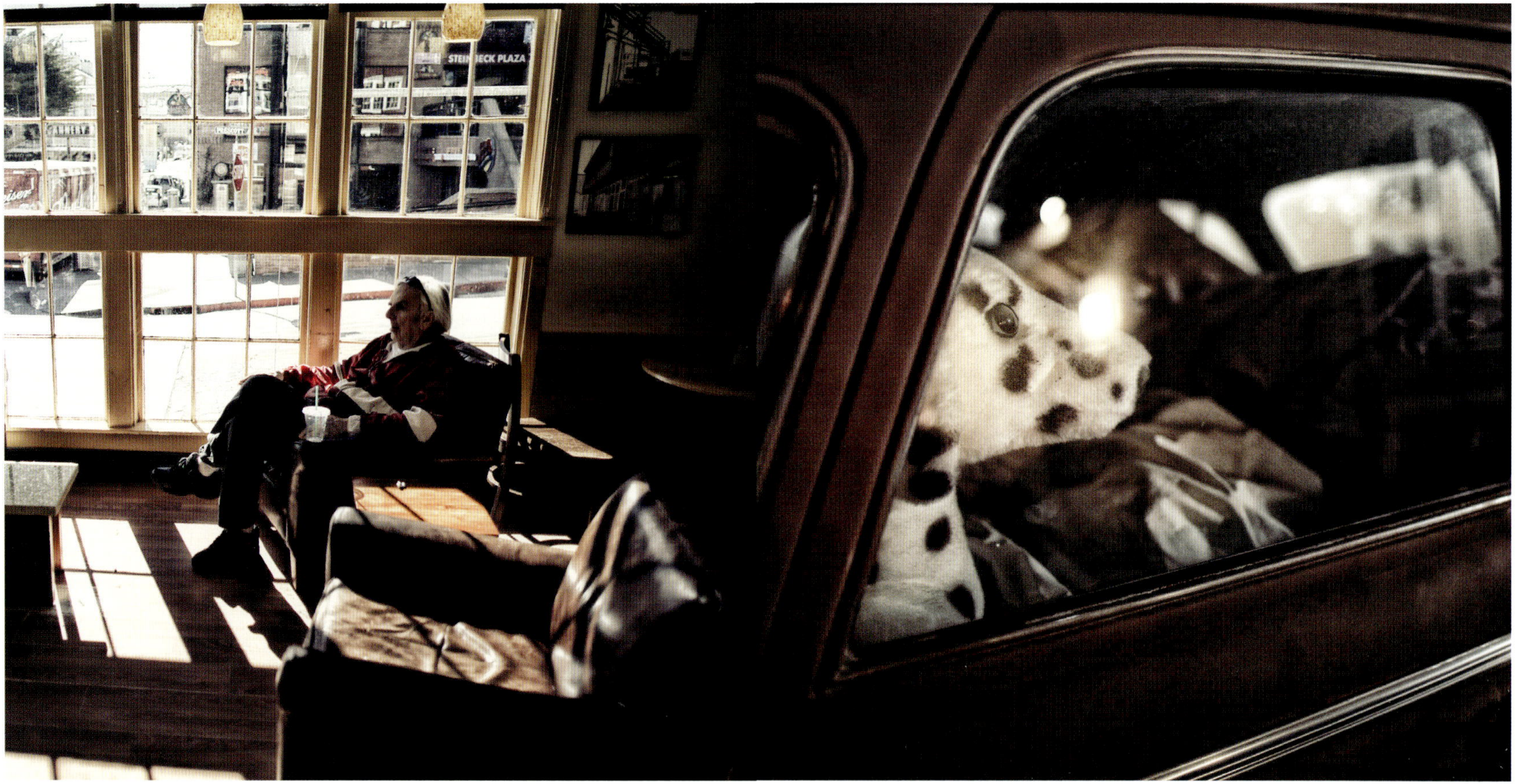
STEINBECK PLAZA

到紧急信号了。相处这么多年，他知道小映，应该说，他对小映的了解还超过对自己。他知道有风暴在酝酿，但不明白从哪里来，什么时候来。这种信号过去他意会过几次，都是惯性地躲过，小映会突然说些伤感、莫名其妙的话，他总是要她不要想太多，然后设法第二天早点回家。但这次他有不详的预感。他在给小映打电话或写邮件之间犹豫。但他都没有。他上网查萨特是谁，还有那个波伏娃是谁？看了他们的生平简介，两人照片平淡无奇，波伏娃年轻时好像长得还可以，那个萨特甚至有点斗鸡眼。如果不是什么有名作家那女的也不会喜欢他吧？他再键入"萨特 波伏娃 墓地"，看到了之前小映搜到的同样一张照片，同样一个墓碑。他凝视许久，没有找到任何答案。

小练还是给小映写了一封信。

小映，我没有看过那张画，本来依我的习惯，我会问一大堆问题，包括那张画画的是什么？你杀过价了吗？运费是空运还是海运？回台湾会不会被打税等等，等等，但我突然觉得这些不太重要了。如果你都知道我会有这么多疑问，而你还是决定要把那么大一张画买回家，那一定是有道理的。尽管我不见得理解，也不见得需要理解。

分开才几天，突然变得陌生了。我能闻得到，这种陌生你适应得比我好，比我好得多。而我因为你的适应，不由得生出了强烈的嫉妒心。原来嫉妒不见得需要有第三者，自信心缺乏才是一切嫉妒的来源。哈哈，你一定觉得我也变了。这个小练不是一向都演铁铮铮的男子汉吗？怎么突然也自怜自艾了起来。我真希望我真的变了，能随着你变，但恐怕人没那么容易变。我猜只要一回台北上班，我的狰狞面目就恢复

了。但不知为什么,我有预感我的小映并不会跟着我回去,或许应该说,小映人会回来,但她会是一个新的小映,就像加了一张很大的画的旧墙壁一样。这才是我需要好好想的问题。

我一直很相信你的审美,就像你要改动家里的任何摆饰我都没有意见。我不见得都理解,但我都相信,因为我一开始就相信你。我告诉自己,即使我对你的"放得开"嫉妒得要命,很恐慌,觉得你正慢慢往另一个地方飘去,我还是必须相信你,因为这是最初的动力,也会是我最后的抉择。是我想太多了吗?通常不都是你想太多吗?哈哈……

Love 小练

小映于四十三天后、早小练一星期,回到台北家中。

他回家时,等待他的是一张大油画,还有小映的拥抱。那画是静物,灰灰的背景,画了一个炖锅,其他什么都没有。

日子一如以往地过着,像是两个人从来没有分开过,小练继续当他的工作狂,小映继续活在她 SOHO 族的世界里,聚在一起时,她的头还是安稳靠在他的大腿上。小映始终没有提起那天在墓园她是怎么了,小练也没有再问,可能是萨特和波伏娃的名号太吓人,思想都太高深,两人都不爱研究学问,想讨论也不知从何讨论起。

半年后的一个傍晚,小练回家时,看见小映正在收拾电脑。他很意外也不意外,小映的笔记本电脑从来都像台式电脑一样,在同一个位置几年都没有动过。随身衣物也收拾了,两个大行李箱。小练静静坐在沙发上等她。他们没有争吵,小练帮她把行李一一抬下楼去。上车前两人紧紧拥抱，泪水沁湿了对方的衣襟。突然小练说，"对不起，我爱你，但我一直没有真正了解你。"小映惦起脚装大人地摸了摸小练的头。

那张画小映没有带走。

两人之后一直有联络，但从来没让对方见到后来的交往对象。

小映又交过四个男朋友，但没有跟其中任何人真正住在一起。

小练很神秘，偶尔周末不住家里，但他从不跟小映提感情的事。

再八年后的冬天，有天晚上降温，小映给小练发短信，问他冷不冷，第二天两人神奇复合，她又搬回他家住。两个月后两人办了结婚证，自此一生没有分开。

到了2030年，小映六十岁，小练六十二岁时，人和人的关系基本没有多大变化，还是爱、不爱、在一起、不在一起、结婚、不结婚、离婚、沟通爱、体验爱、怀疑爱、需要爱。

有一天，两人走在巴黎街头，小映指着一个转角，说，"耶，那张画就在这儿买的。"

"啊，什么画？"小练转不过来。

"就那个锅啊，原来挂在老家进门对面的墙上，后来送

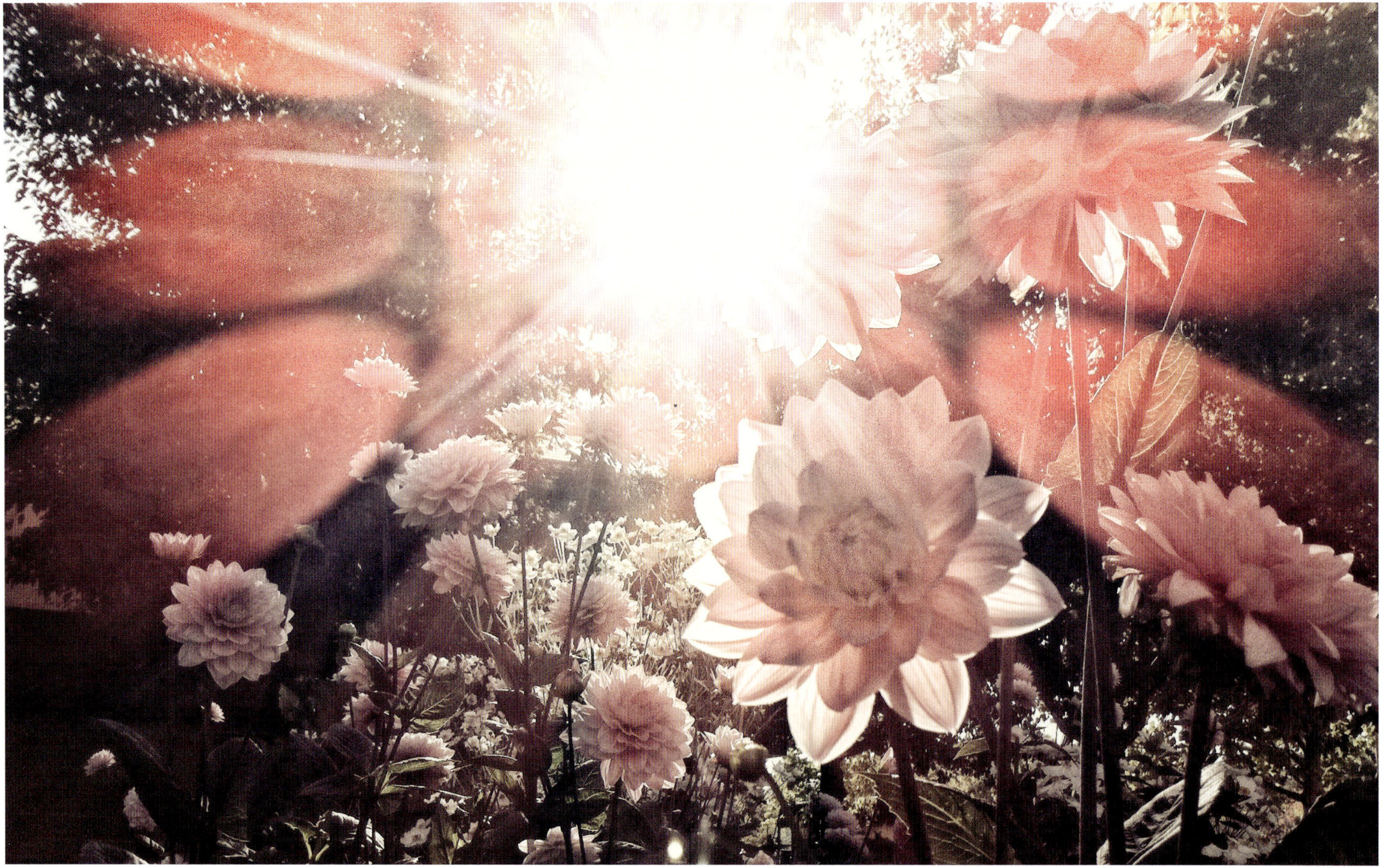

给露露的儿子了。"

"噢！"噢完了小练停了半天。

"我后来一直在想，你跑去人家的坟墓干什么。一直到现在偶尔都在想。"

"嘿嘿，你不提我都忘了。"小映表情不像在应付。

小练不想放弃，"我当时在电话听到你说在什么什么的墓地，心情直接降到零下四十度。想完了，你跟我都完了。我当时想，你要怎么过我都会同意，怎么也比死强。"

小映搜索着已尘封的自己，"没那么严重吧！"

我当时就是努力想抓住一个什么力量，一个比我强大的力量，给我指引方向。我不想跟你分开，但又觉得自己一点一滴在飘走，非常恐惧，又非常无助。那个聪明的女人已经死了，但我非常想去问她，我该怎么办，我想问她，怎么样能跟一个人相处一辈子，而不感到单调和无奈。她什么都经历过，也都想过，肯定能帮我。

"她给你答案了吗？"老练变得有点幽默感了。

"算有吧，不过她用很沉默的方式告诉我。"这下换小映露出捉狭的表情。

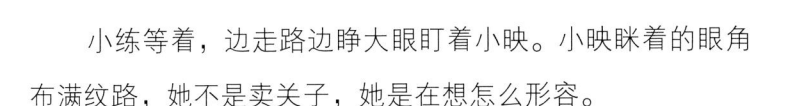

小练等着，边走路边睁大眼盯着小映。小映眯着的眼角布满纹路，她不是卖关子，她是在想怎么形容。

"答案就写在他们的墓碑上，简简单单两个人的名字，

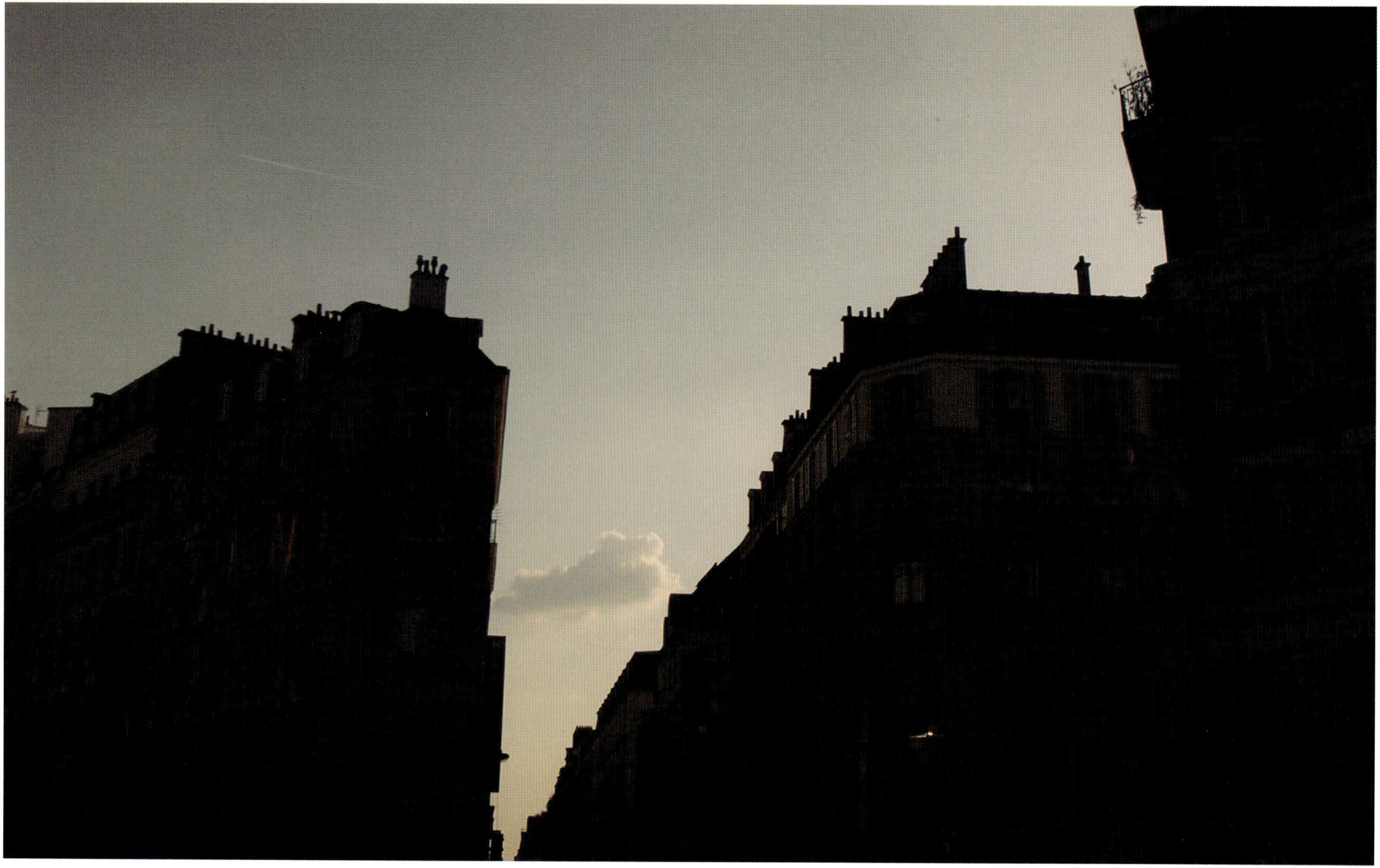

从几年几日活到几年几日，说明他们活过了，是照着他们自己想要的方式活的，活得很完整。他们不是同一年生的，也不是一起死的，但是他们最后还是在一起。"

小练听着，思忖着。

小映最后补了一句，"我当时没有懂，是很久以后才懂的。"

巴黎没怎么变，斜阳把砖铺的路照得金一块紫一块的。这些古老的文明城市就是好，从不背叛旅人的记忆。小练不再说话，挽起小映的手，他们正要去一家书上介绍的餐馆晚餐，招牌是冷的菠菜汤和薄荷羊排。晚餐完去听歌剧，隔天去蓬皮杜中心，接下来是蒙马特，几乎是他们第一次一起来巴黎的重复行程。不过小练心想，这次我也想去一下萨特、波伏娃的墓园逛逛，而且我要一个人去。

→ Exit

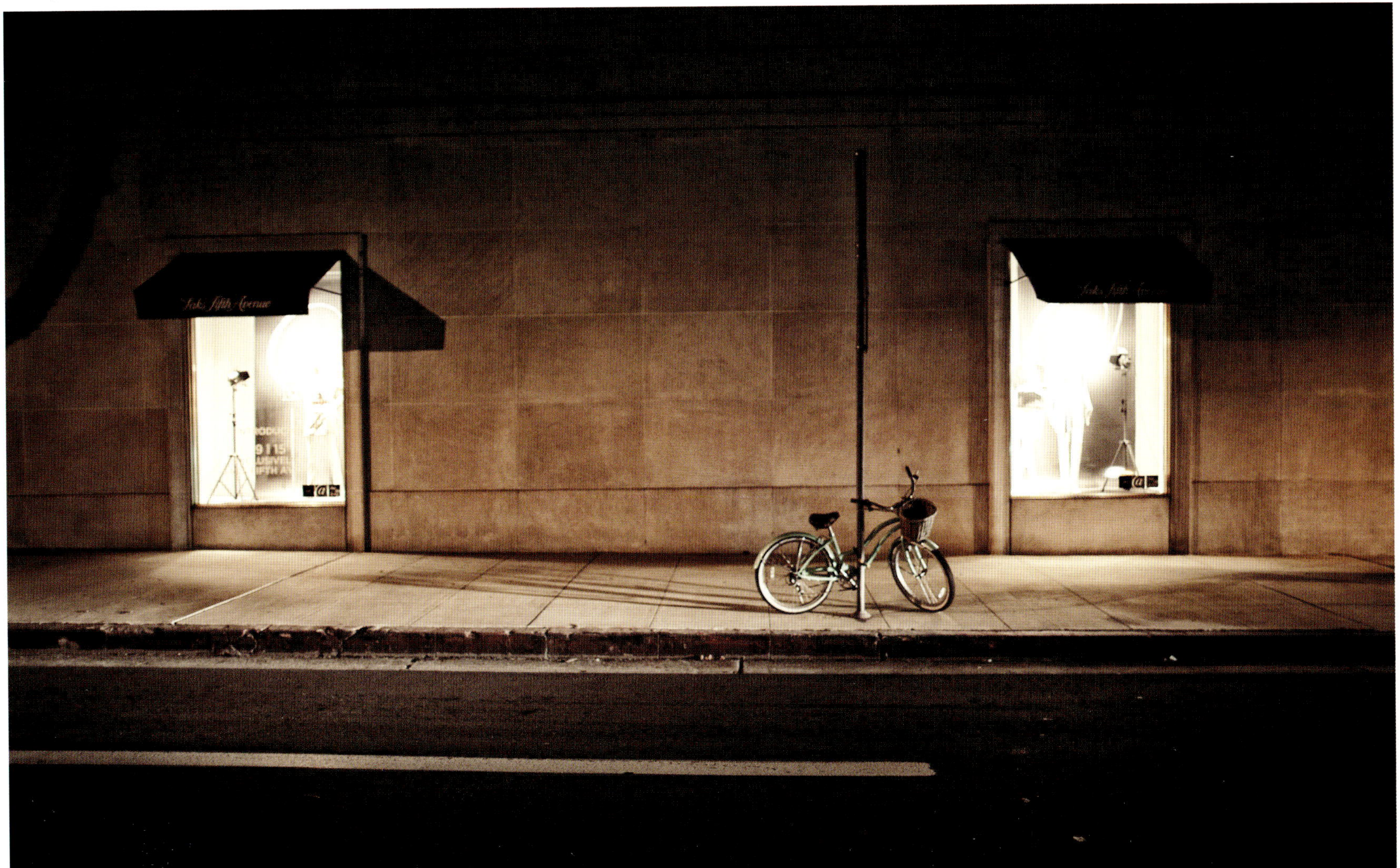

愛情

限量版

该说这世界真小,让我们相遇?还是这世界真大,一个转身之后,再也不相见……

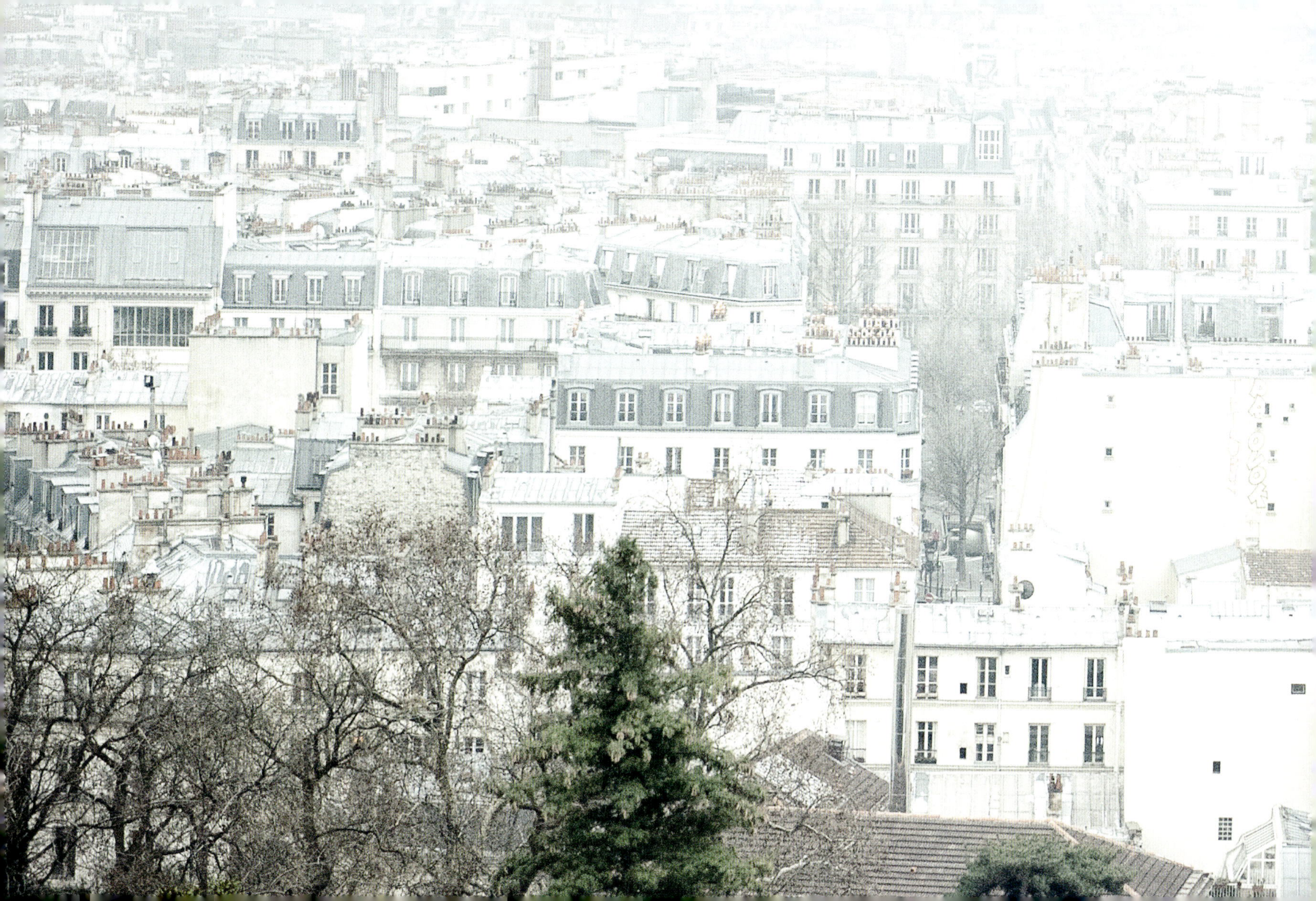

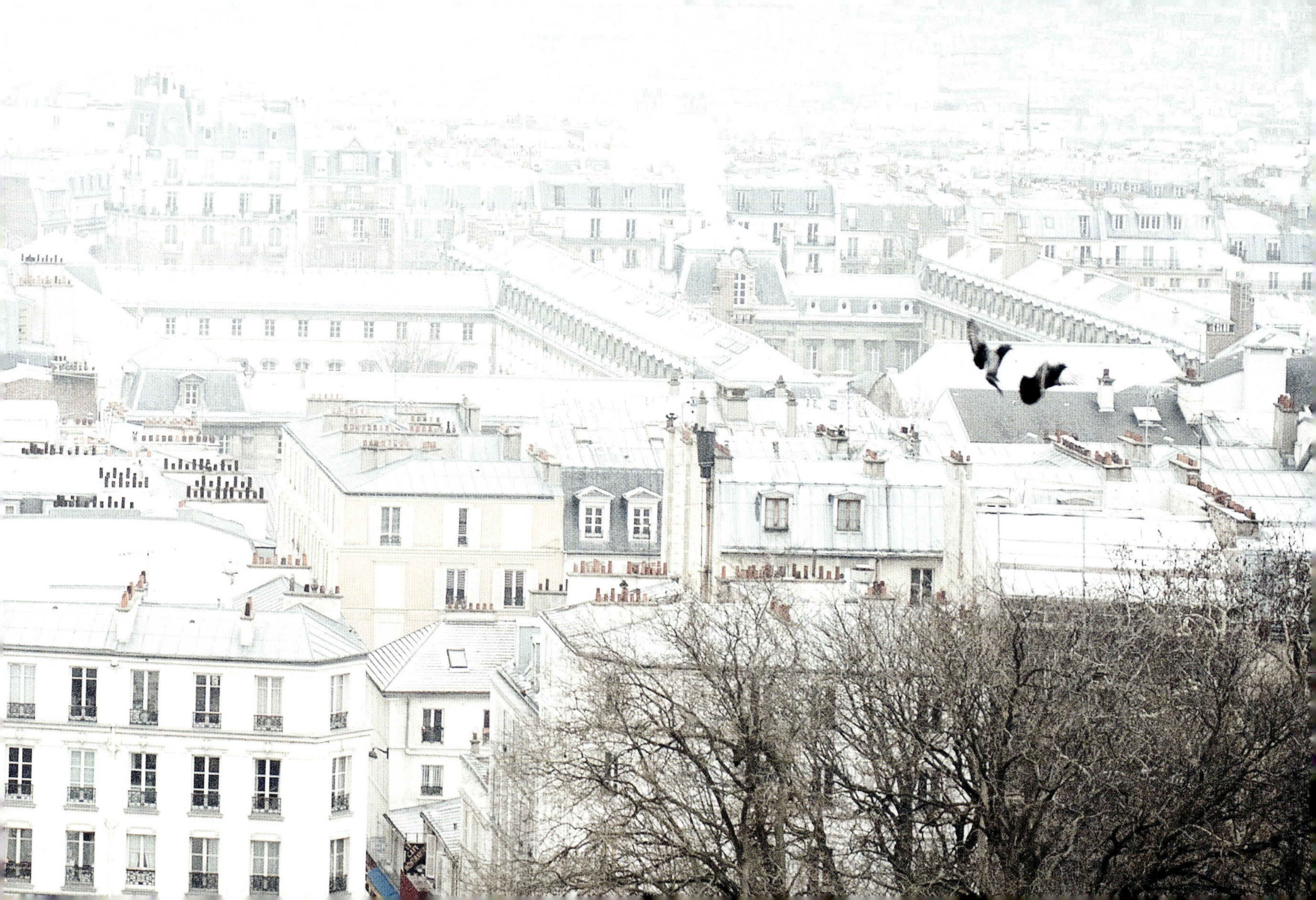

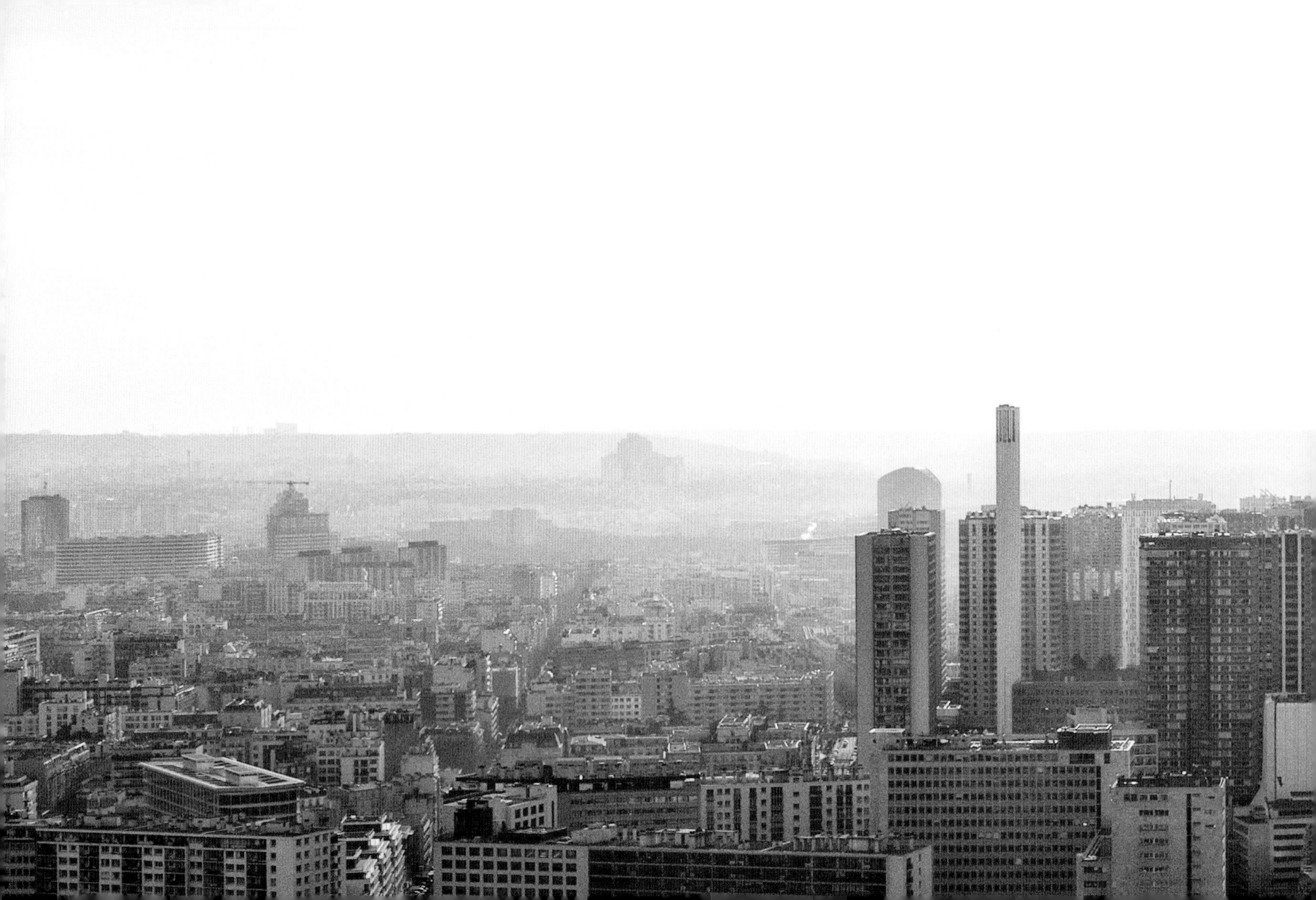

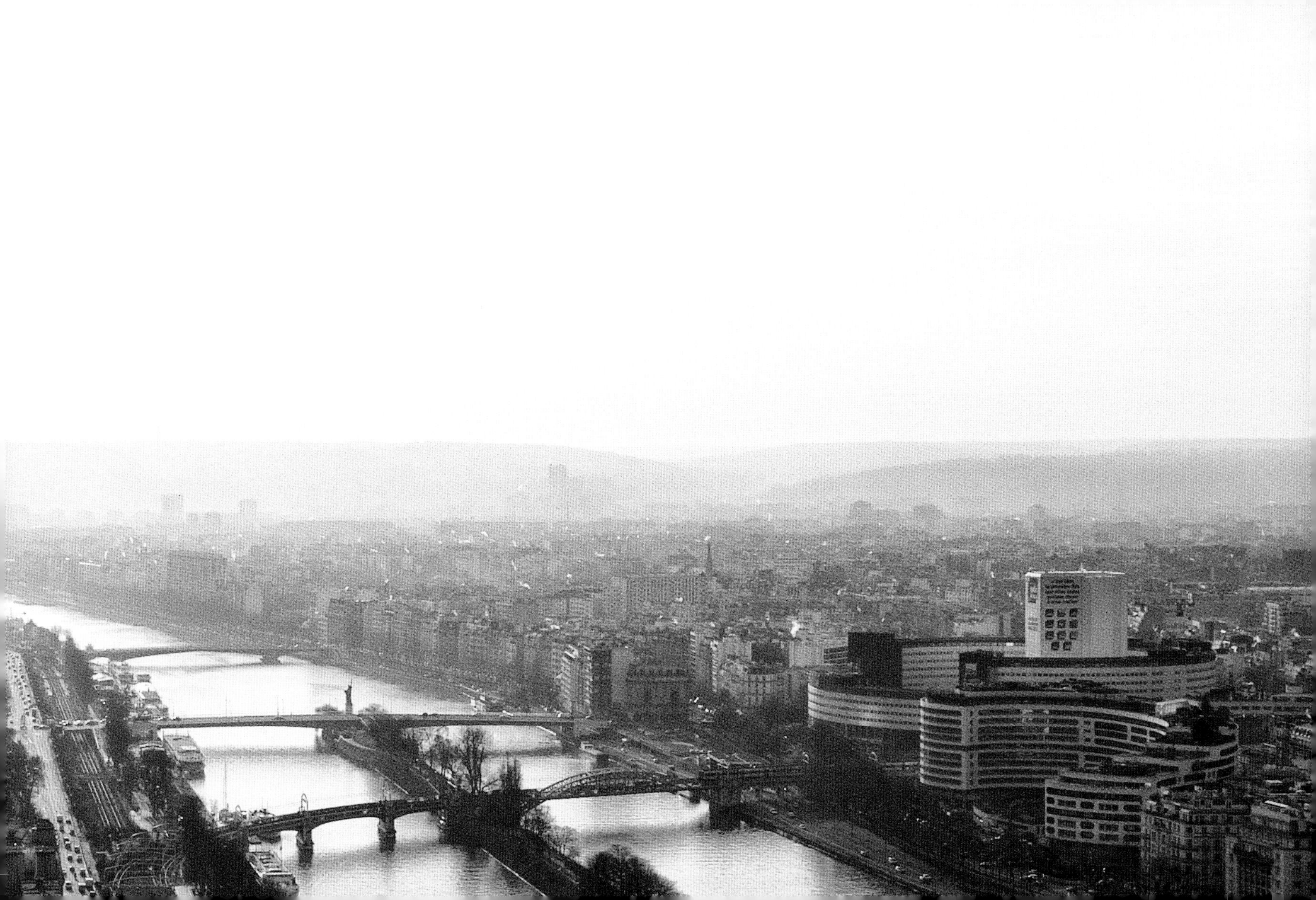

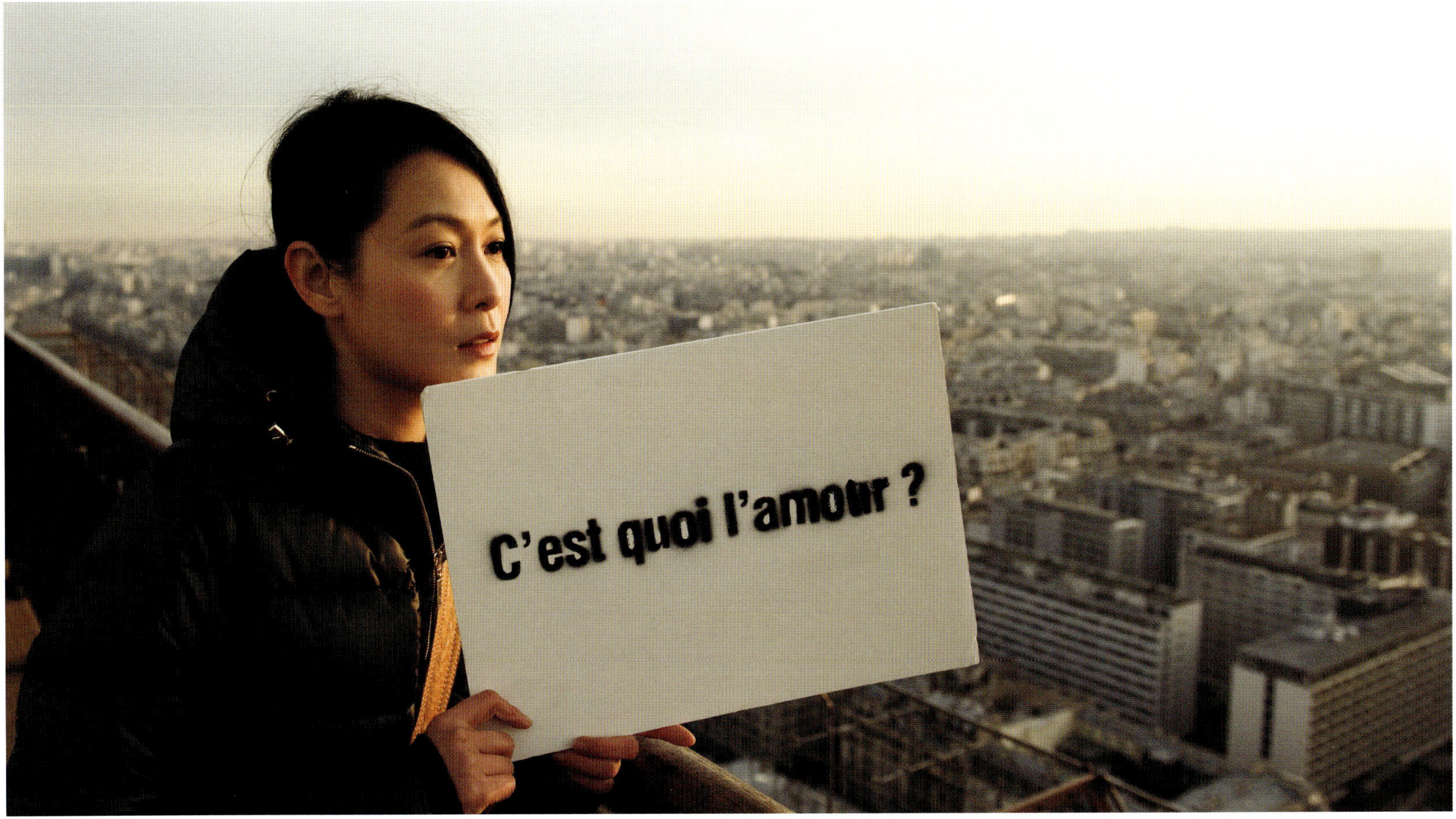
C'est quoi l'amour ?

伤口都会痛，我们却一次又一次地掀开它，一再探着它的复原状况，然后一次又一次地忘记痛感。伤口复原，留下疤痕。

有一天，我们会一起坐下，一起用幽默的口吻，聊着这些疤痕的来龙去脉。

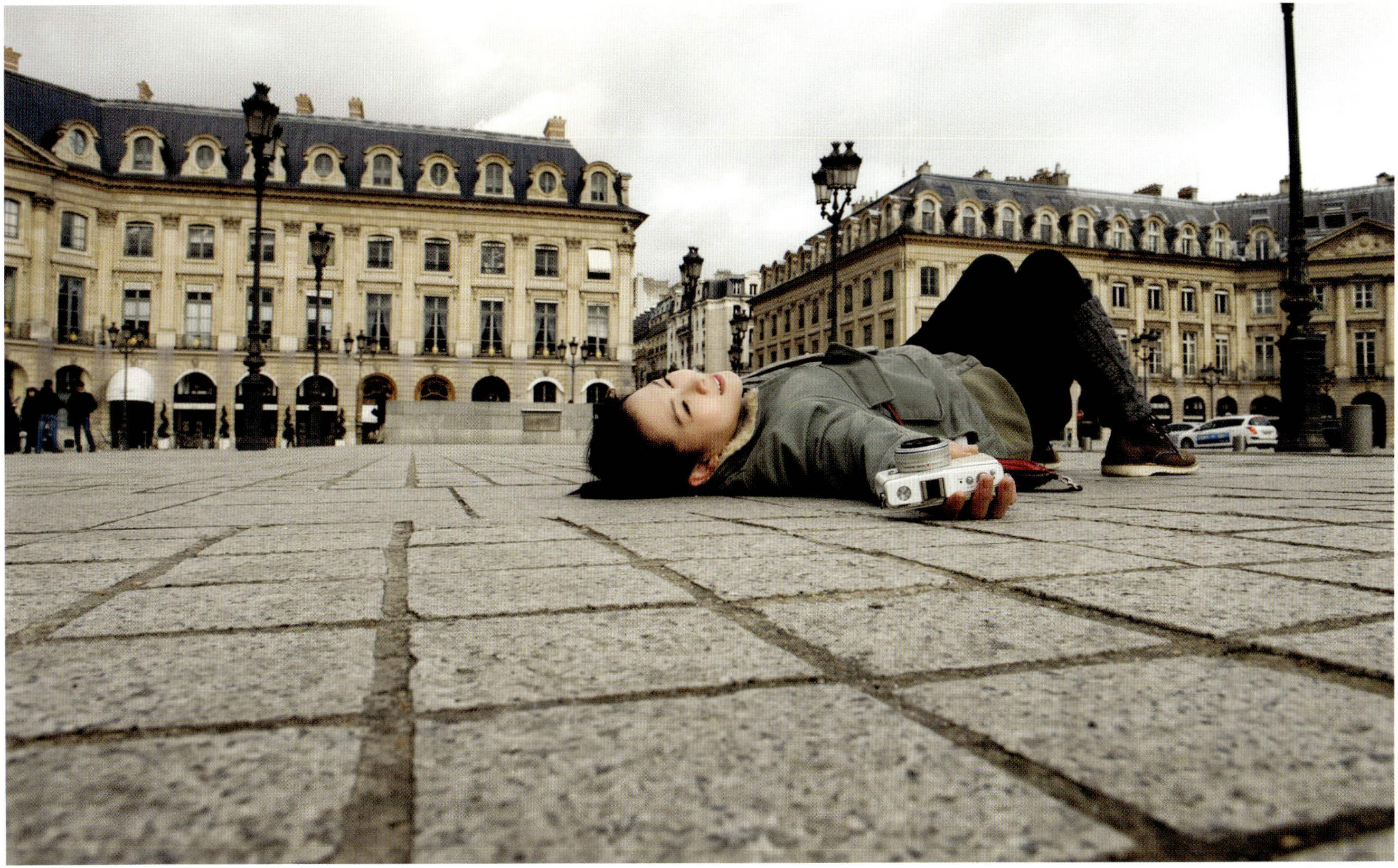

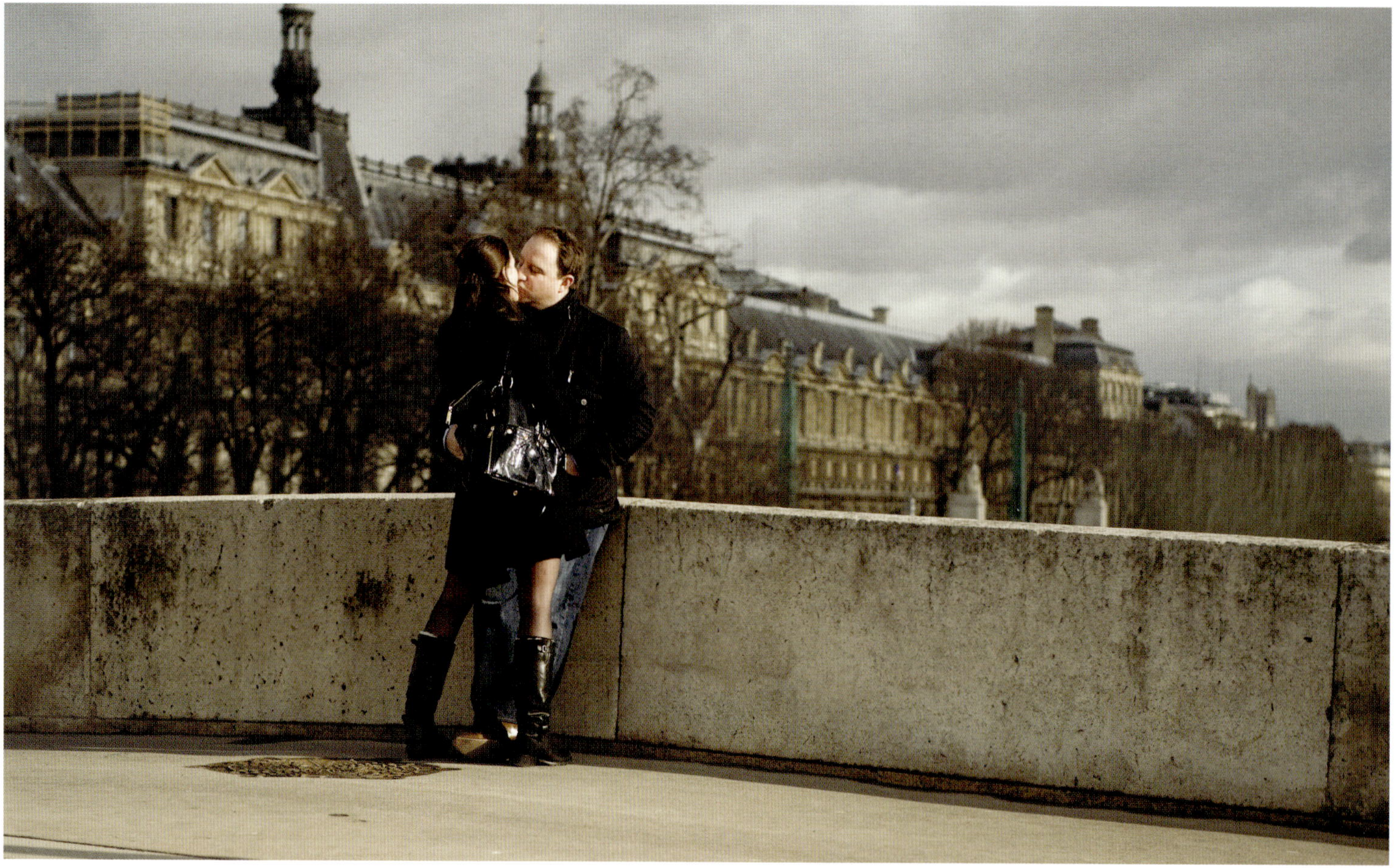

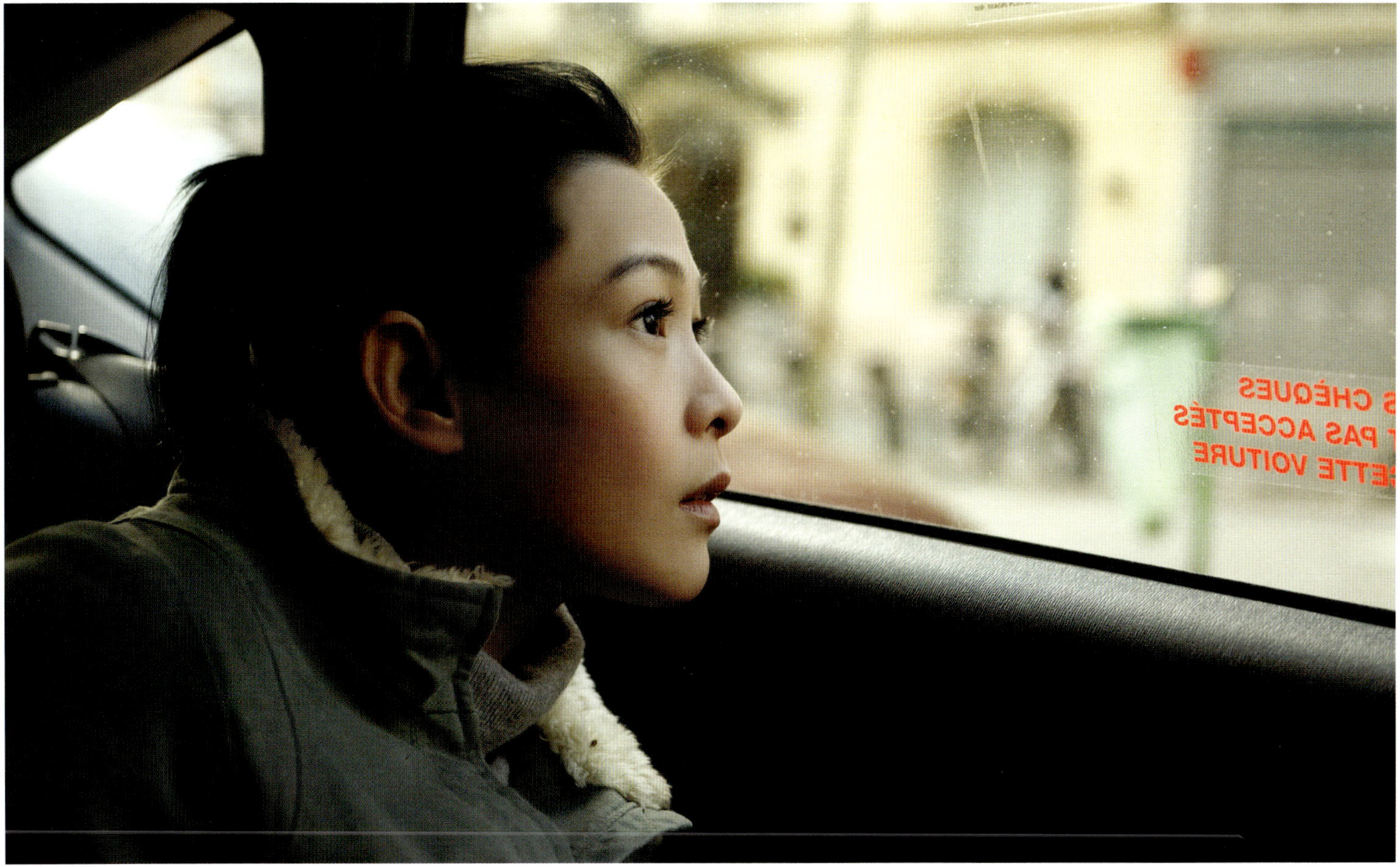

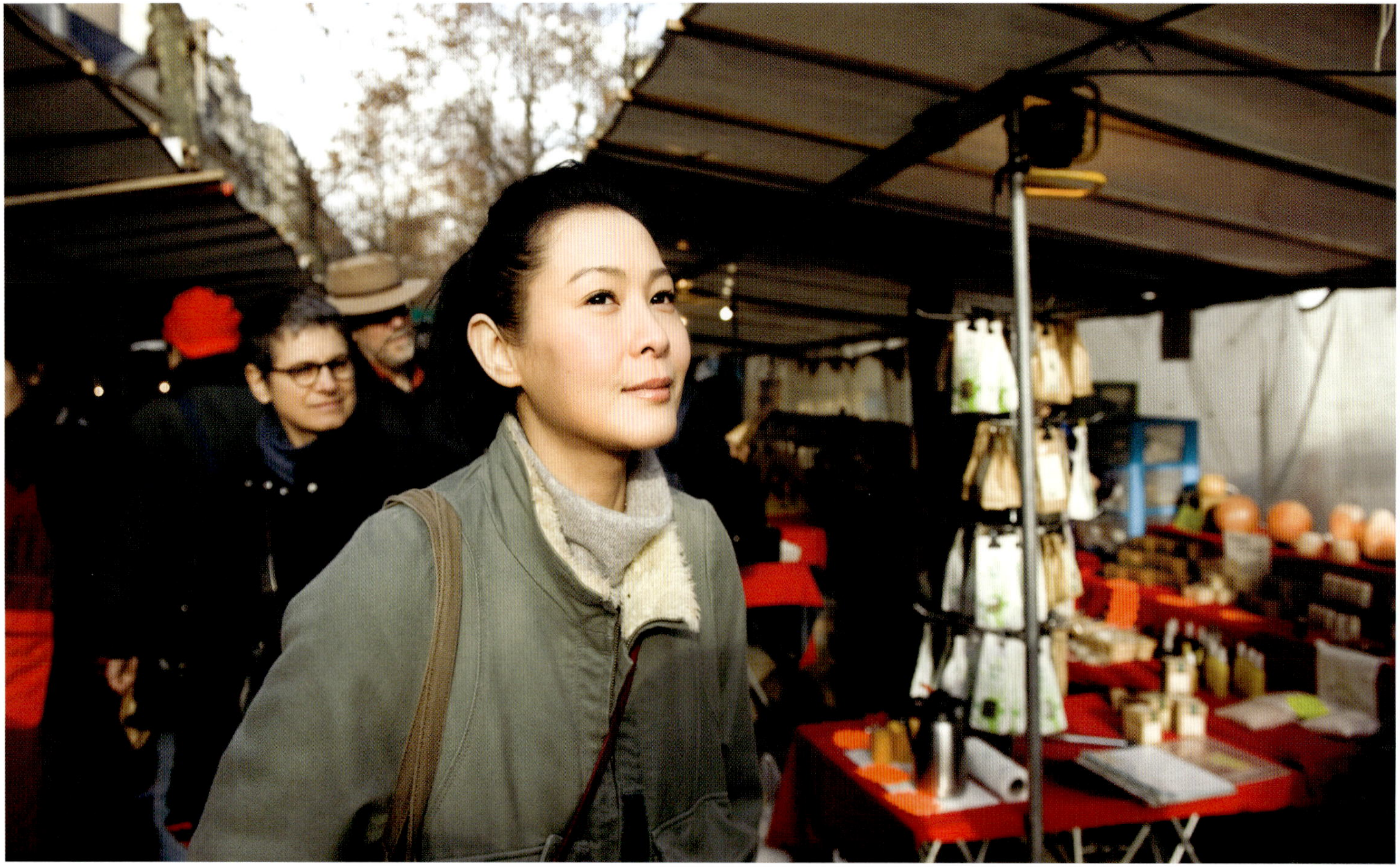

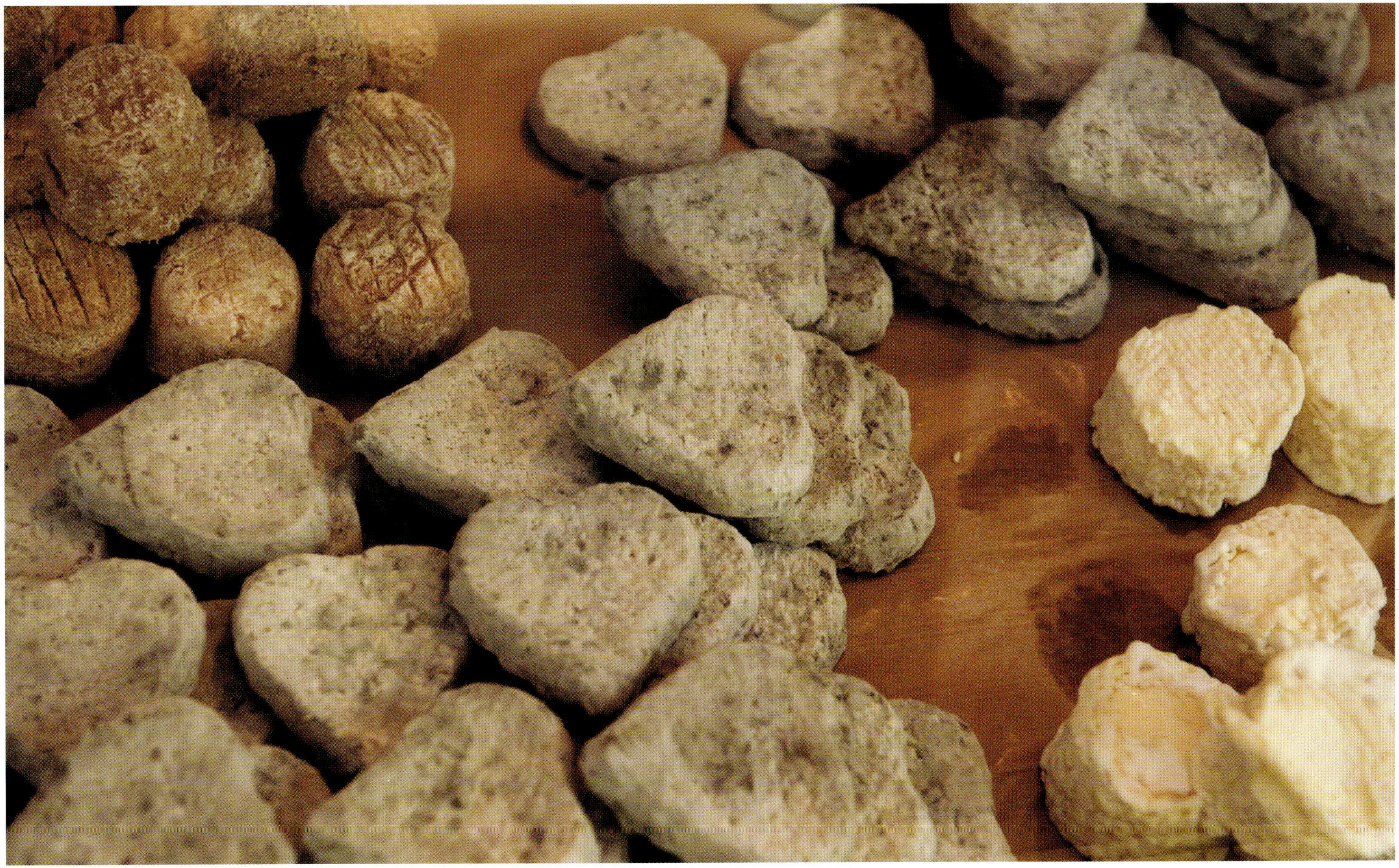

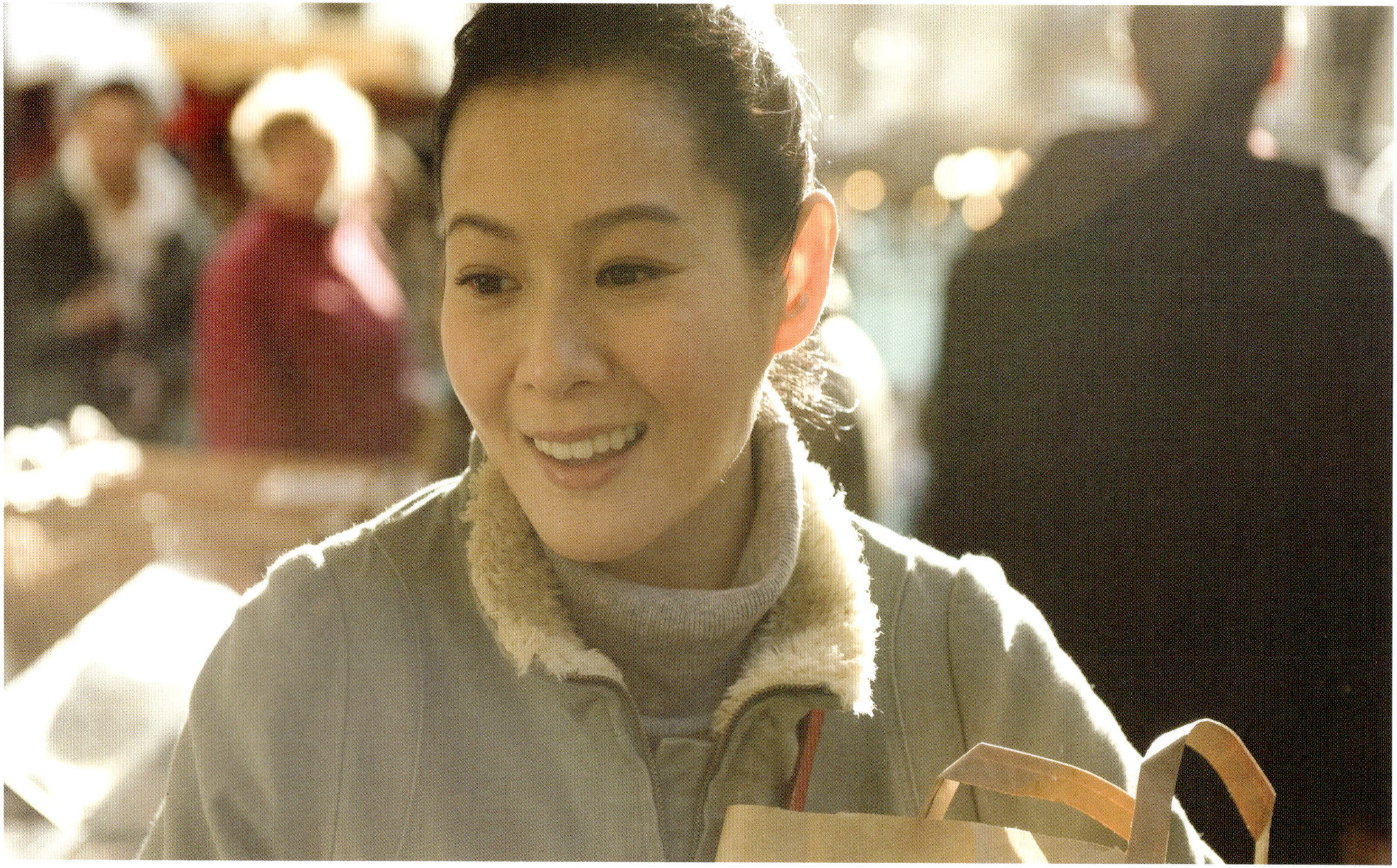

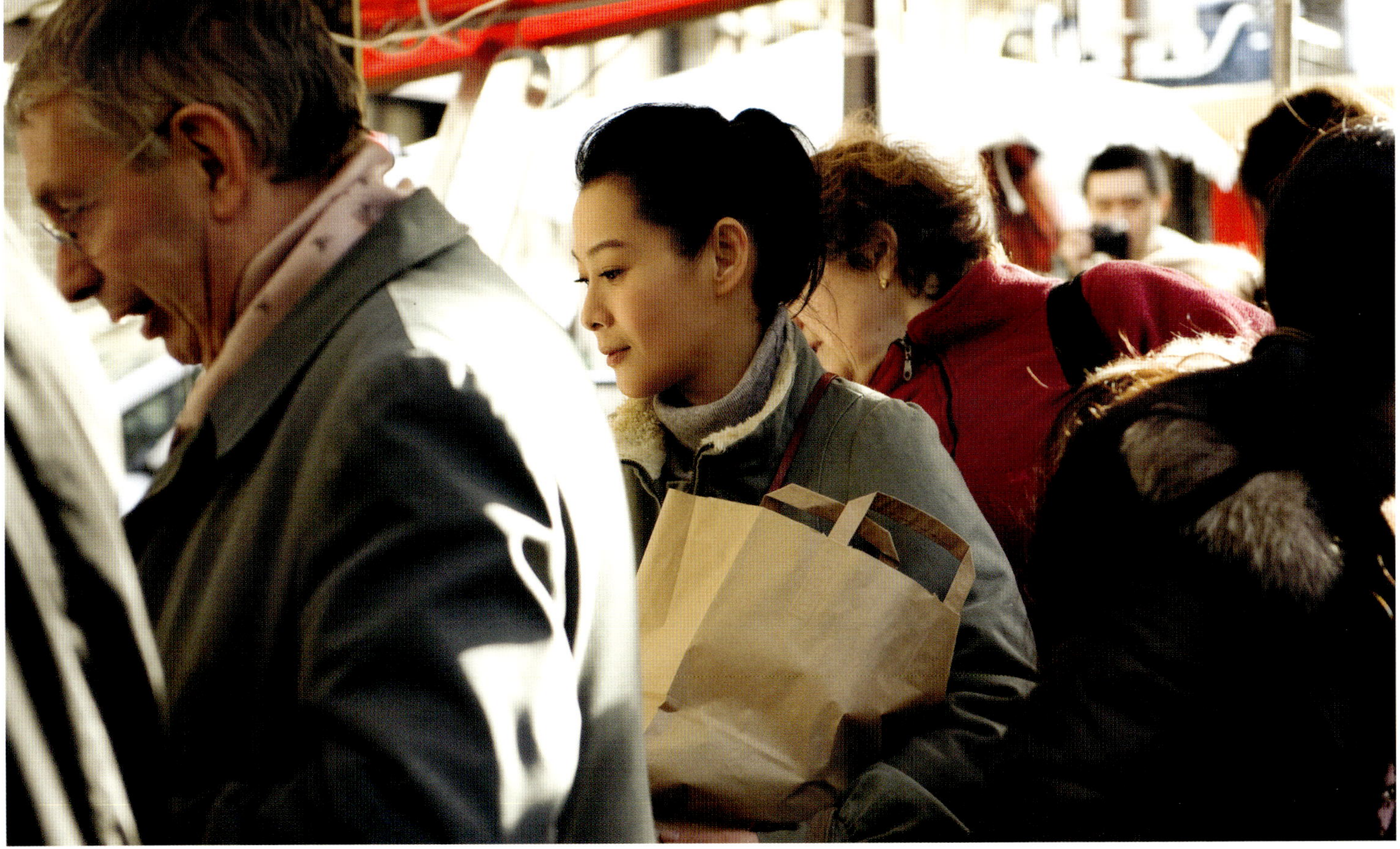

曾经，我努力学习追寻。后来，我努力学着放下。再后来，我学着轻盈地大步走了。

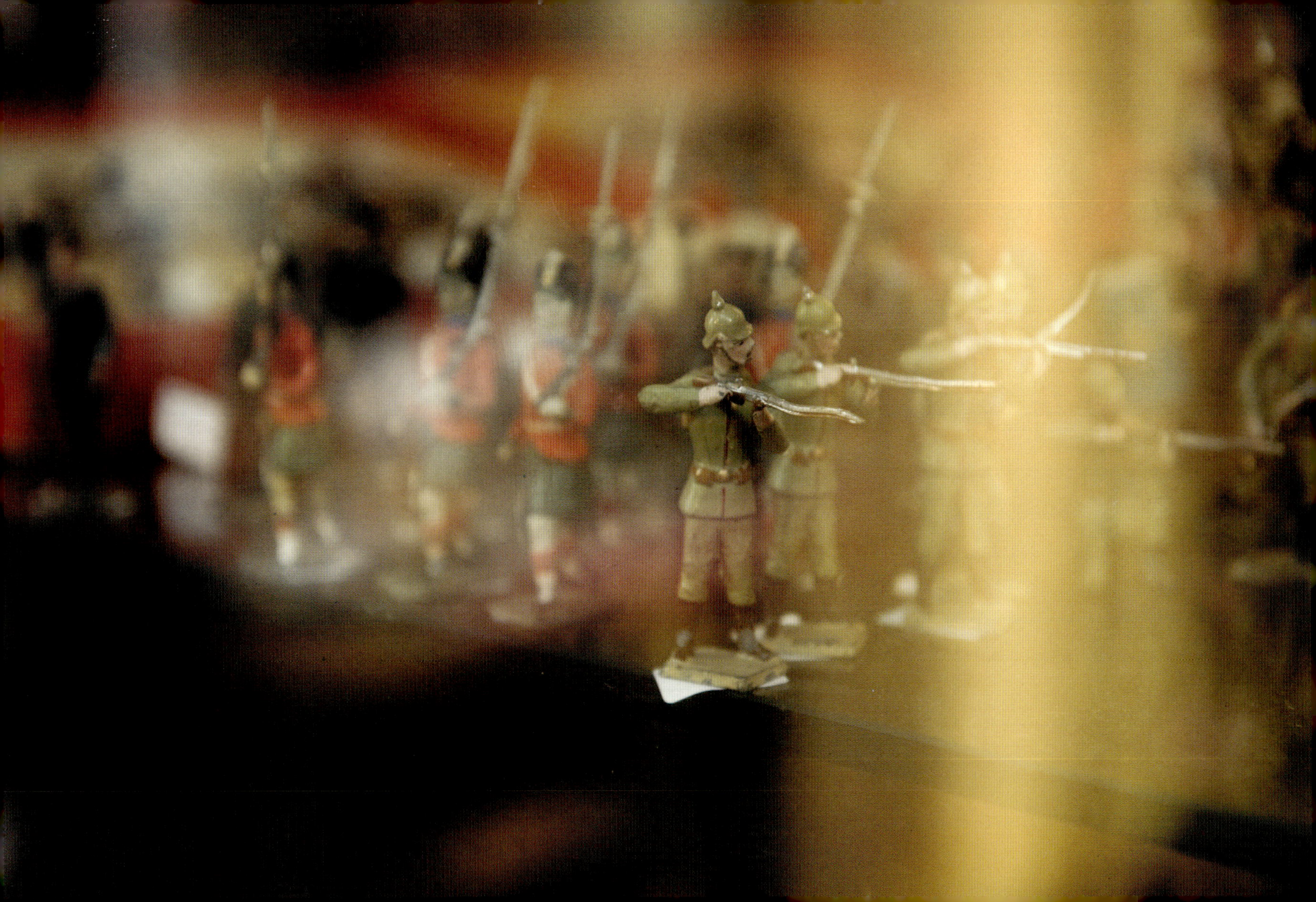

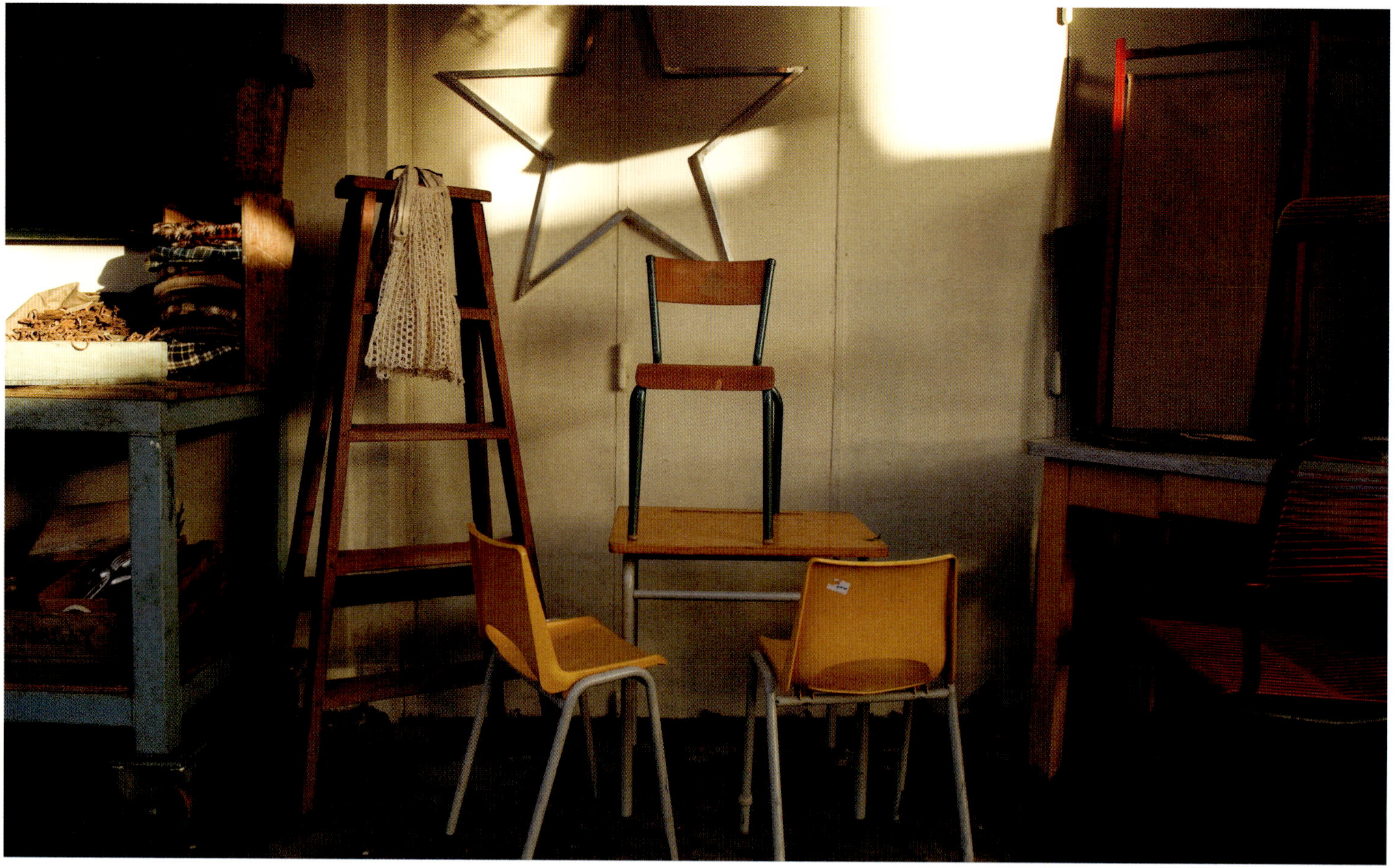

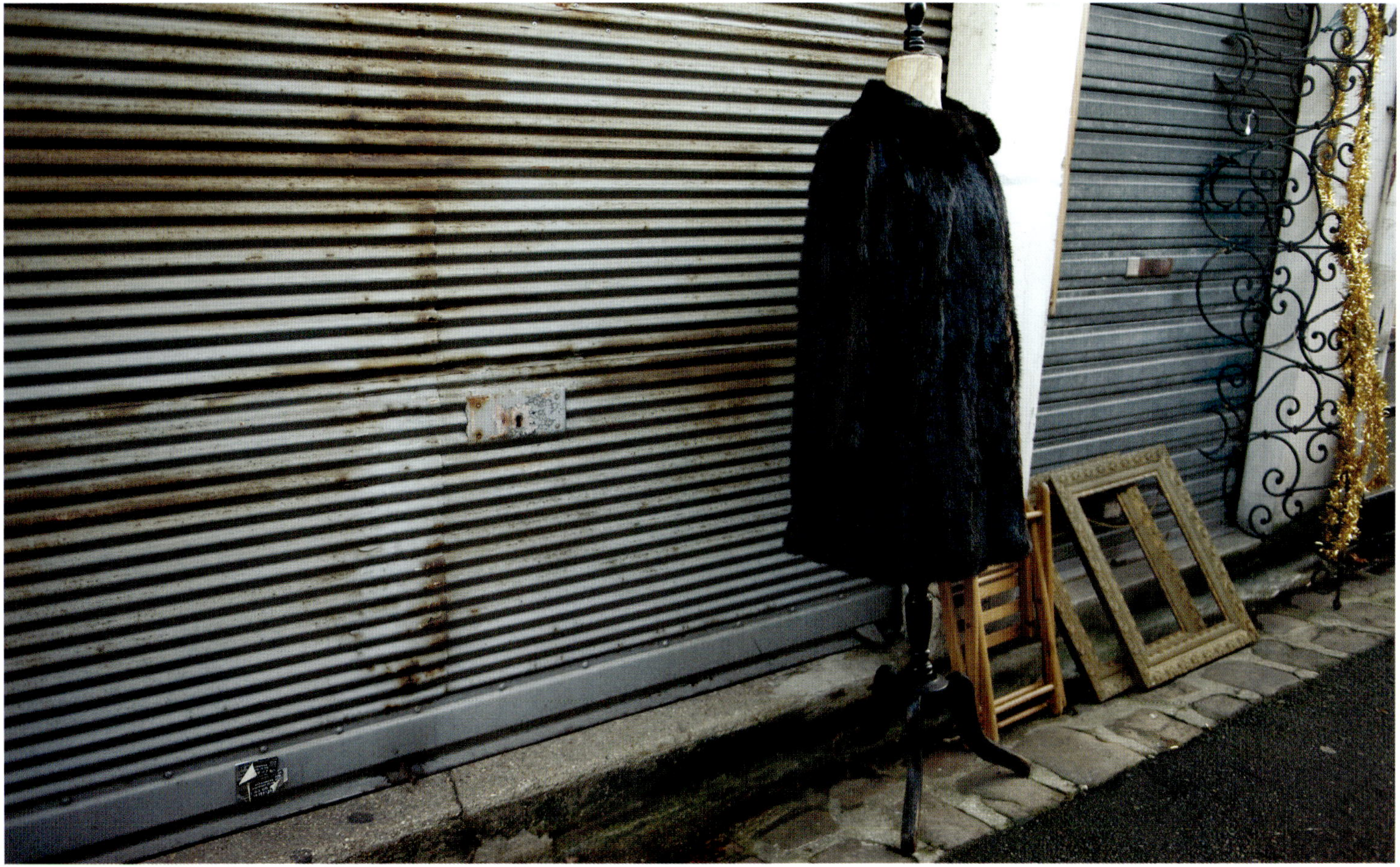

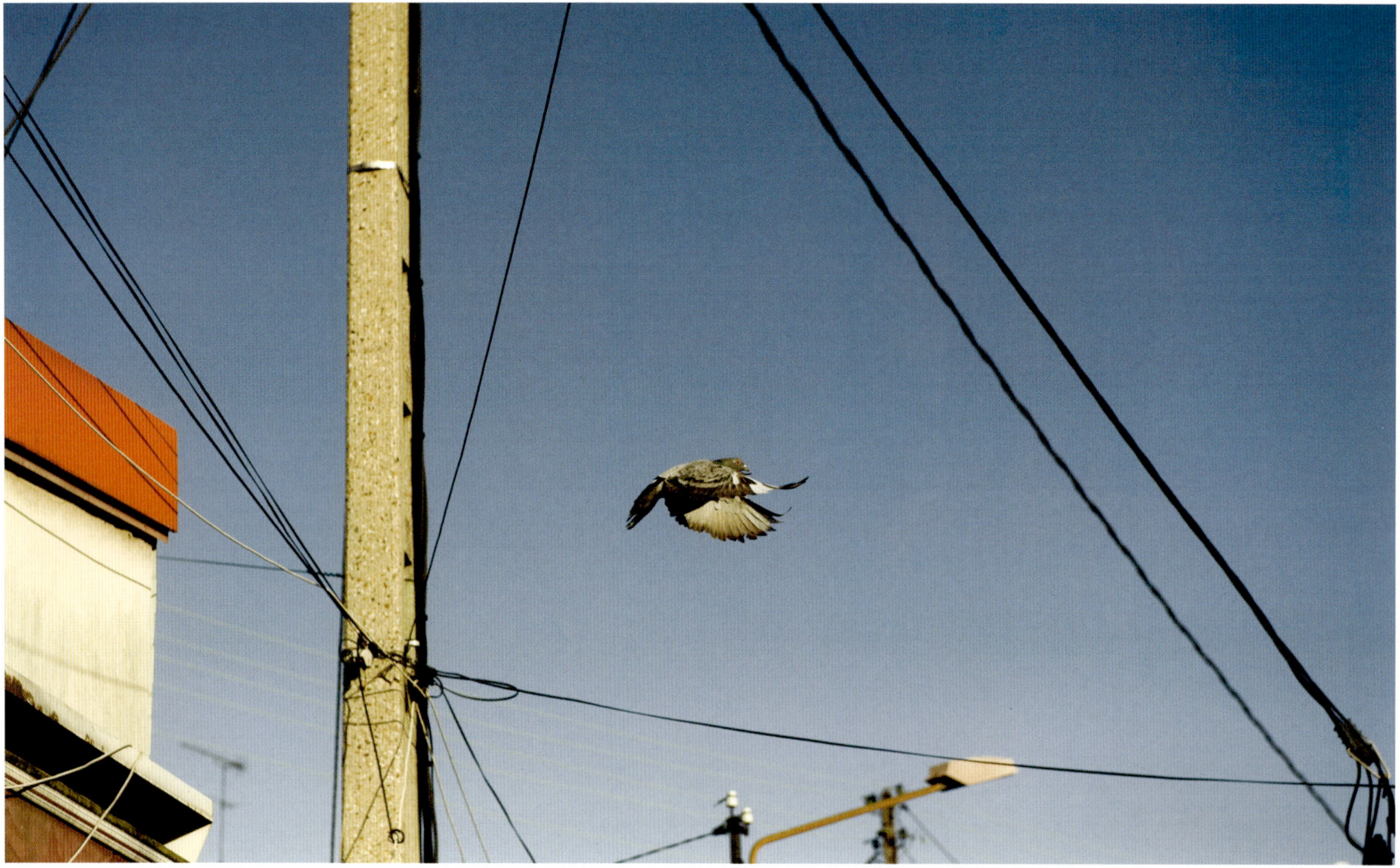

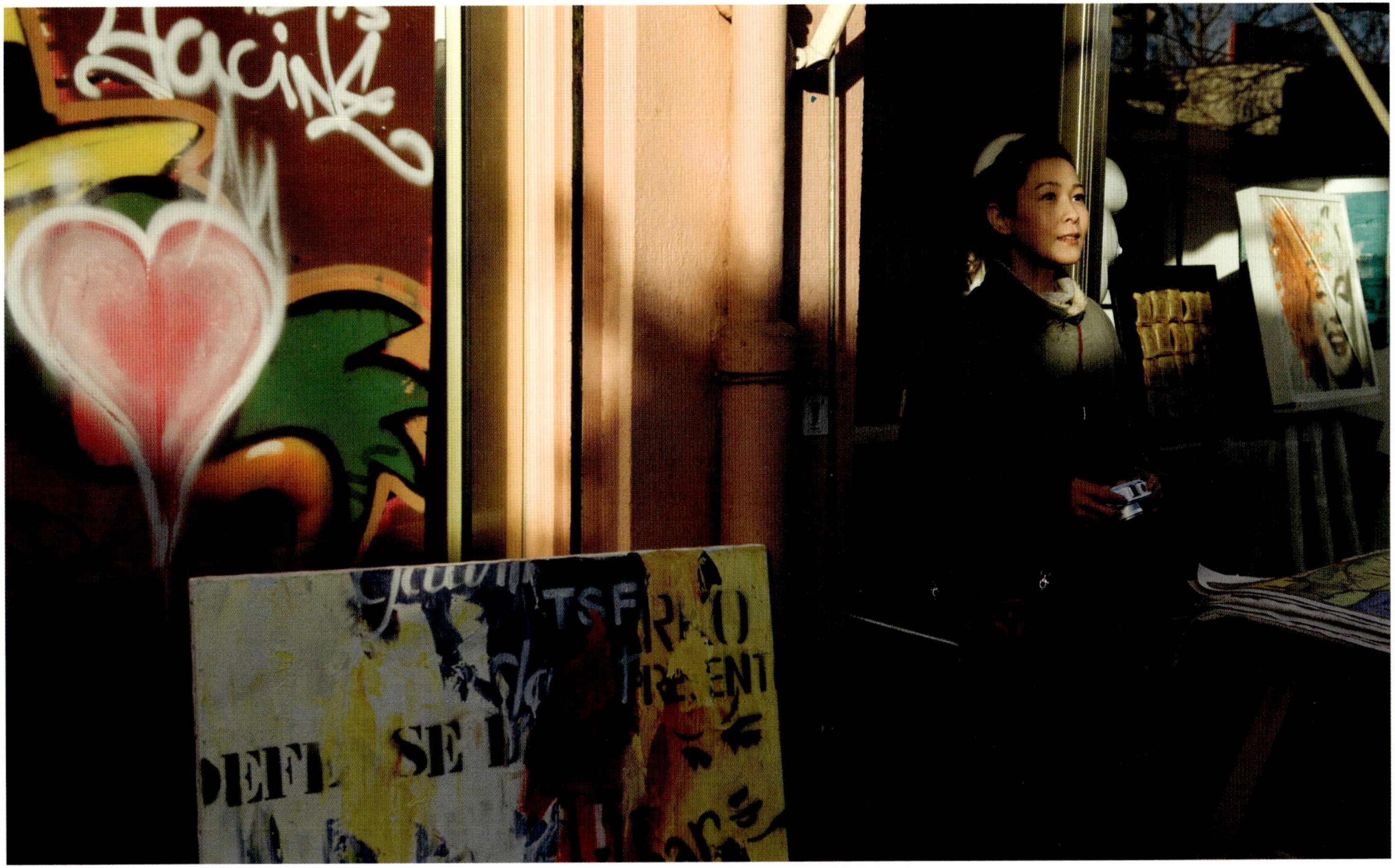
TSF

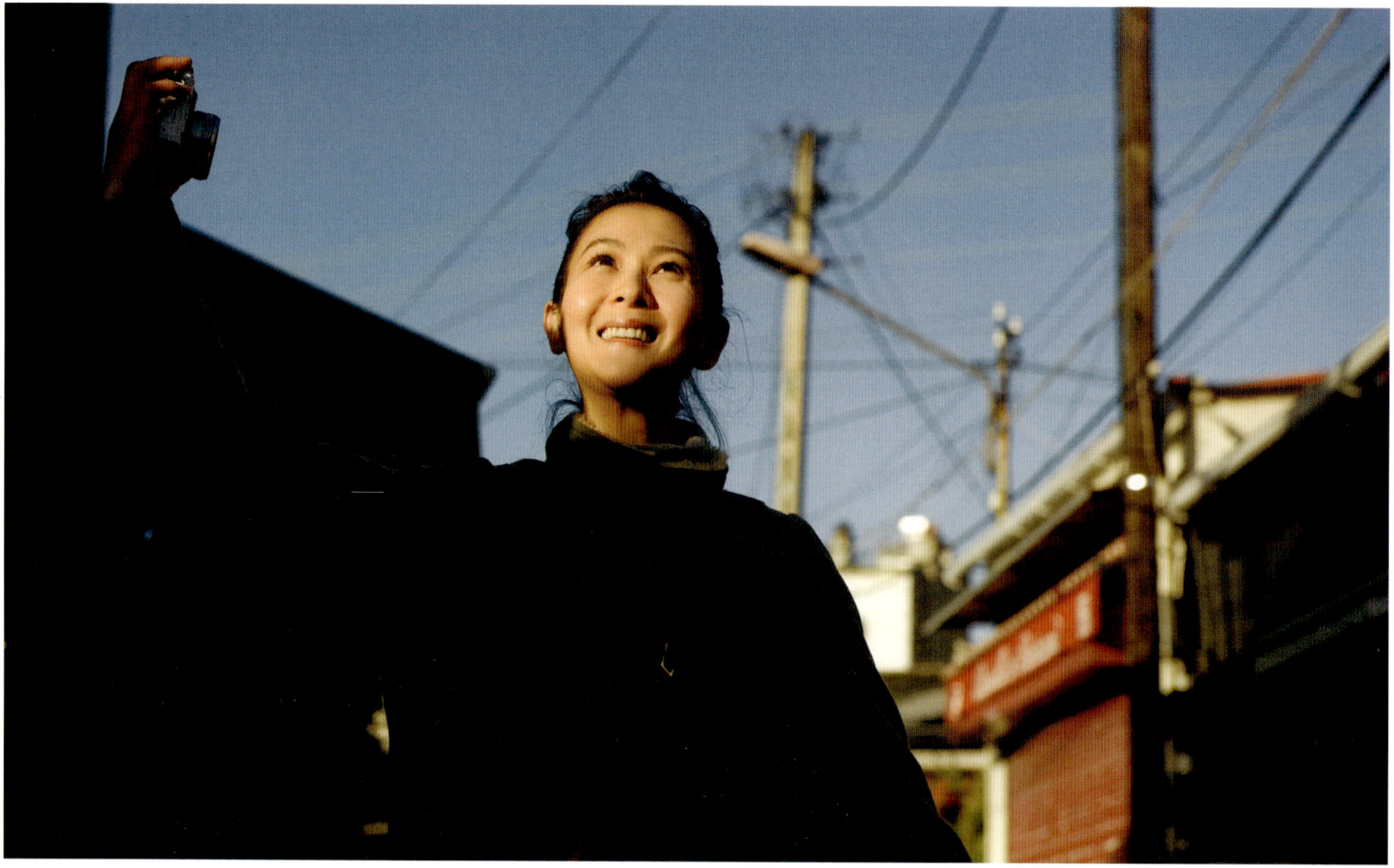

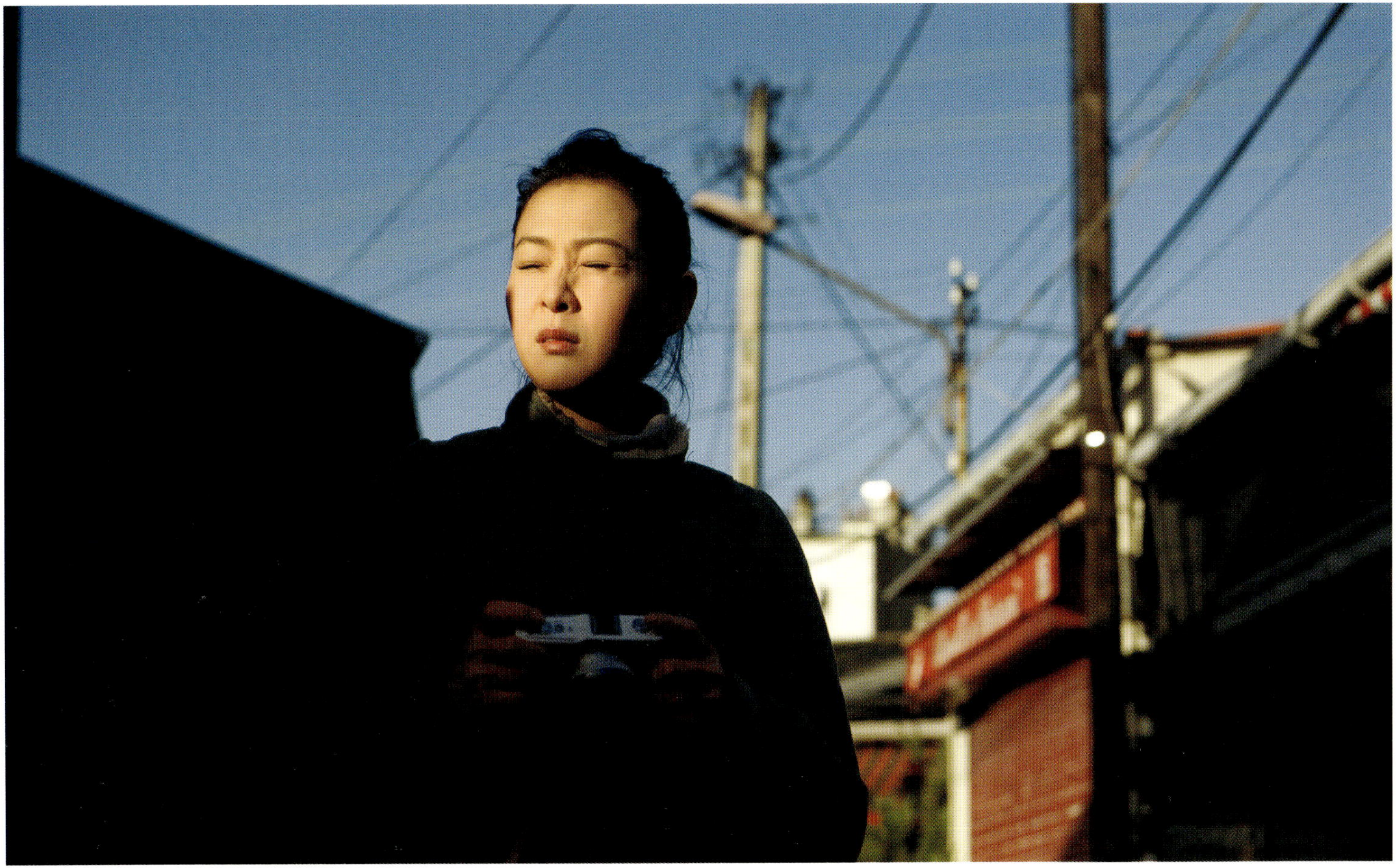

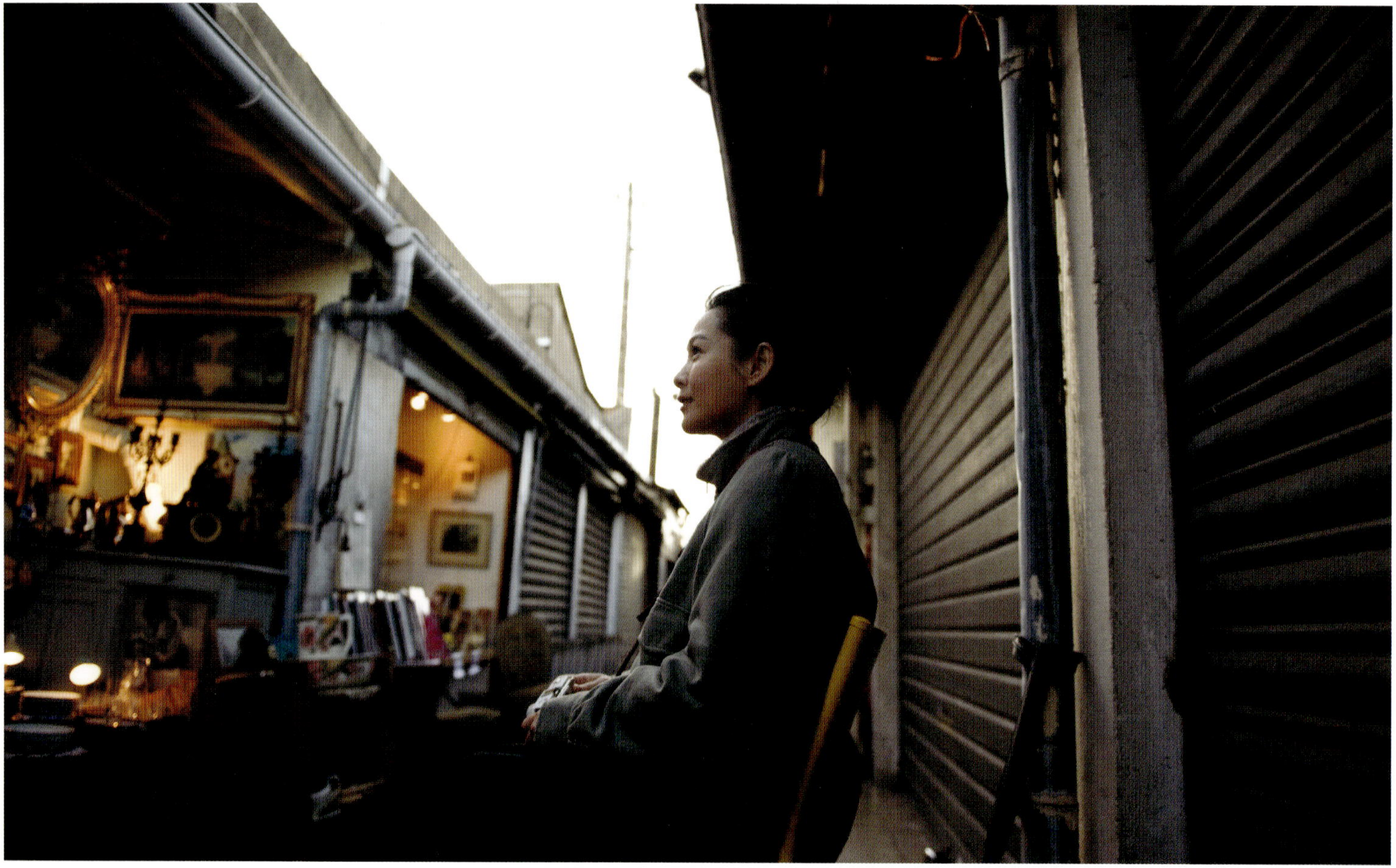

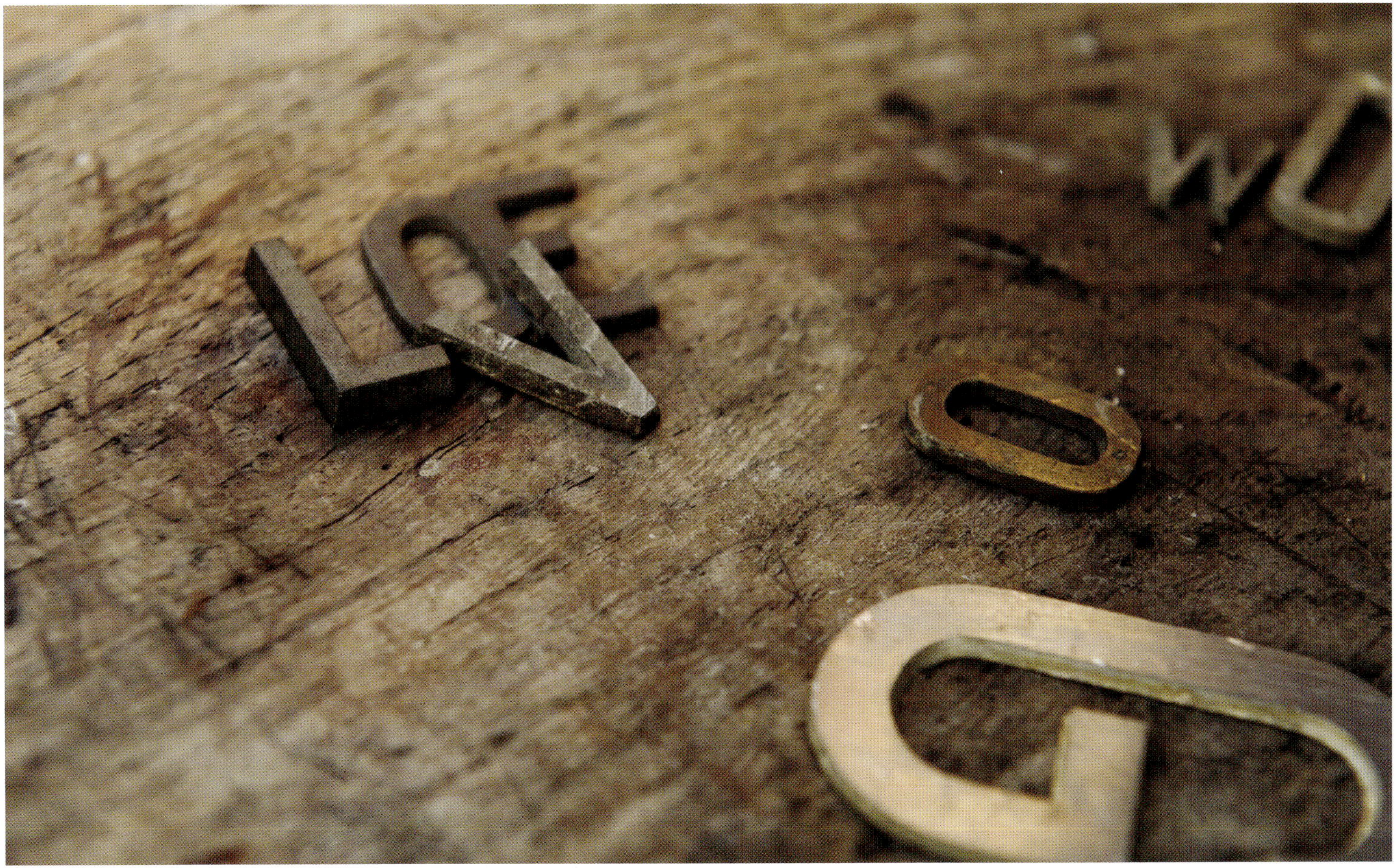

我从没想跟你要什么，从来只怕不能给你什么。

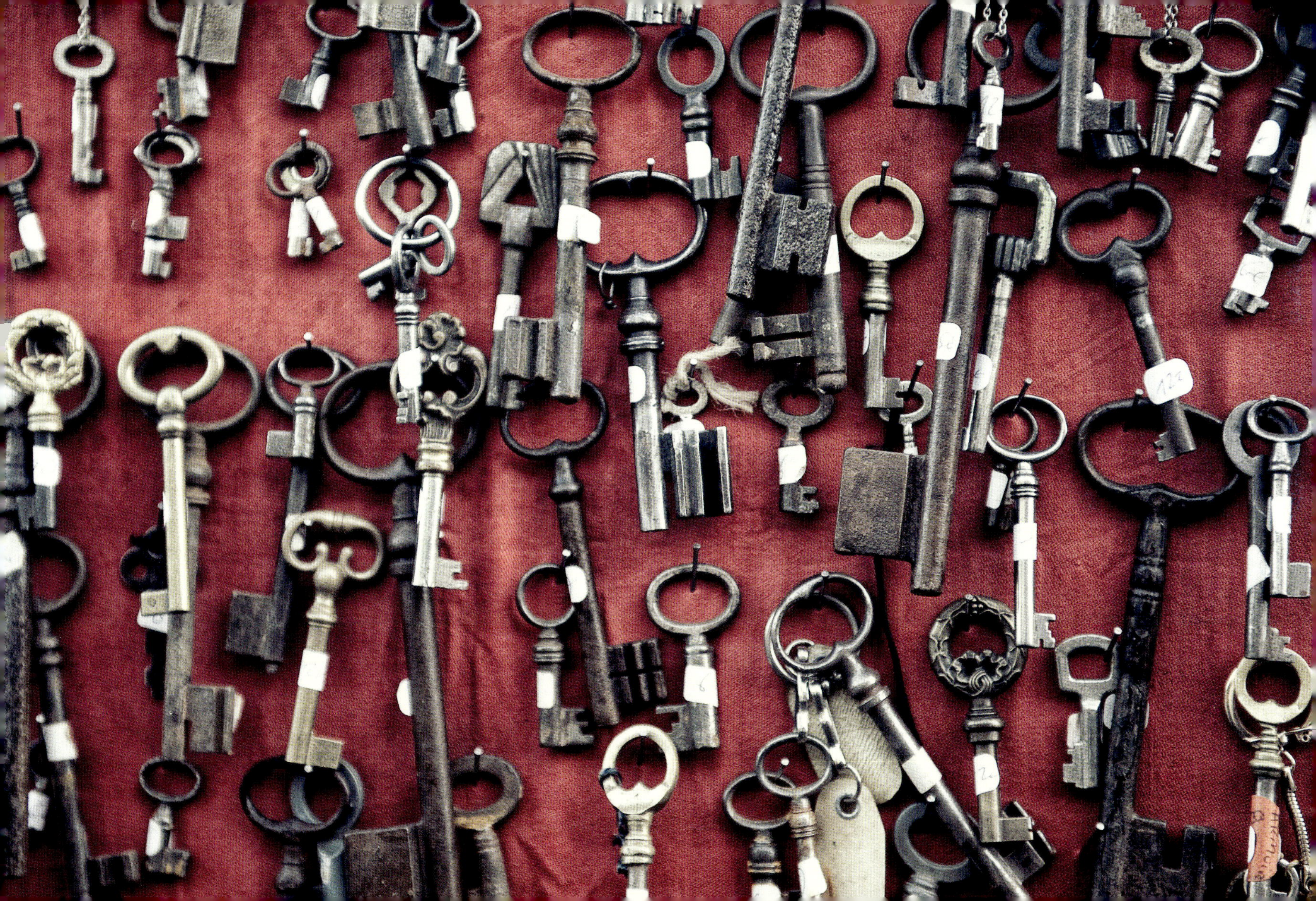

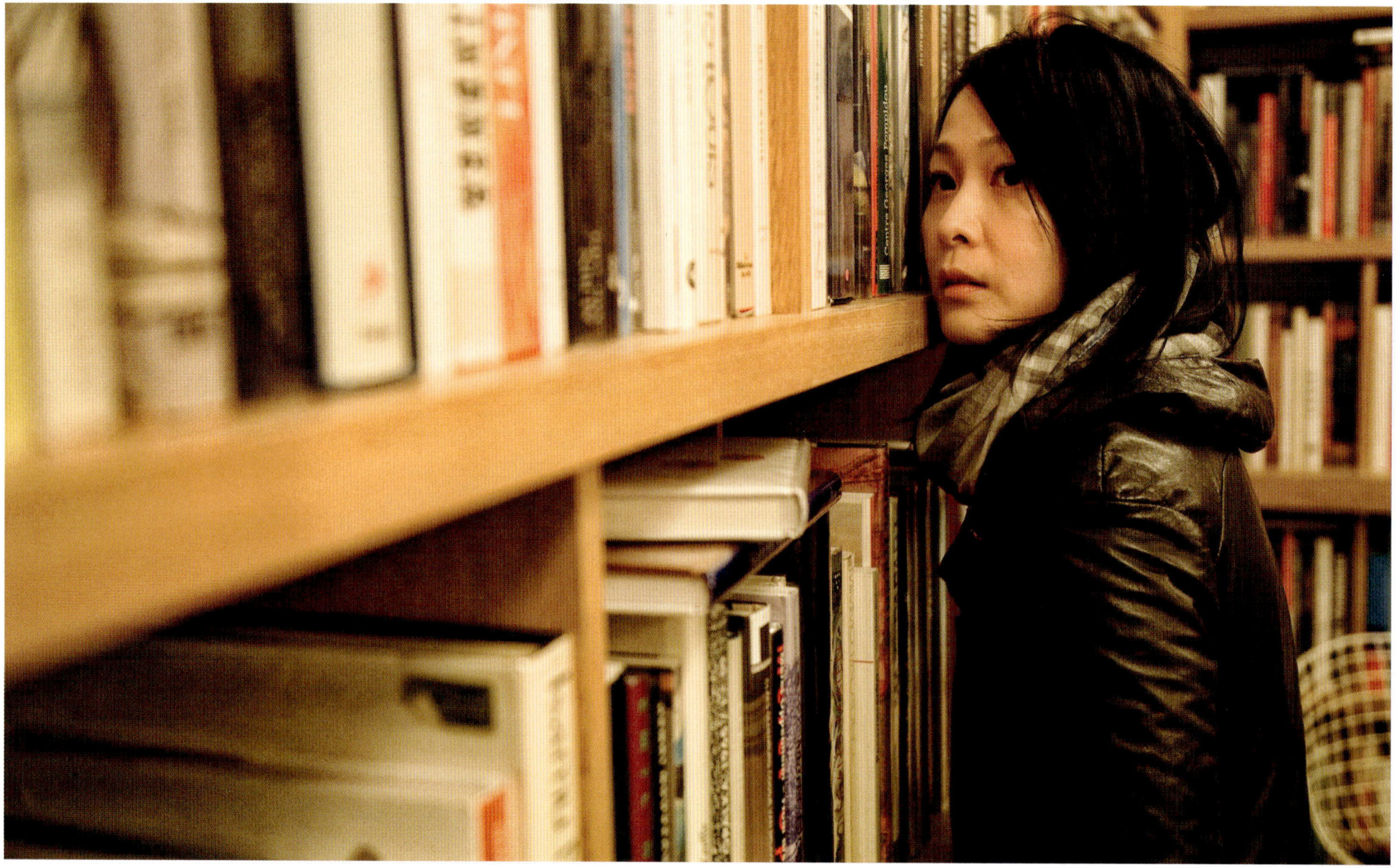

Jean-Paul Sartre
Huis clos
Les mouches
Simone de Beauvoir
La cérémonie des adieux
Entretiens avec Jean-Paul Sartre
HELMUT NEWTON
SALVATORE

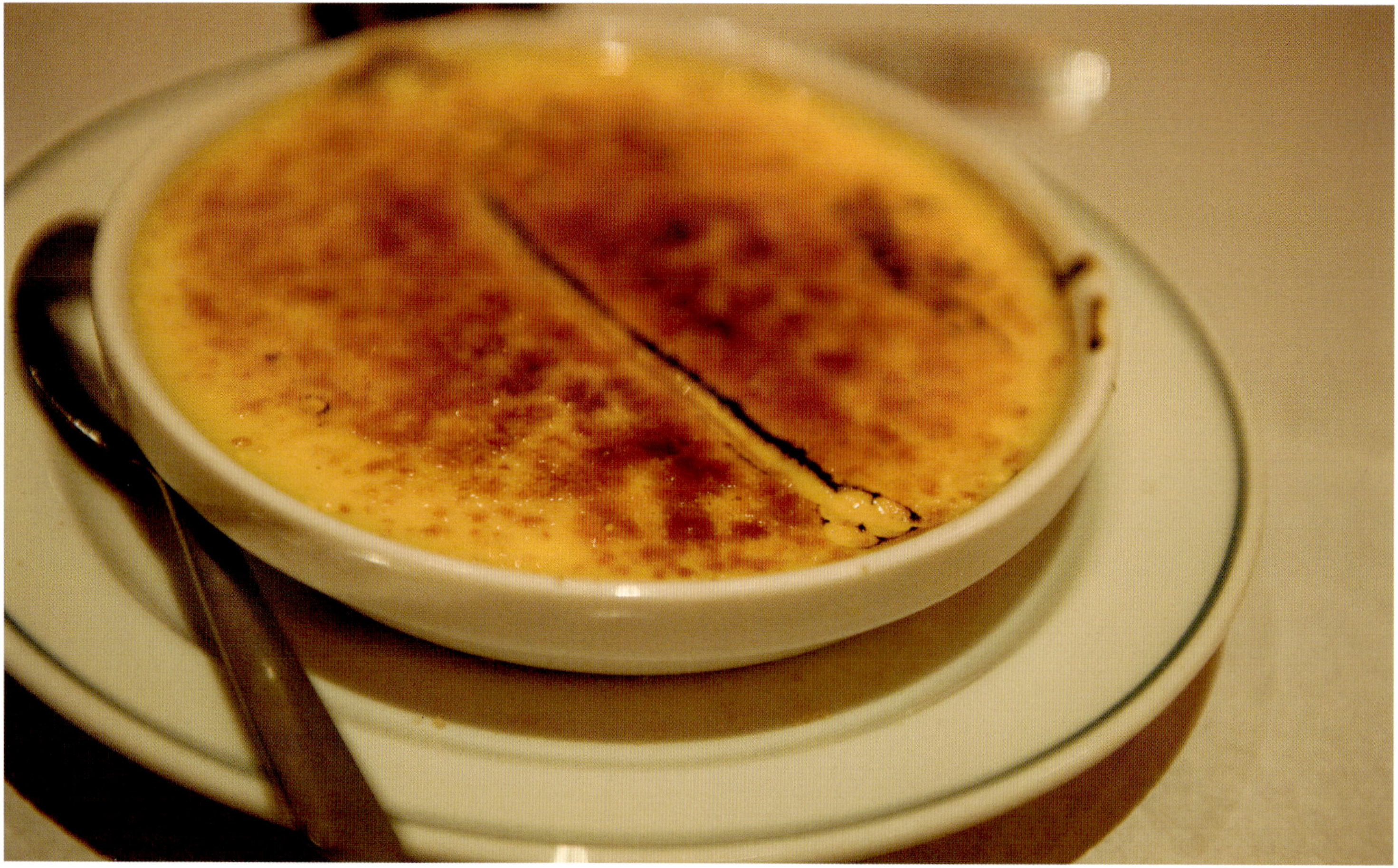

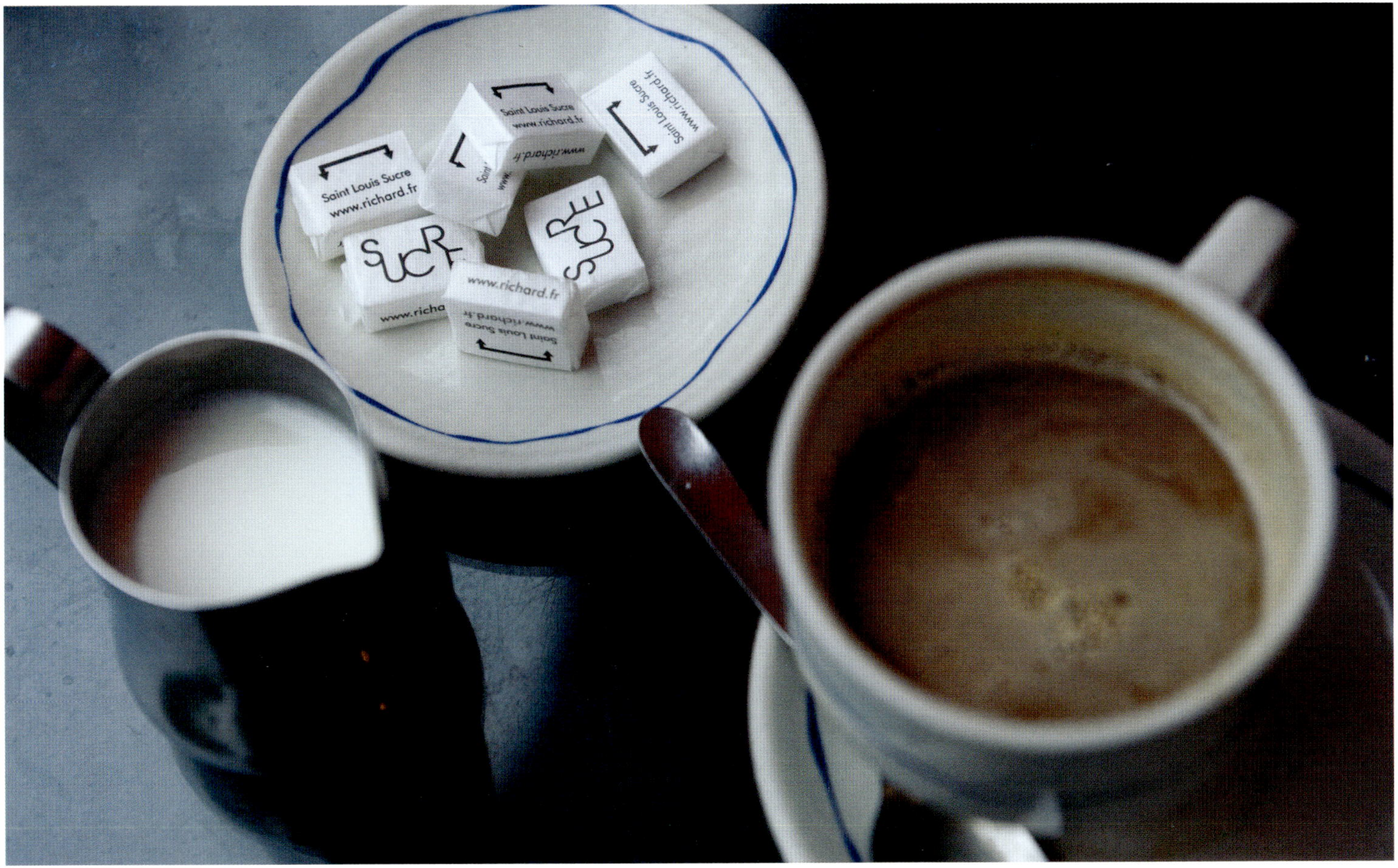
Saint Louis Sucre
www.richard.fr
SUCRE

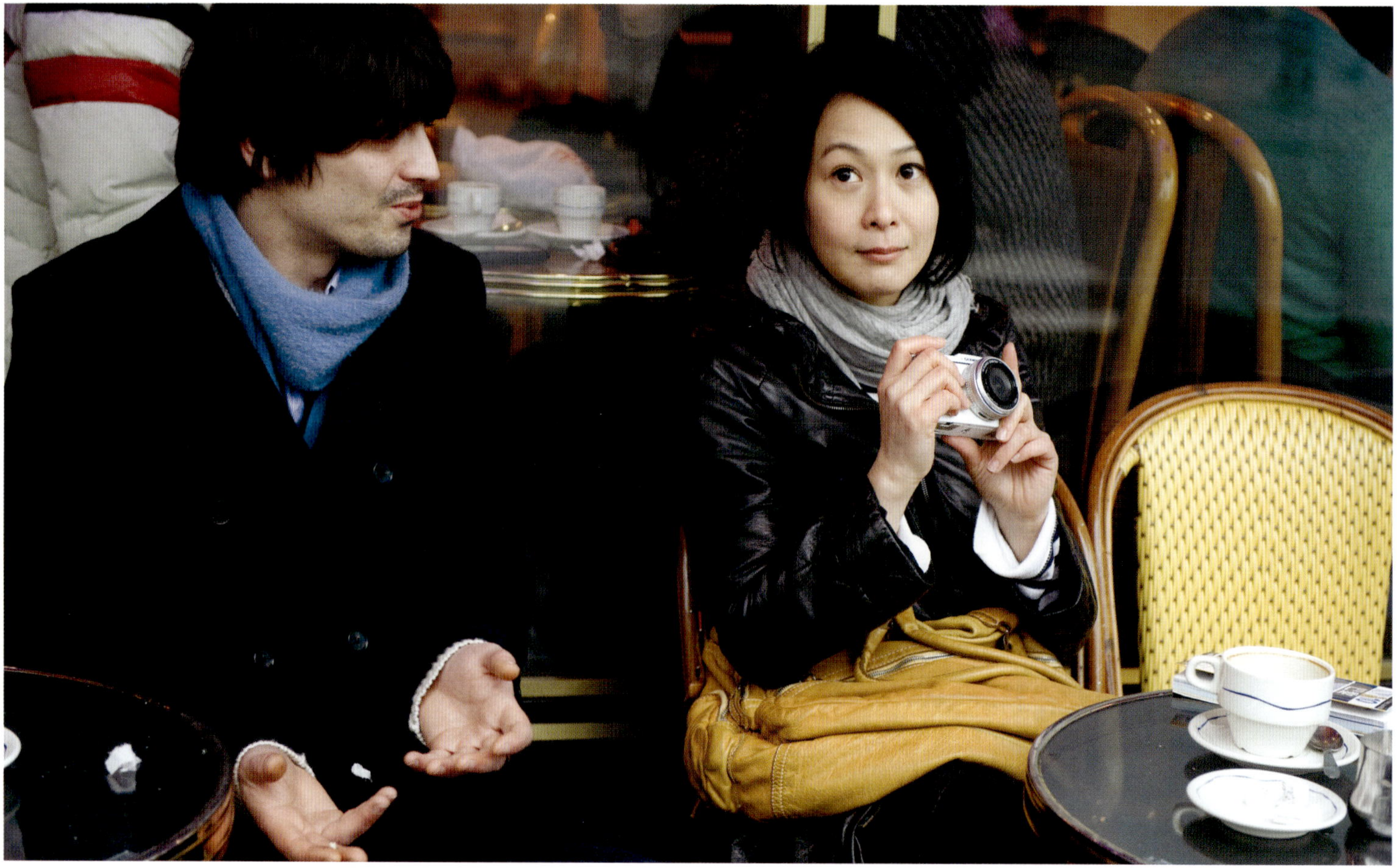

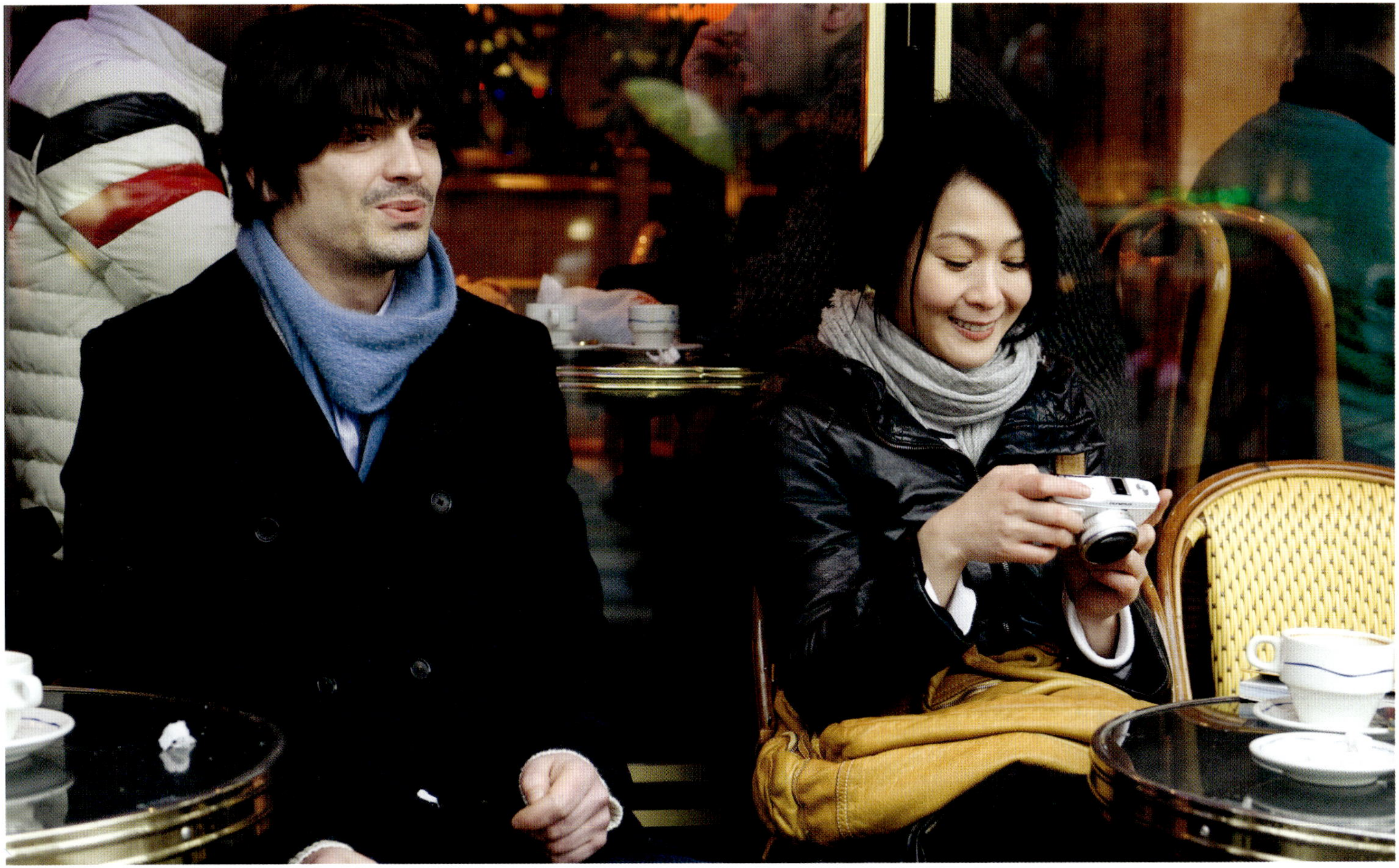

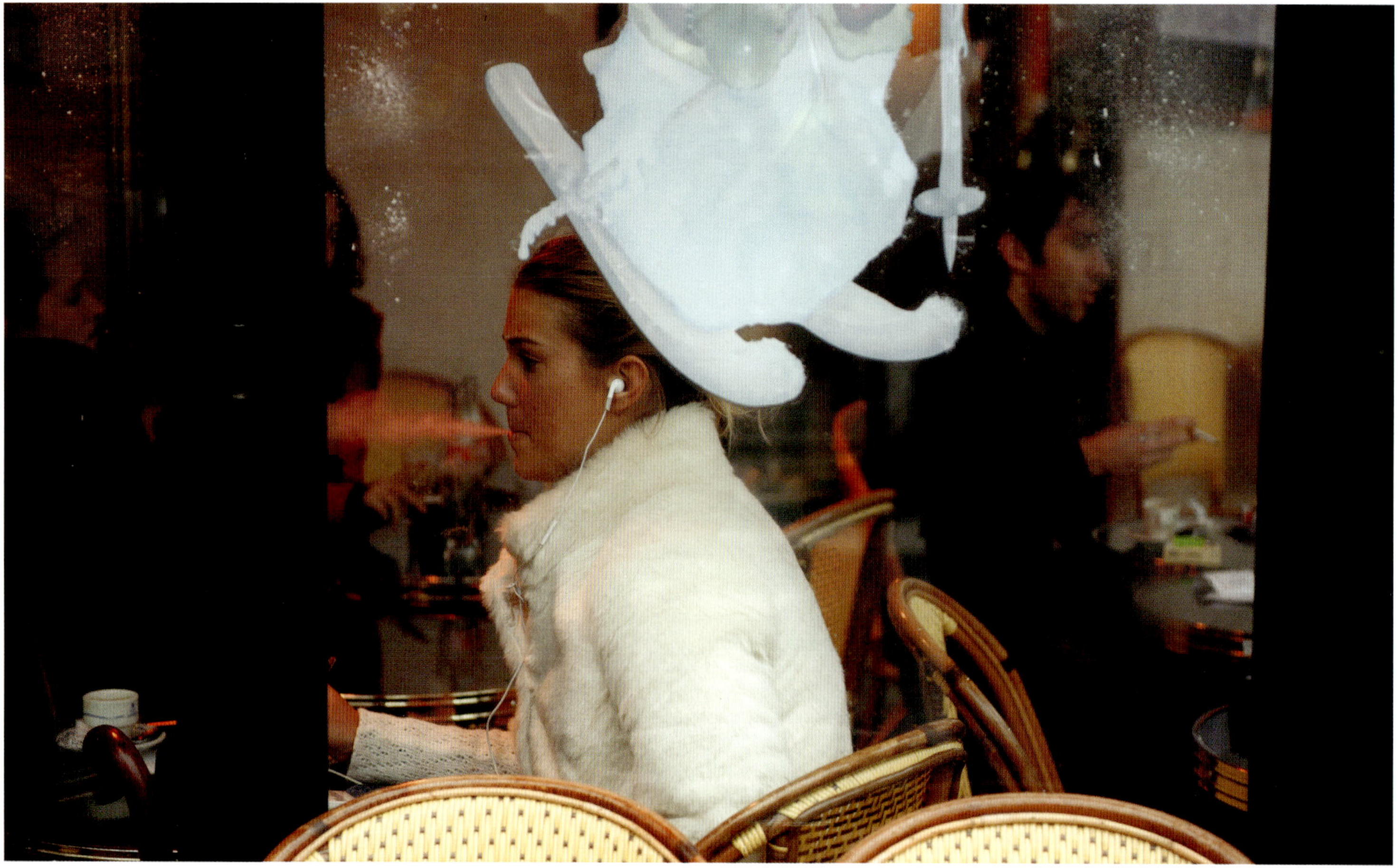

忘了，有时候是最坦诚、最勇敢的答案。

将风雨还给天空,将平静还给心灵。

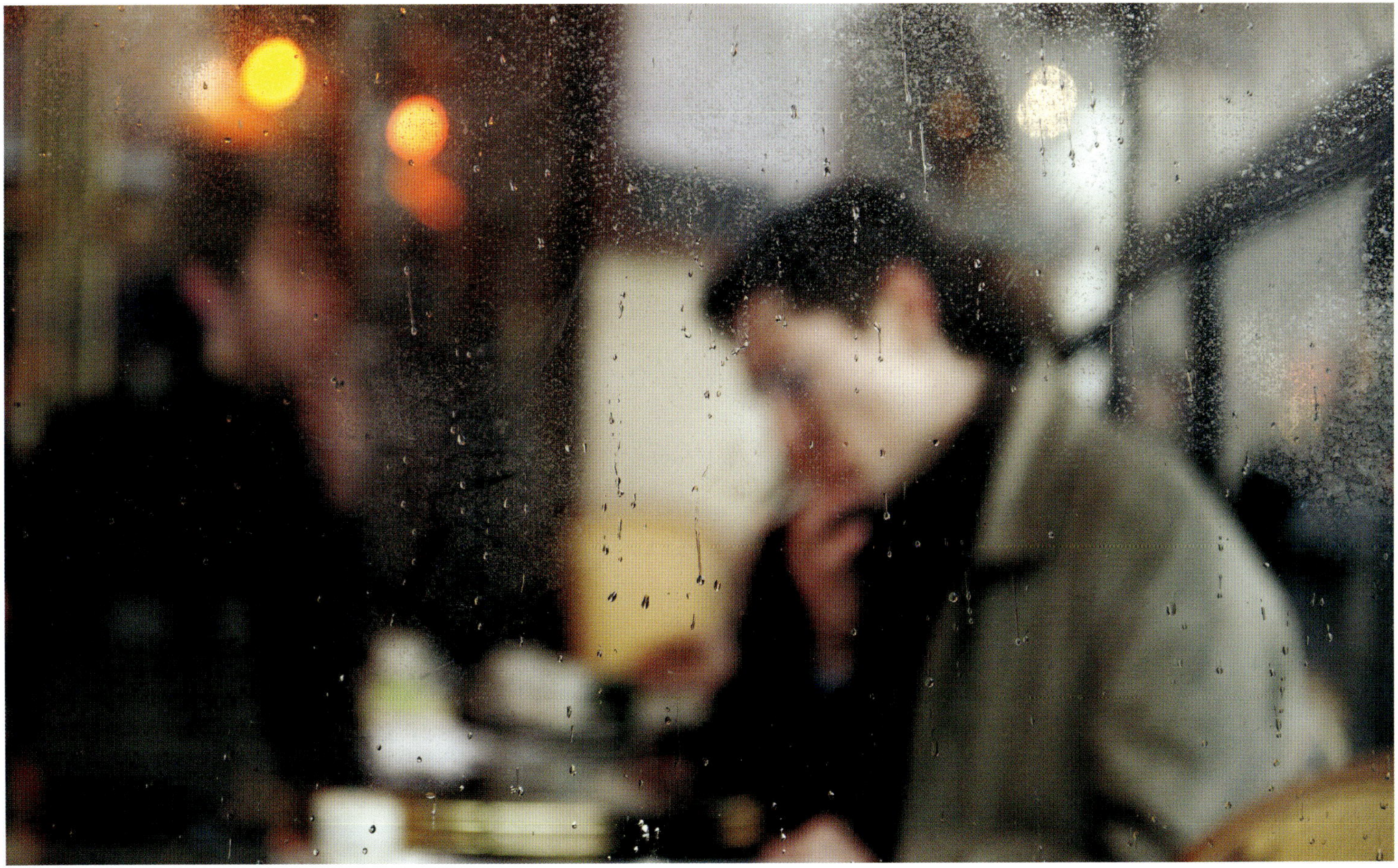

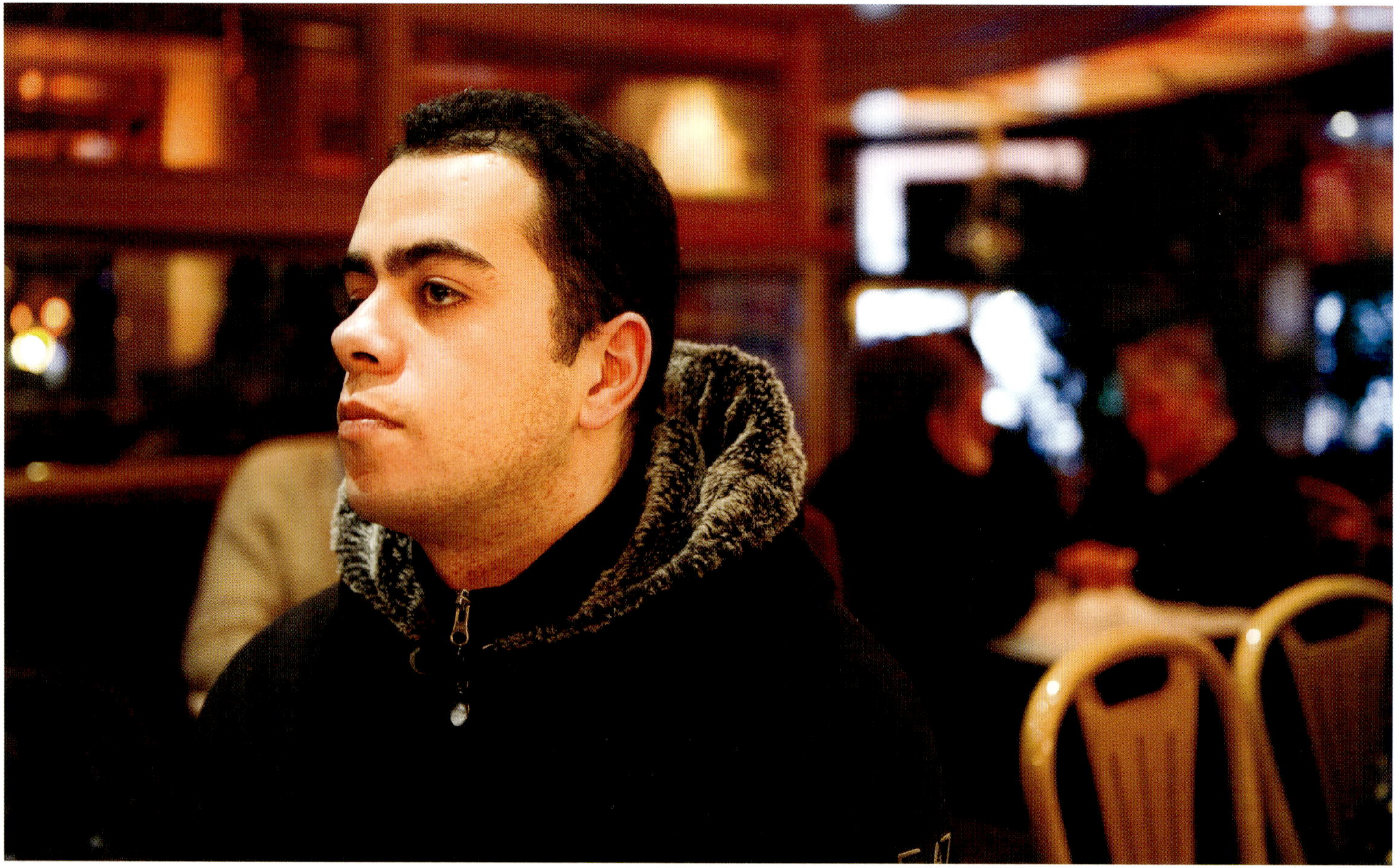

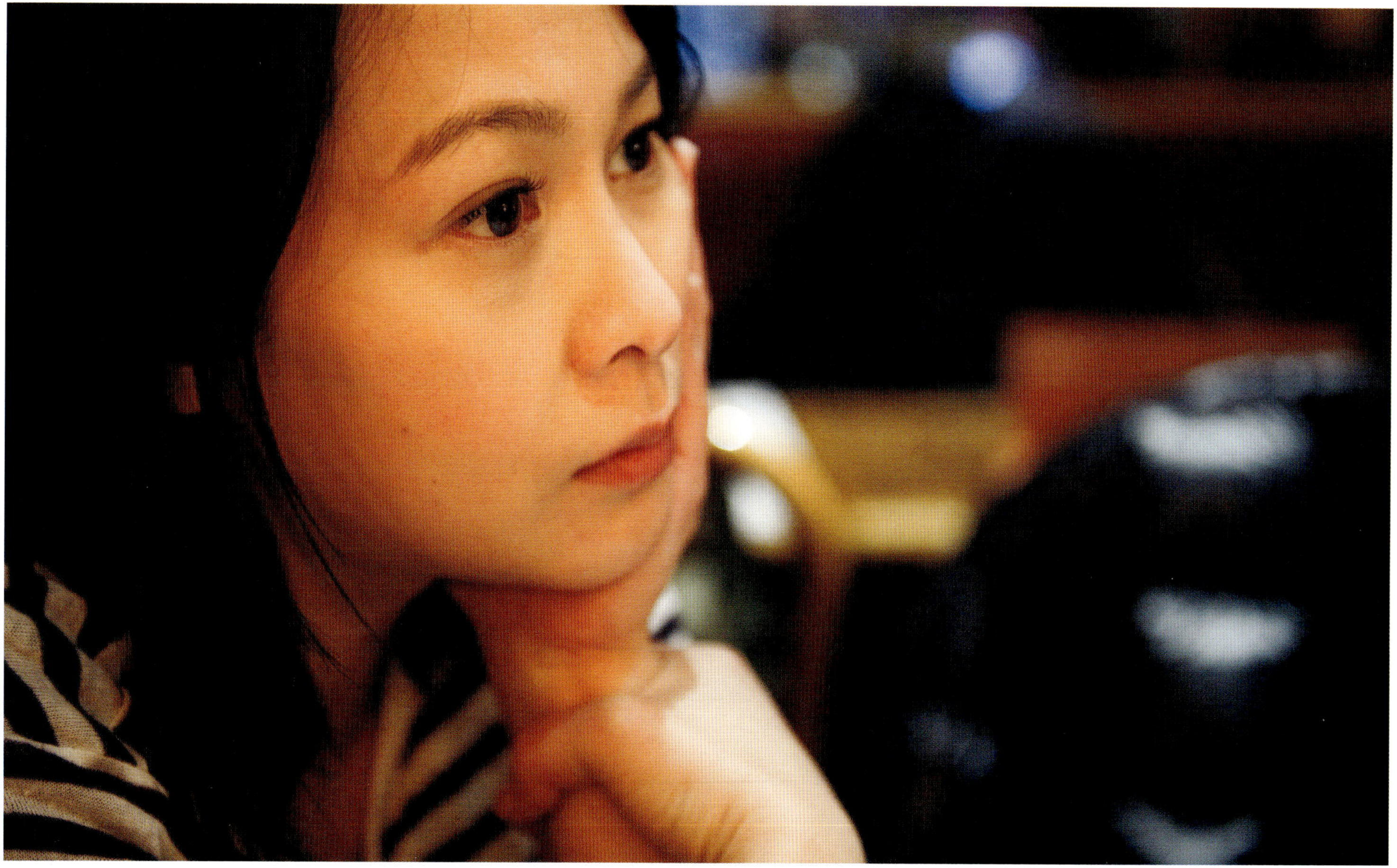

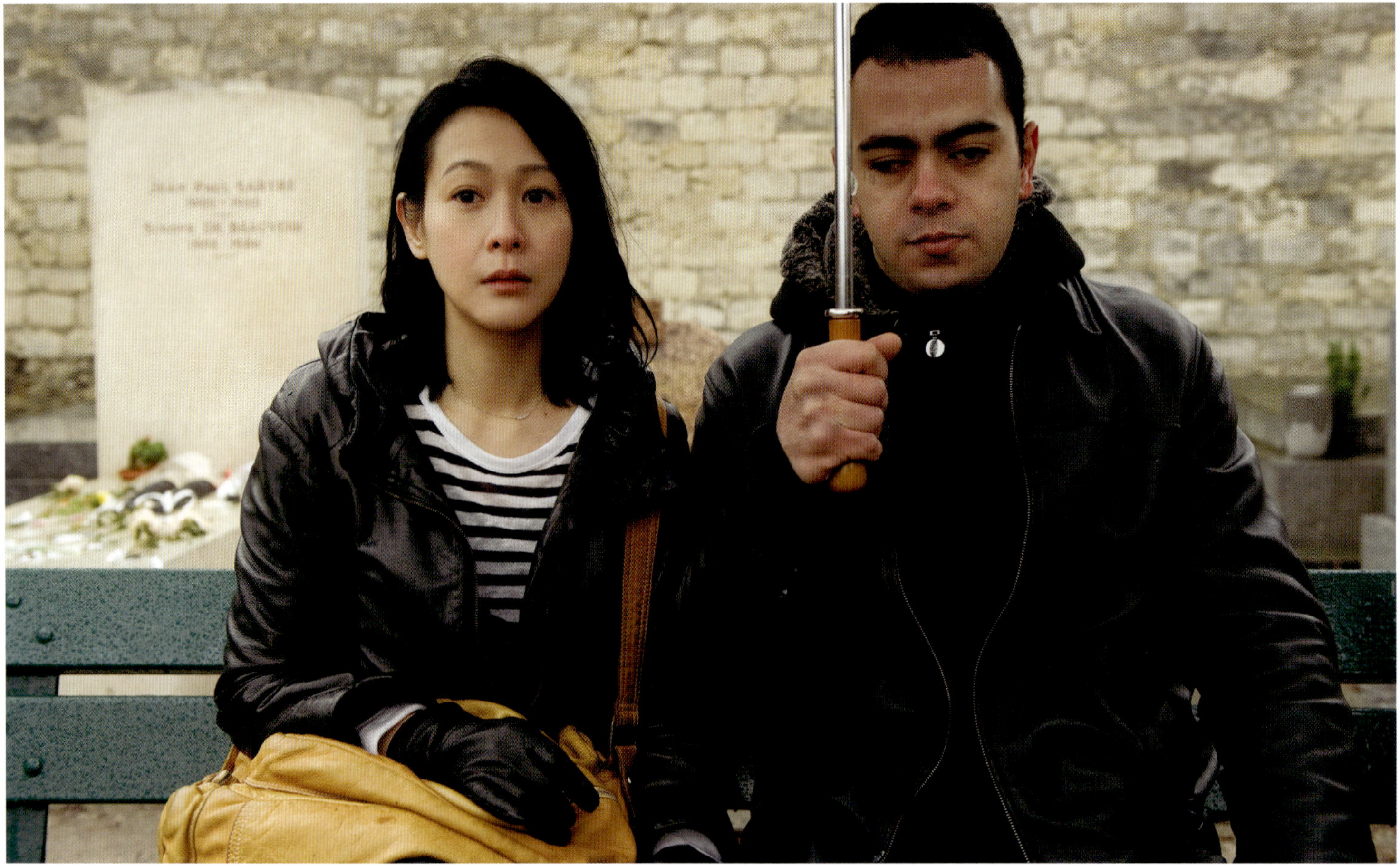

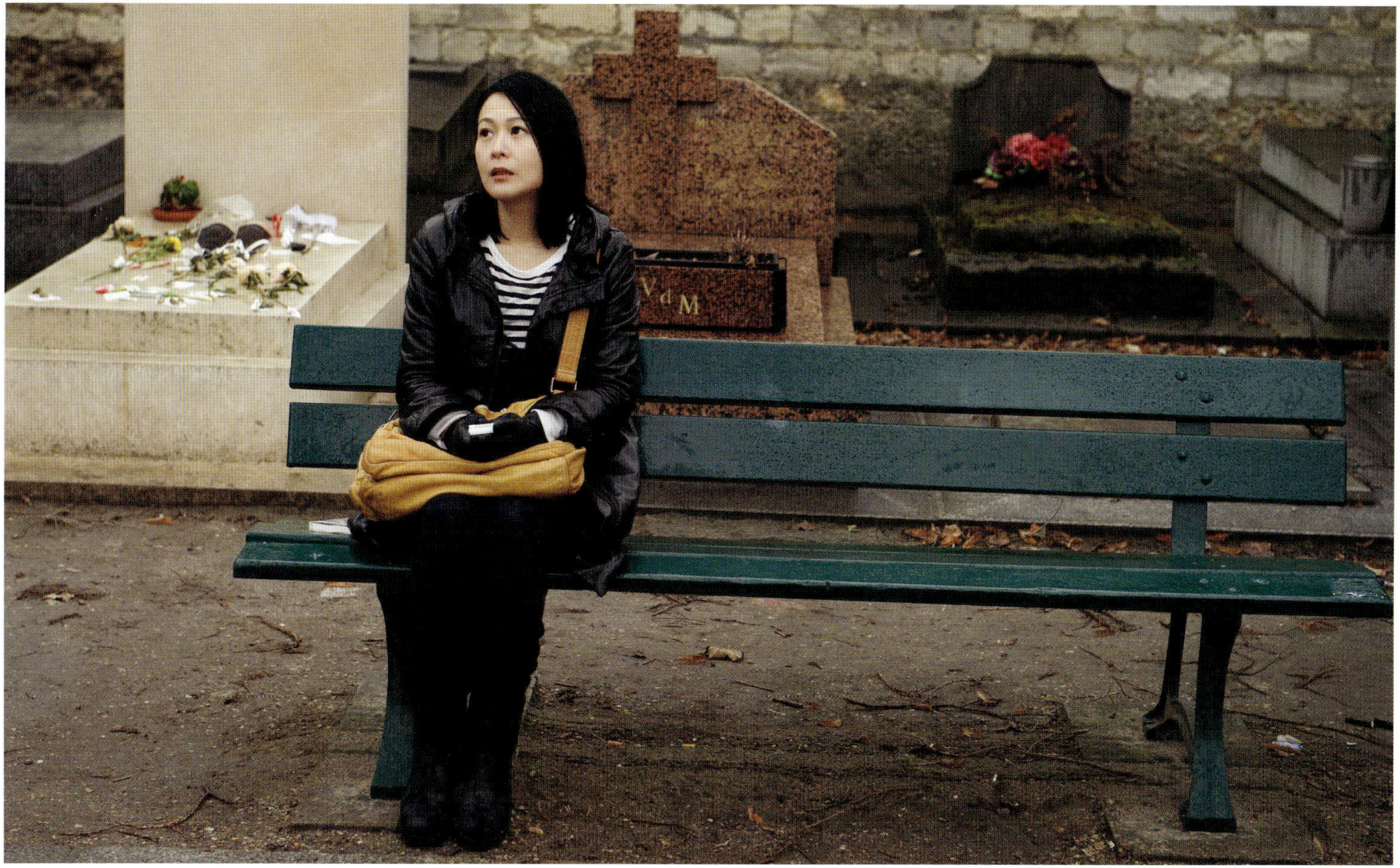
V d M

> Pour Sartre et Simone
> ¡ Que viva la revolución !
>
> Vamos a continuar su ejemplo,
> de dar fuerzas a quienes
> aún no gozamos de la
> libertad arrancada por los
> poderosos
>   Luis y Mario

JEAN PAUL SARTRE
1905 - 1980

SIMONE DE BEAUVOIR
1908 - 1986

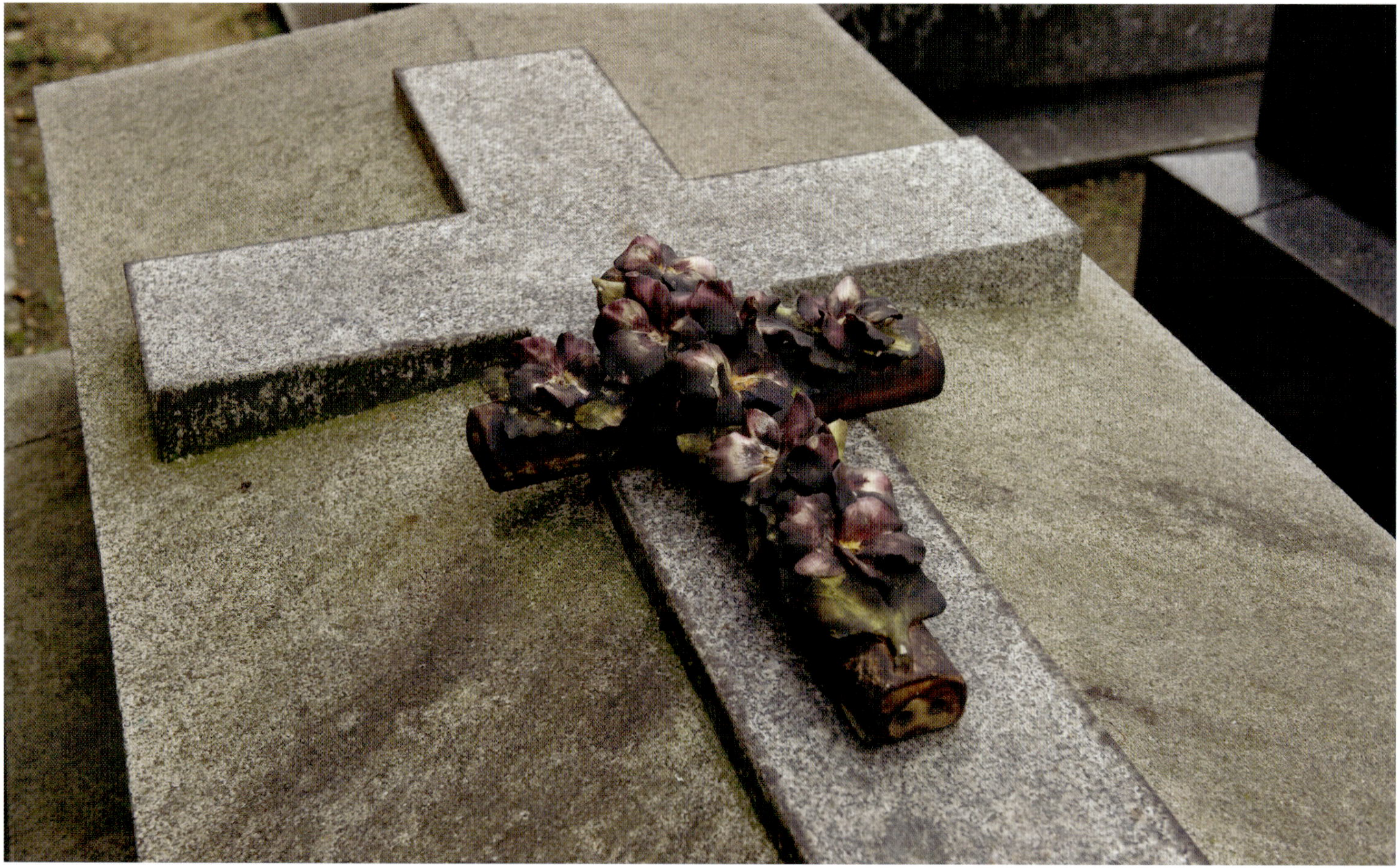

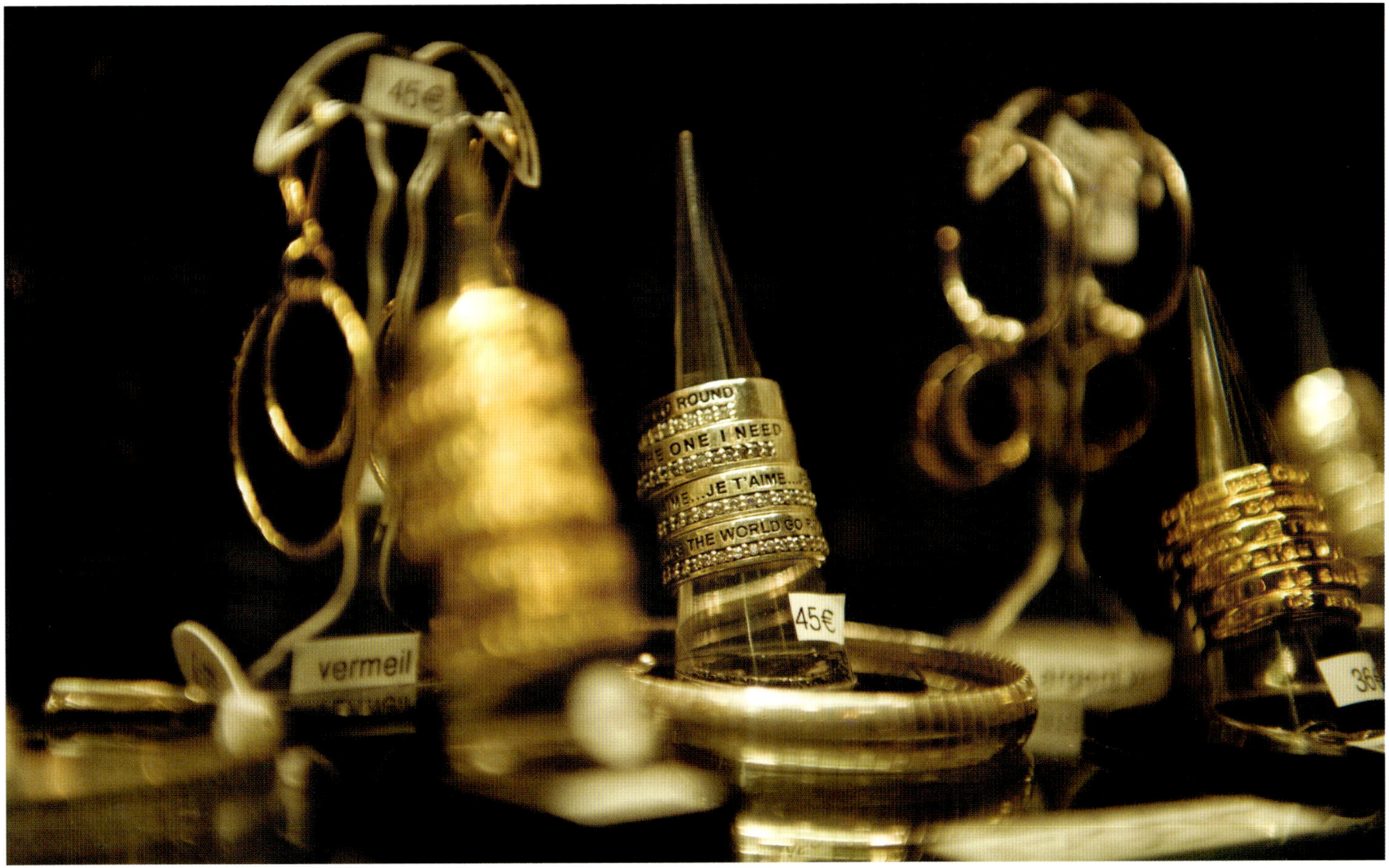
45€
ROUND
ONE I NEED
JE T'AIME
THE WORLD GO
45€
vermeil

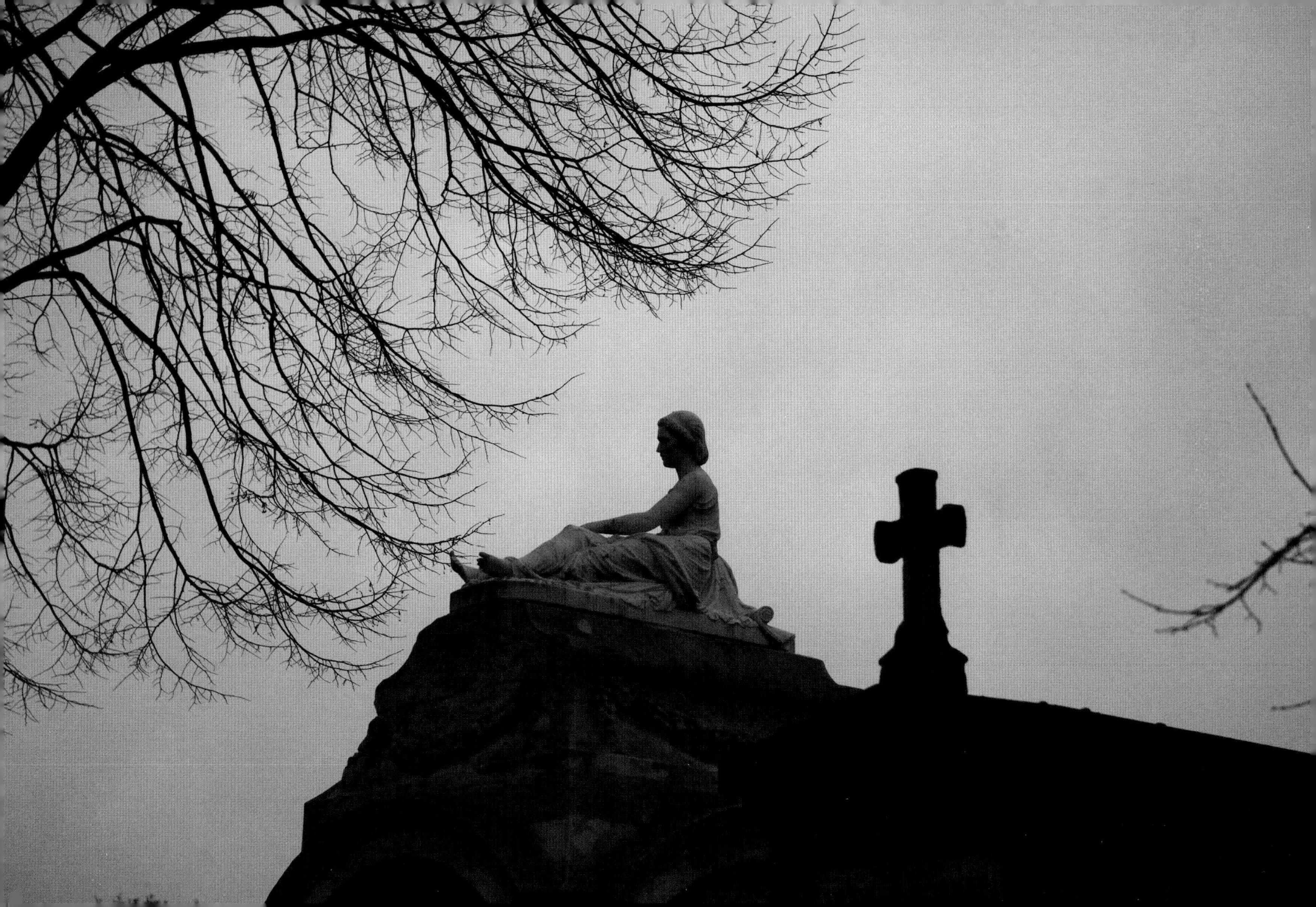

人生不断做出选择，有对的，也有错的。错不怕，就怕硬把错的也当是对的。

因为经历过错的，方知什么是对的，是更好的。谢谢那曾经的一错再错。

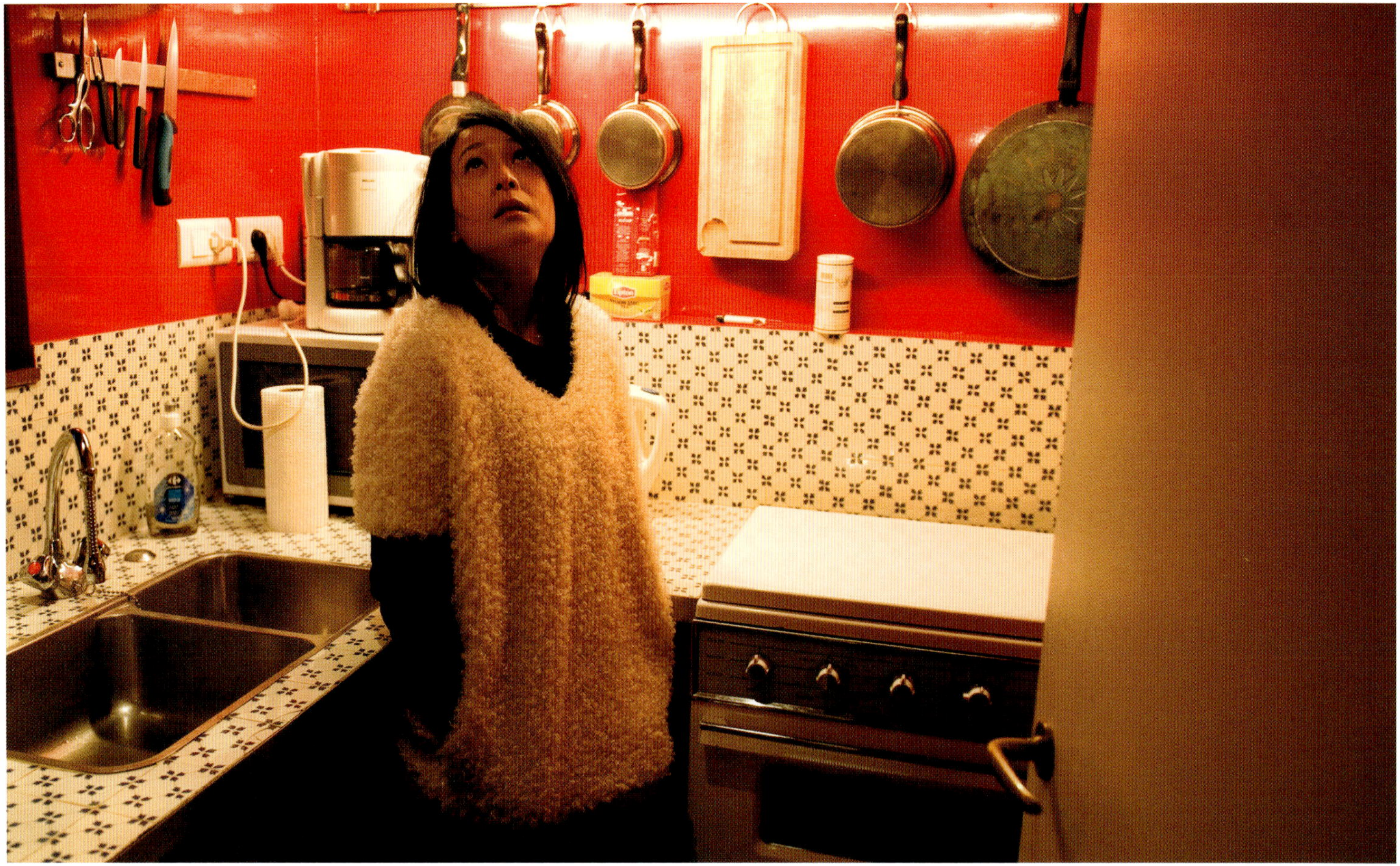

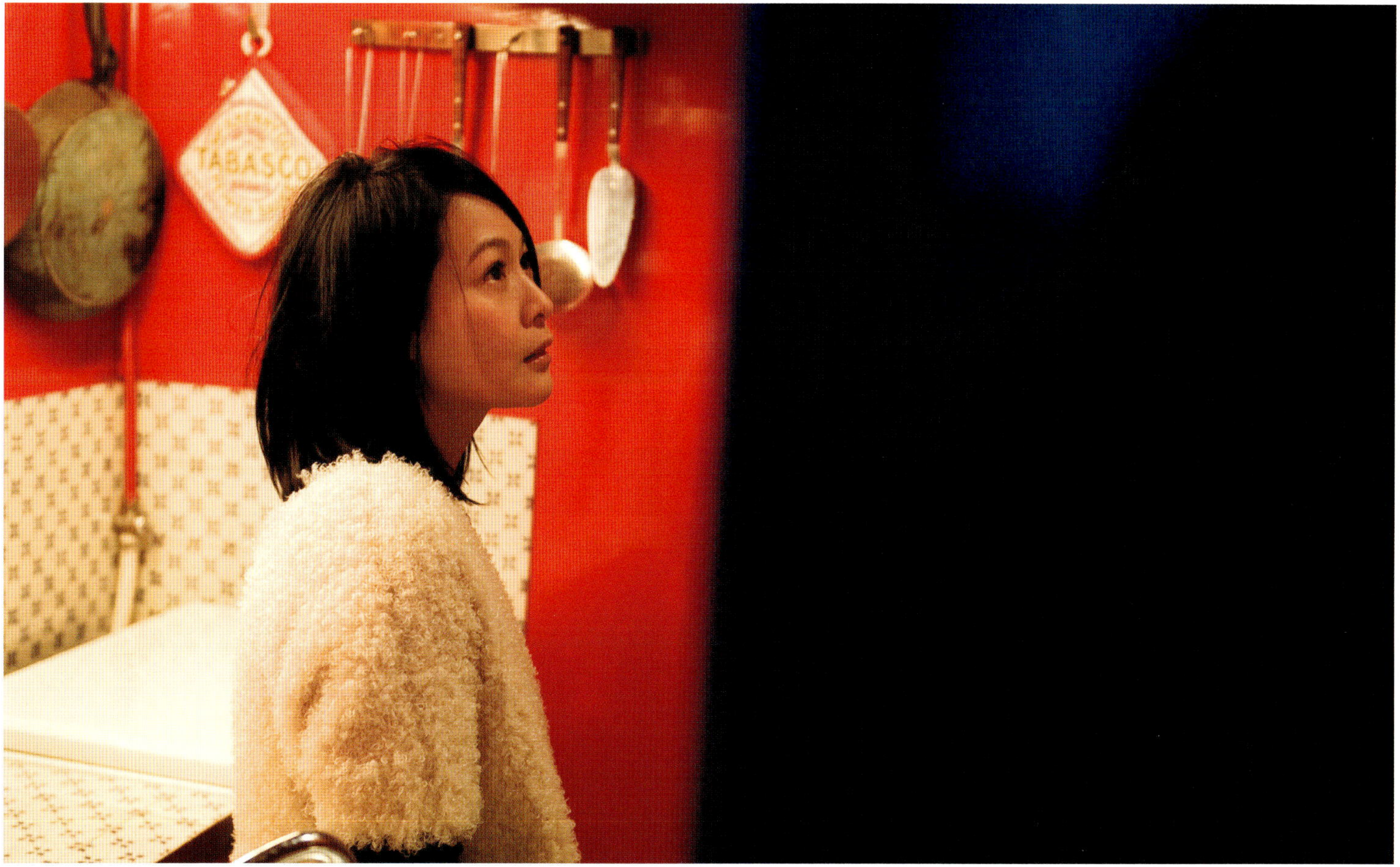
TABASCO

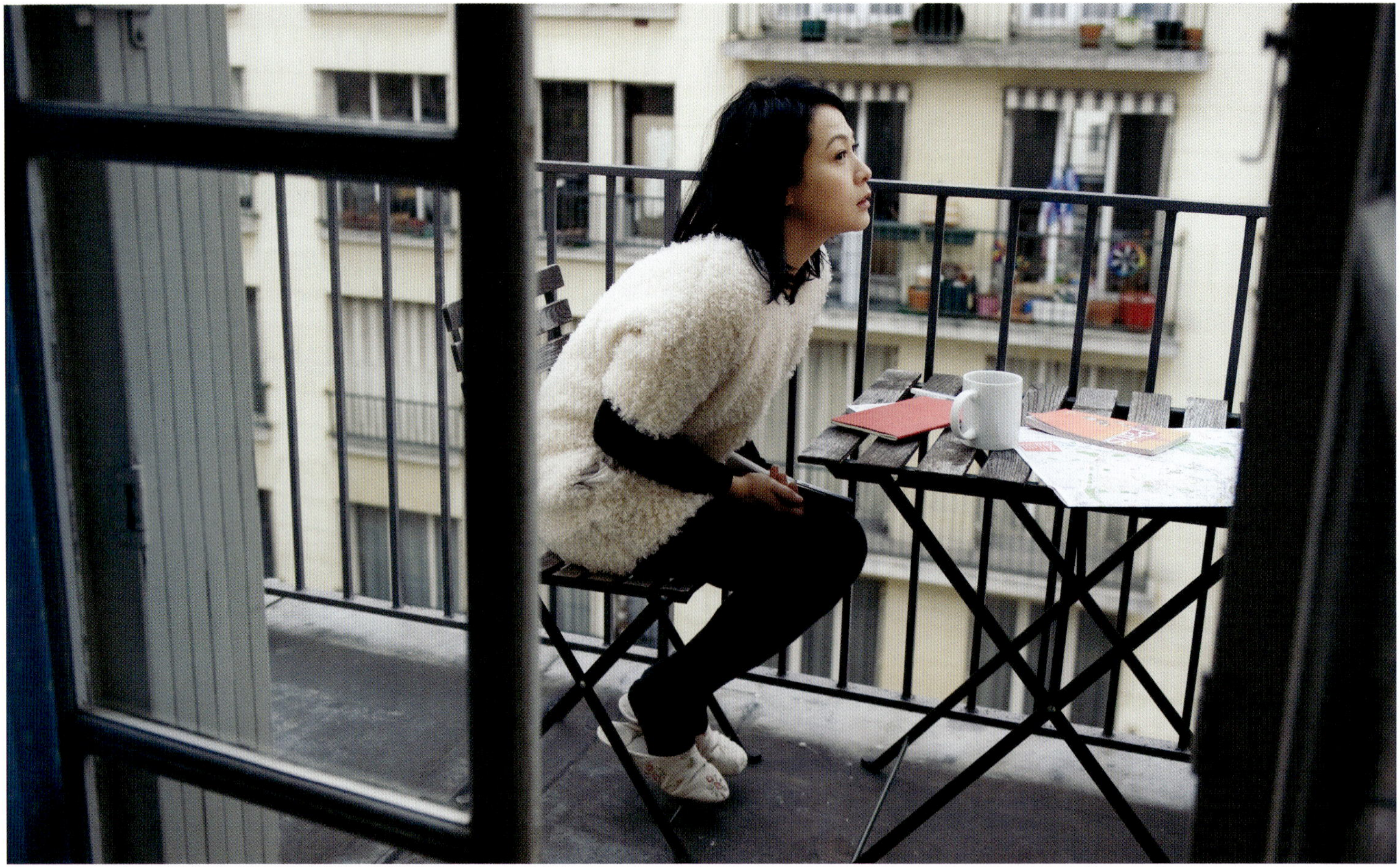

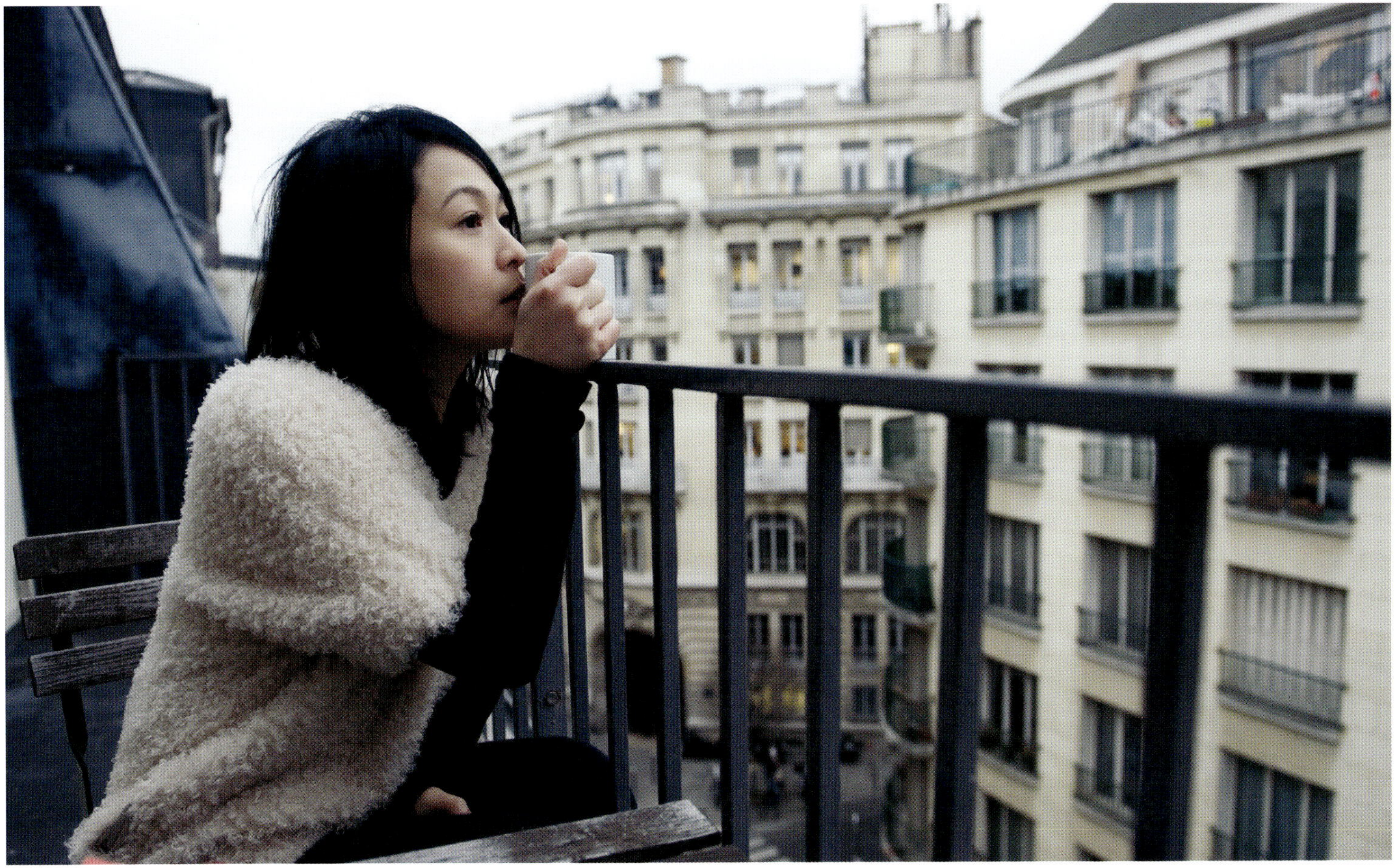

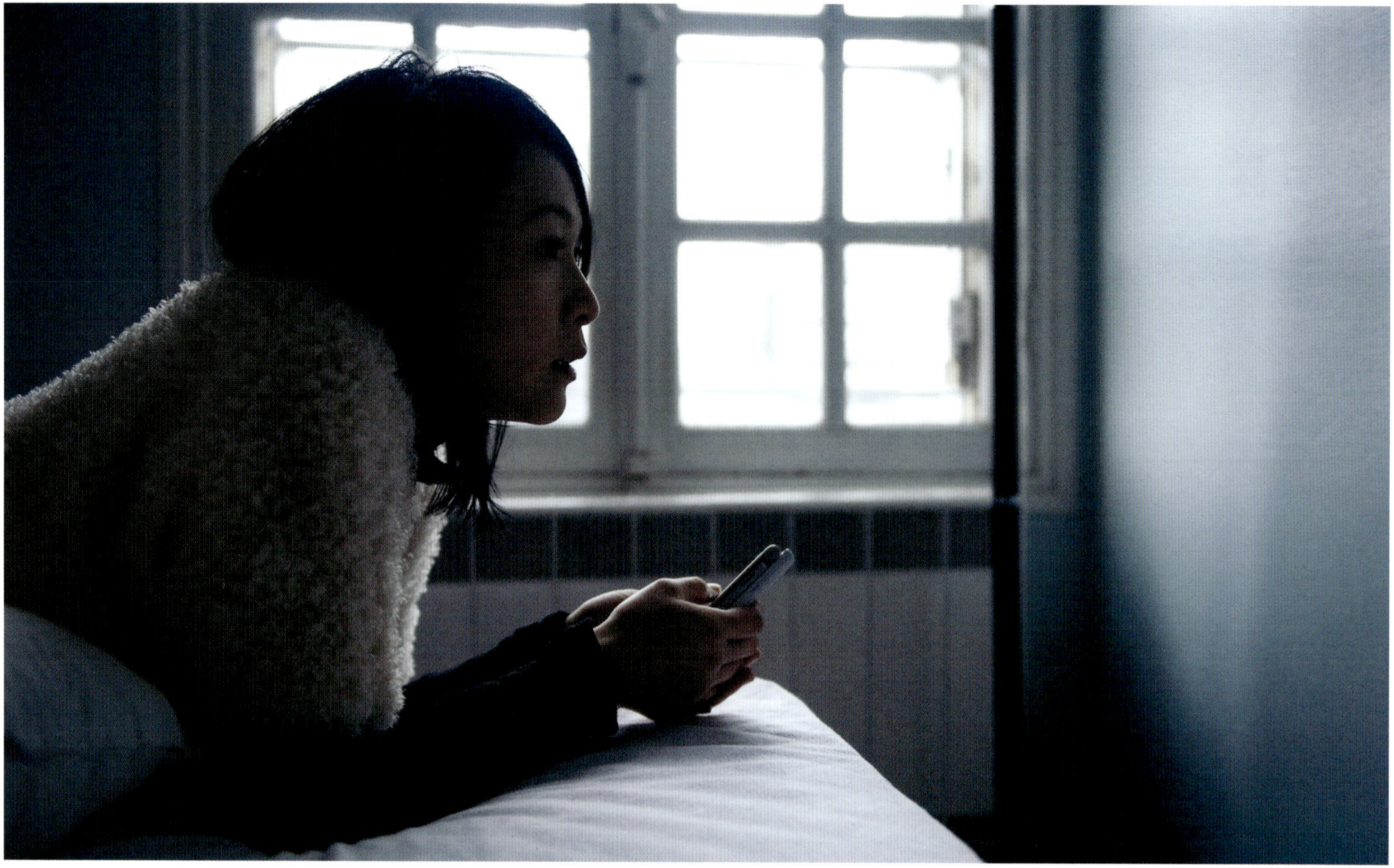

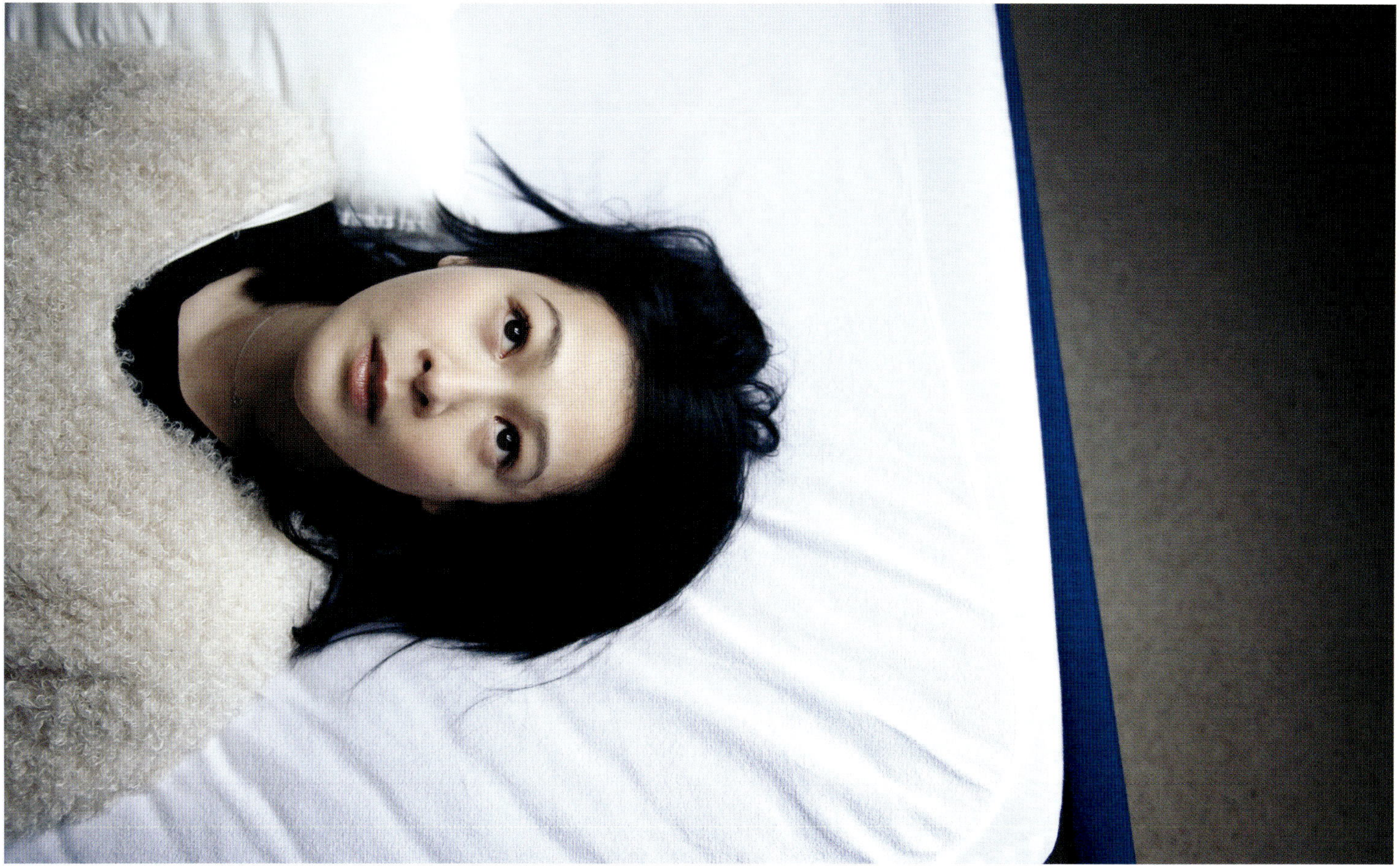

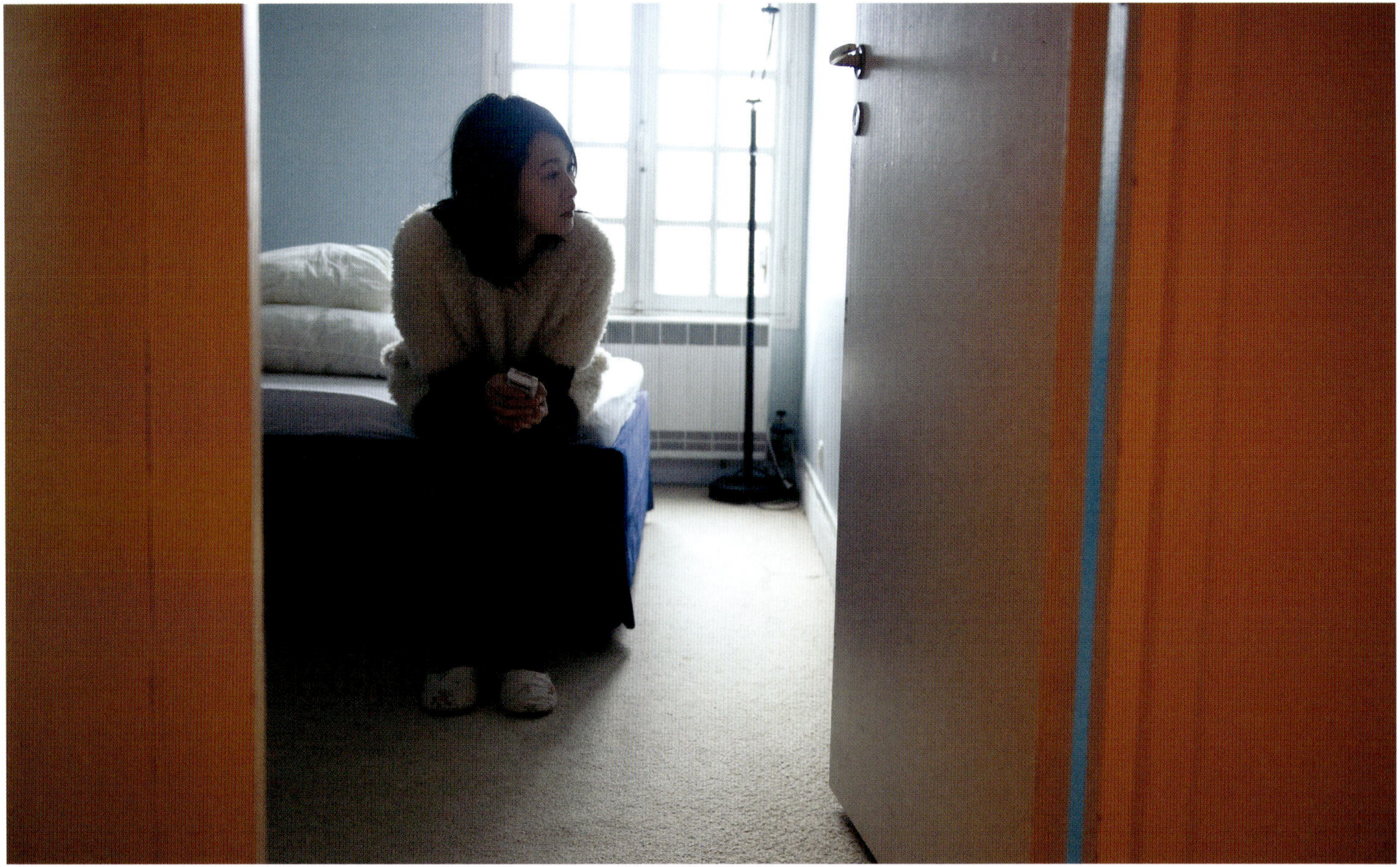

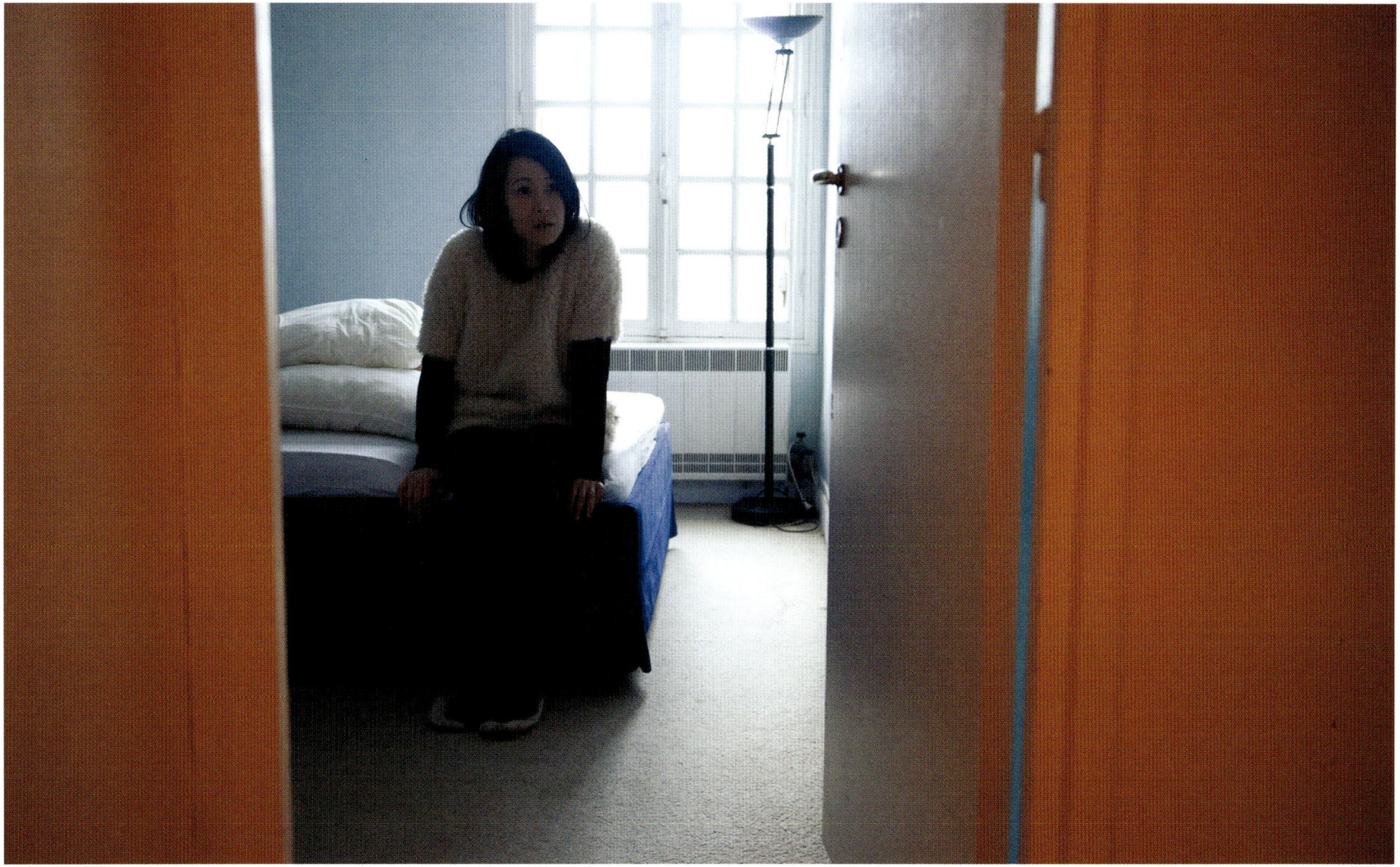

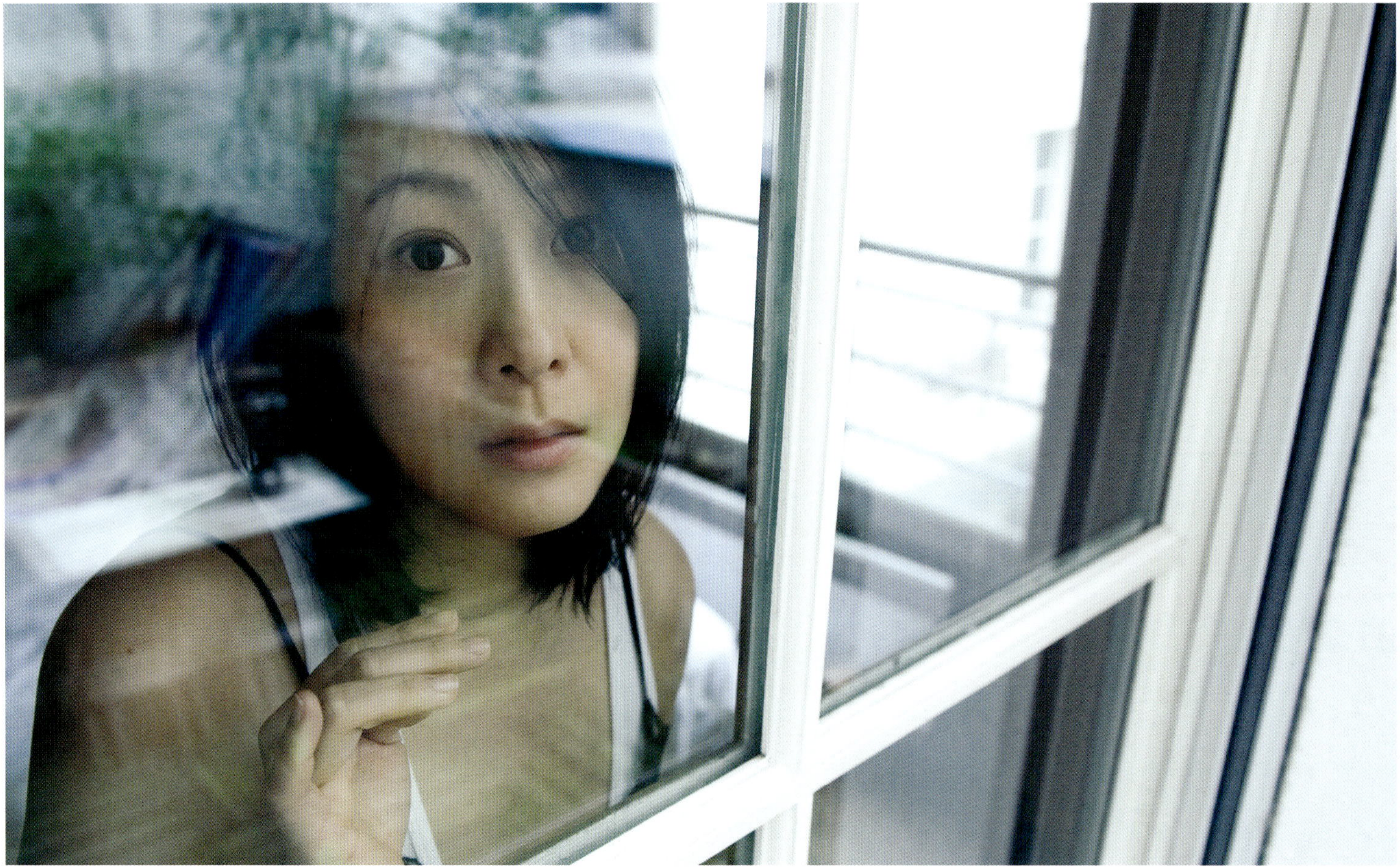

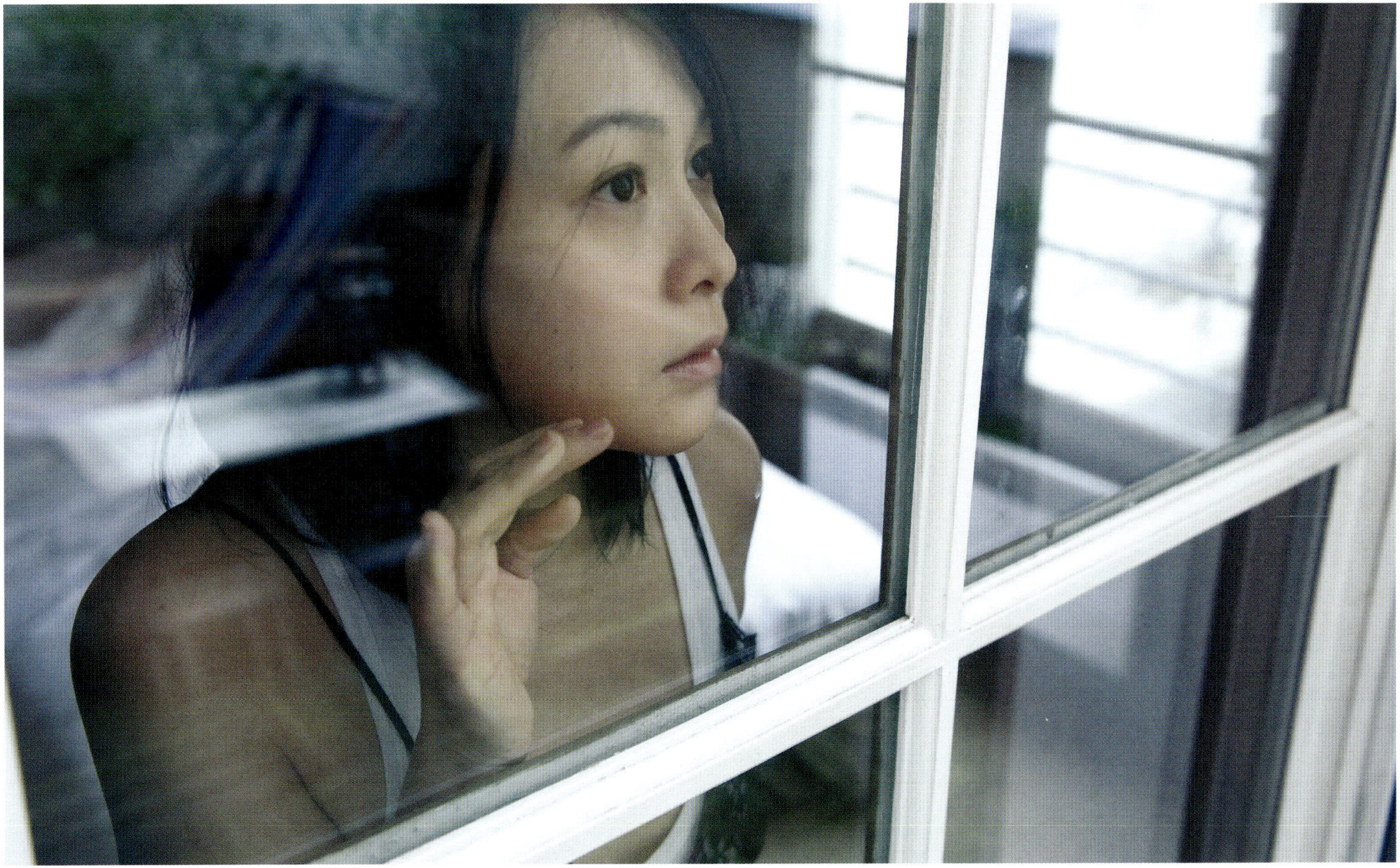

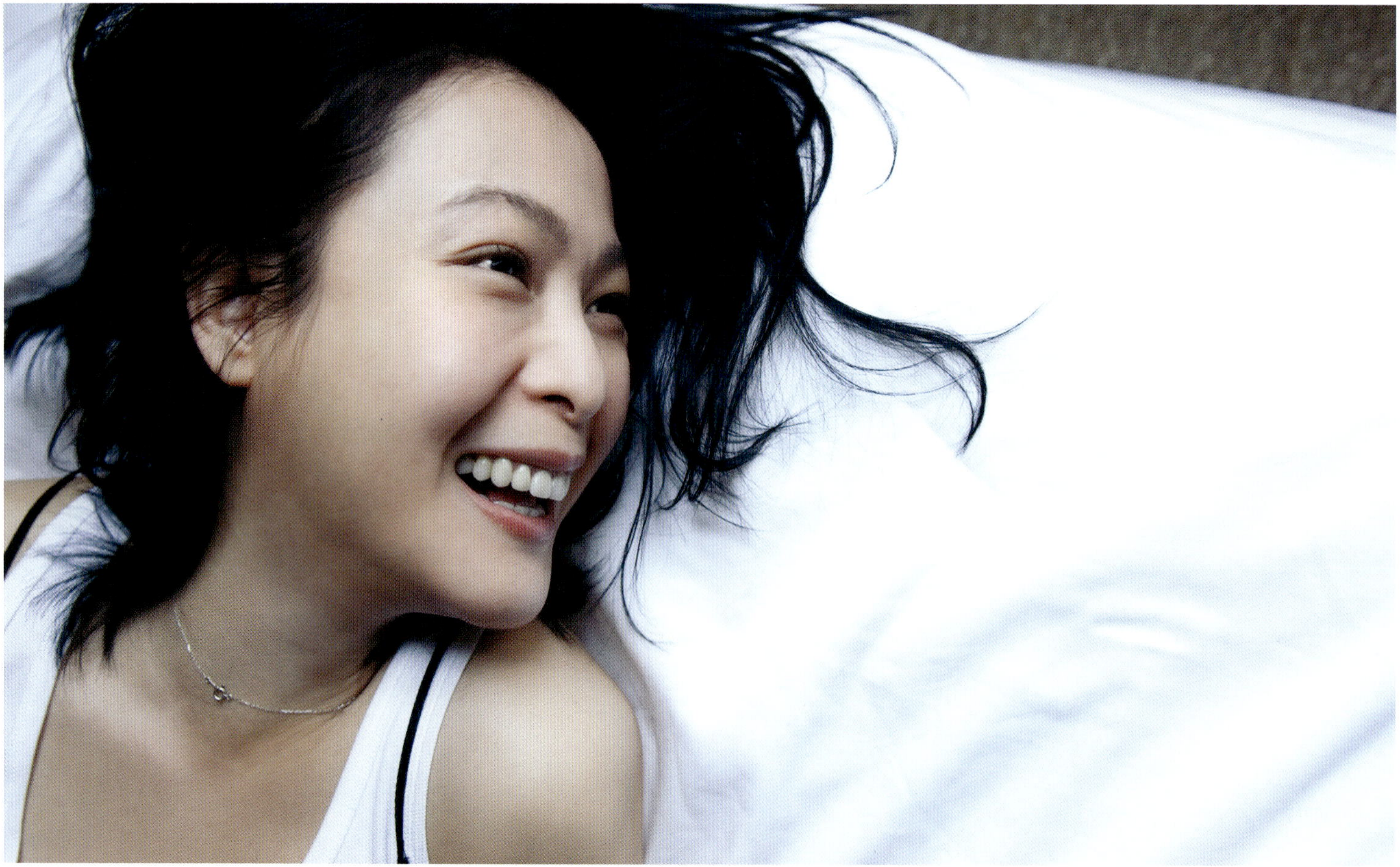

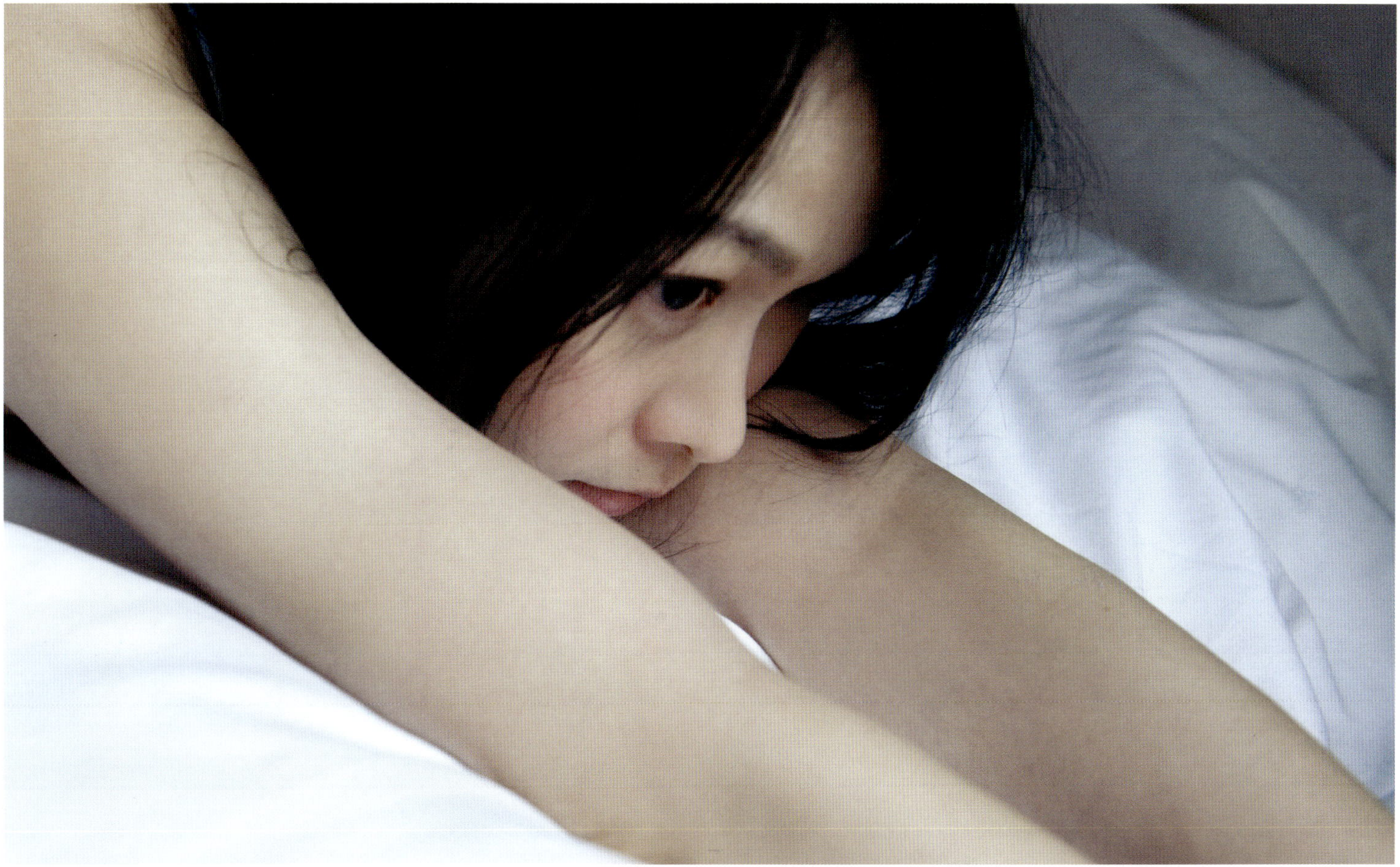

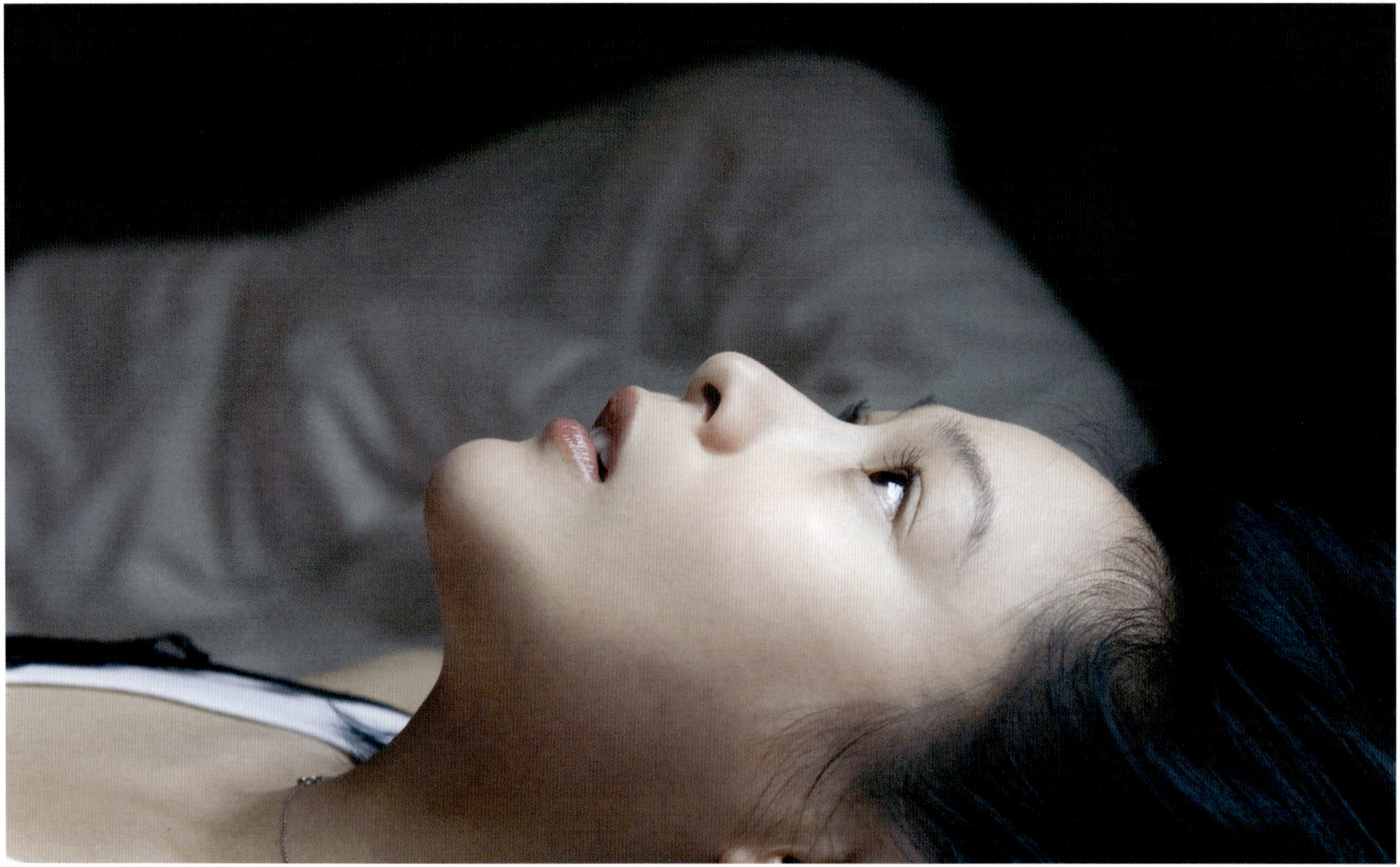

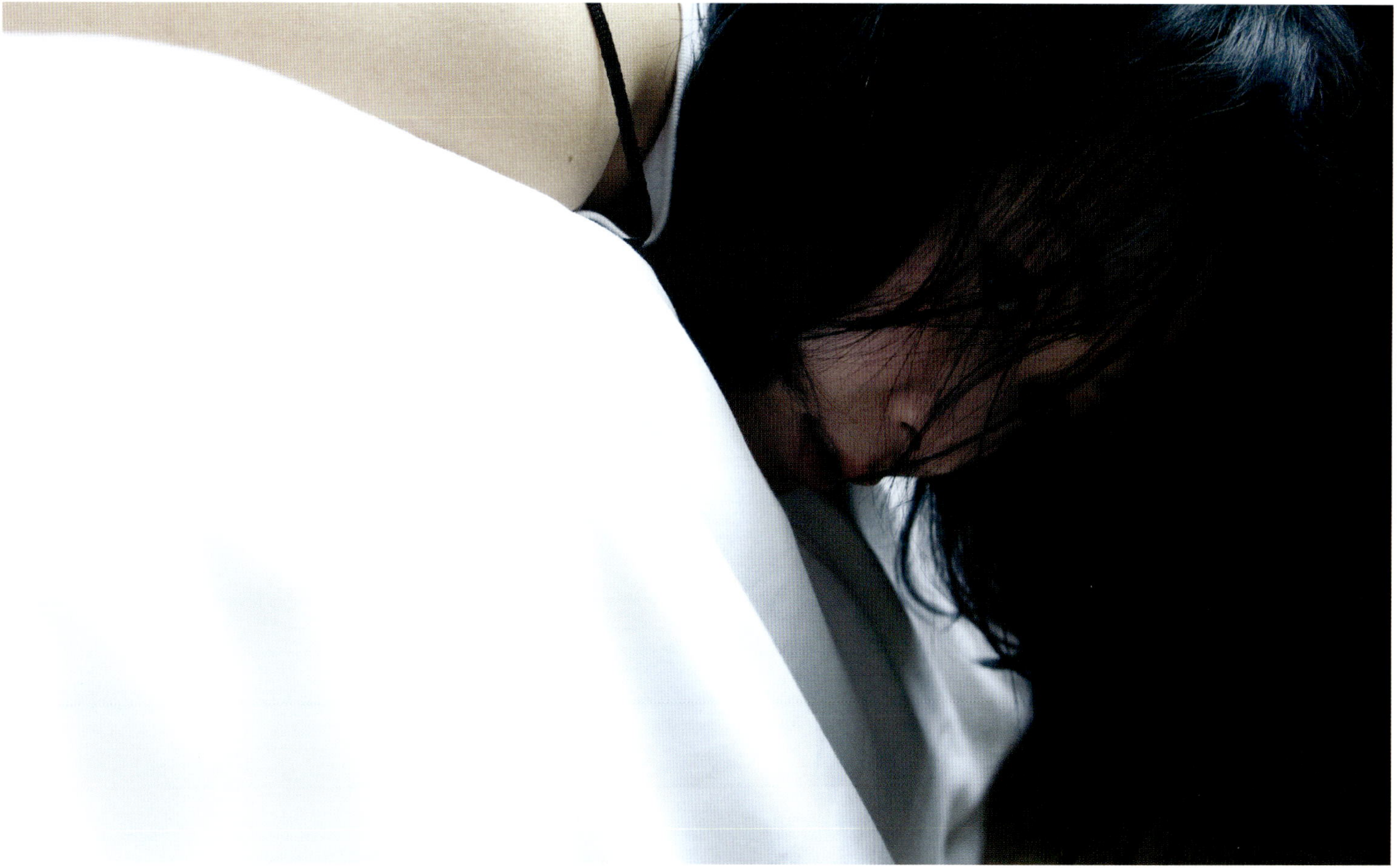

别叫我别悲伤,因为我知道快乐是什么。

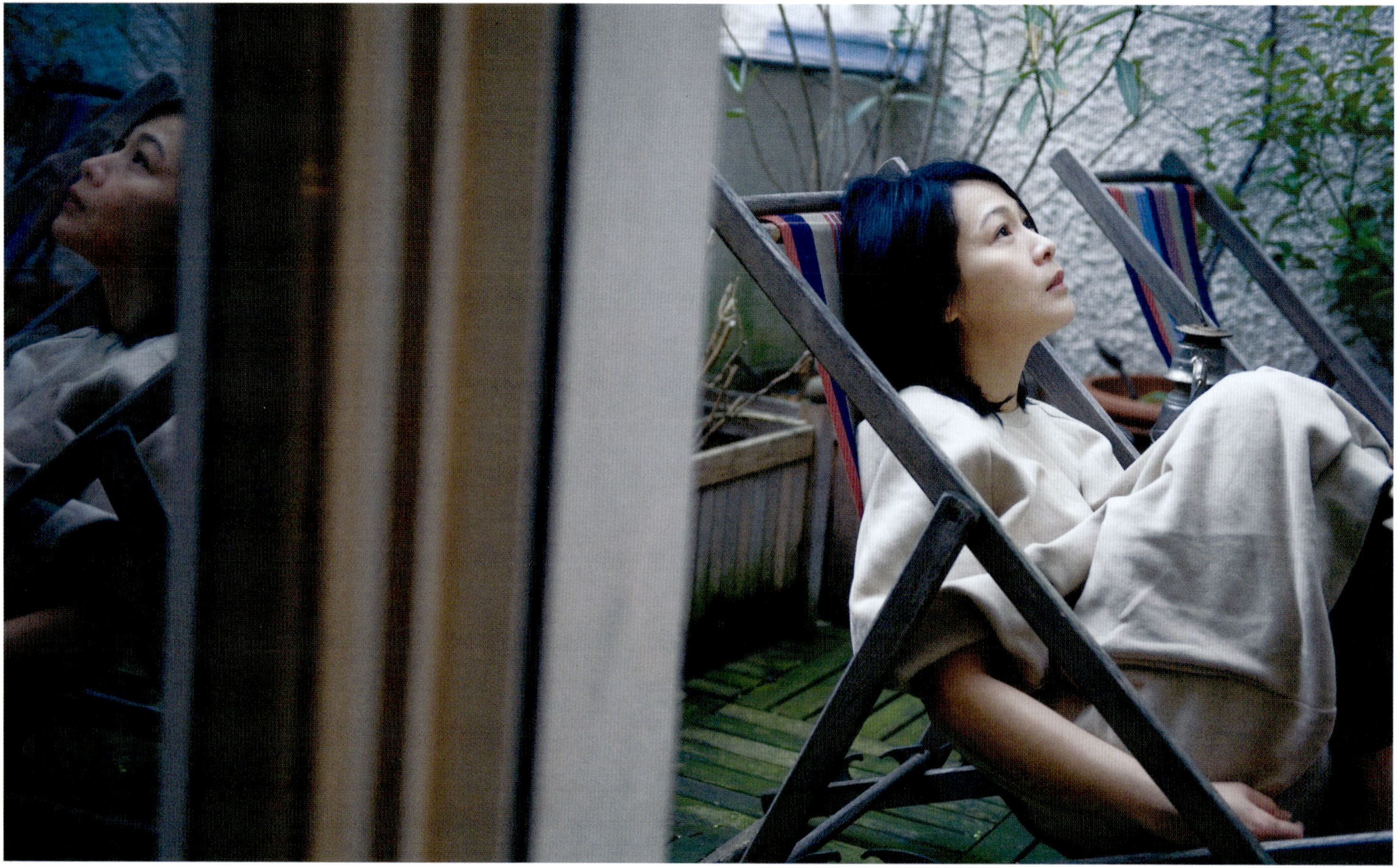

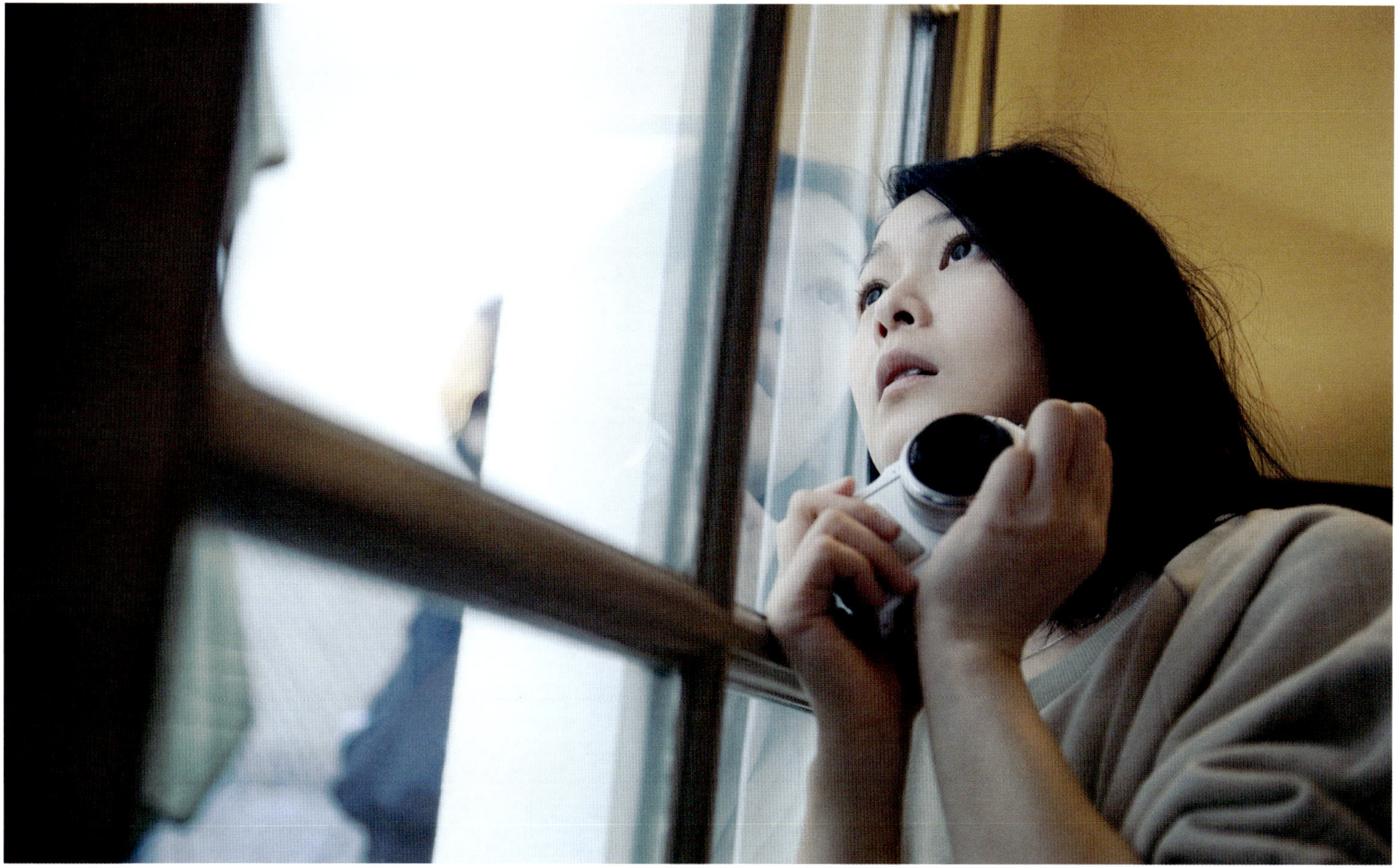

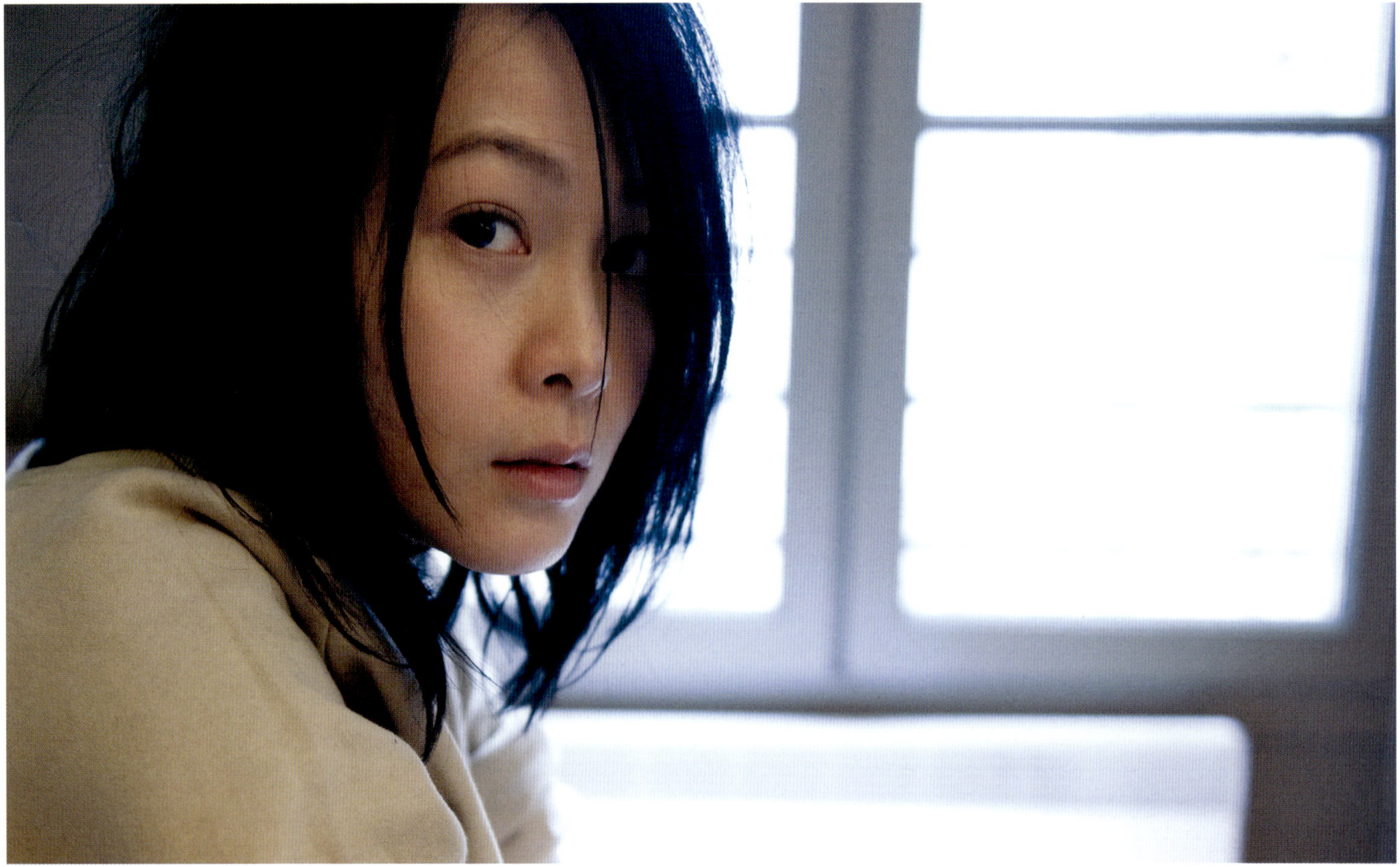

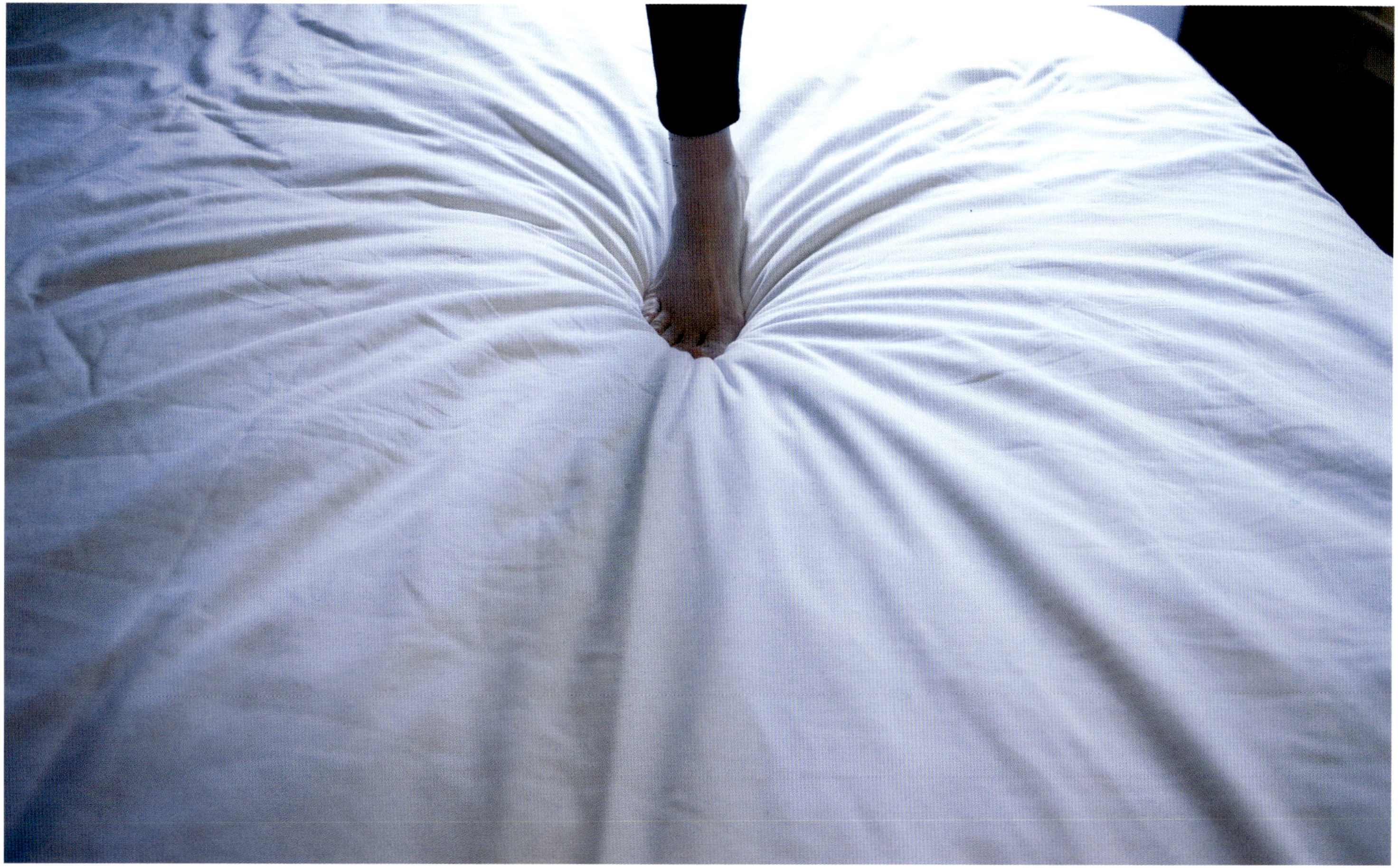

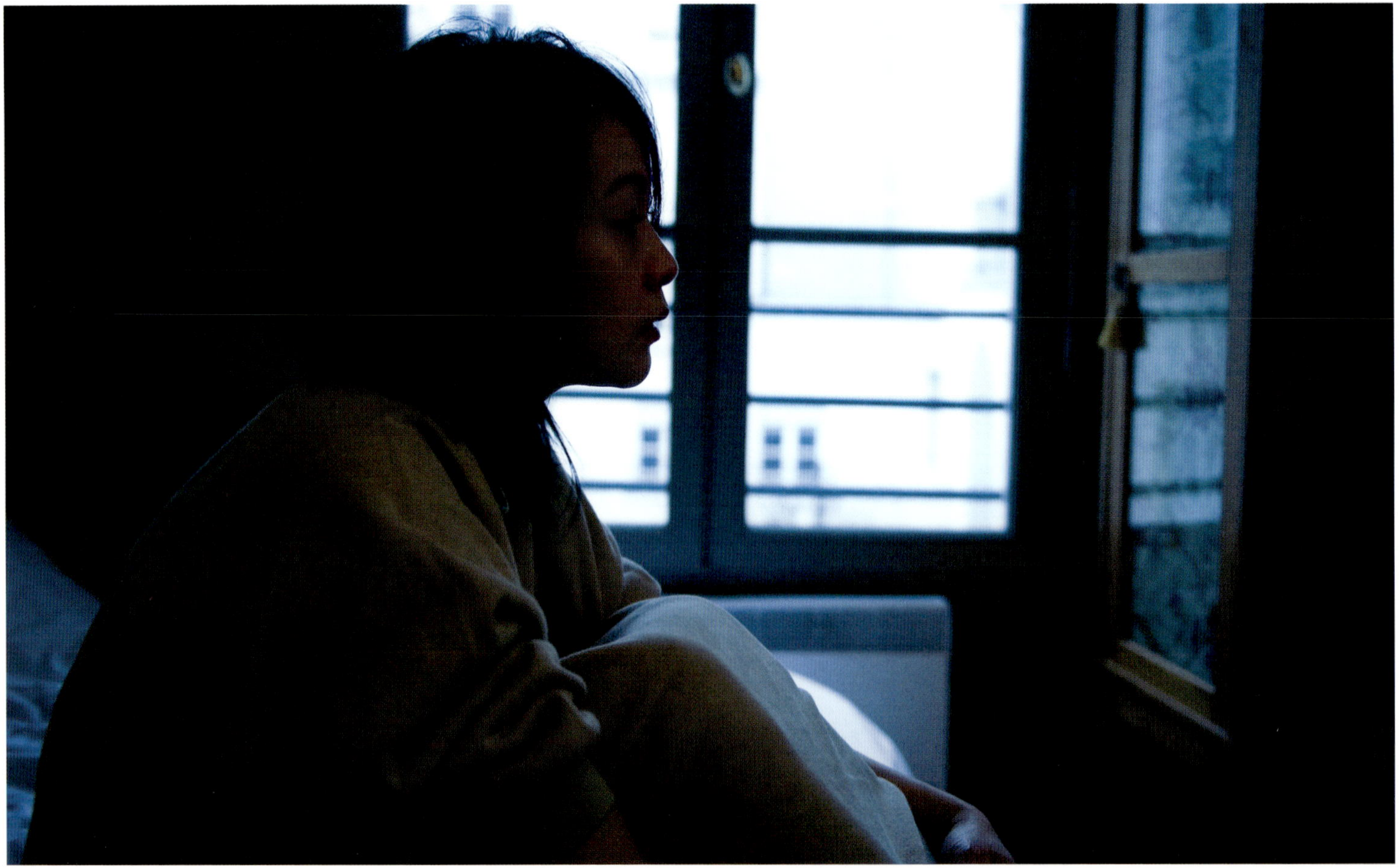

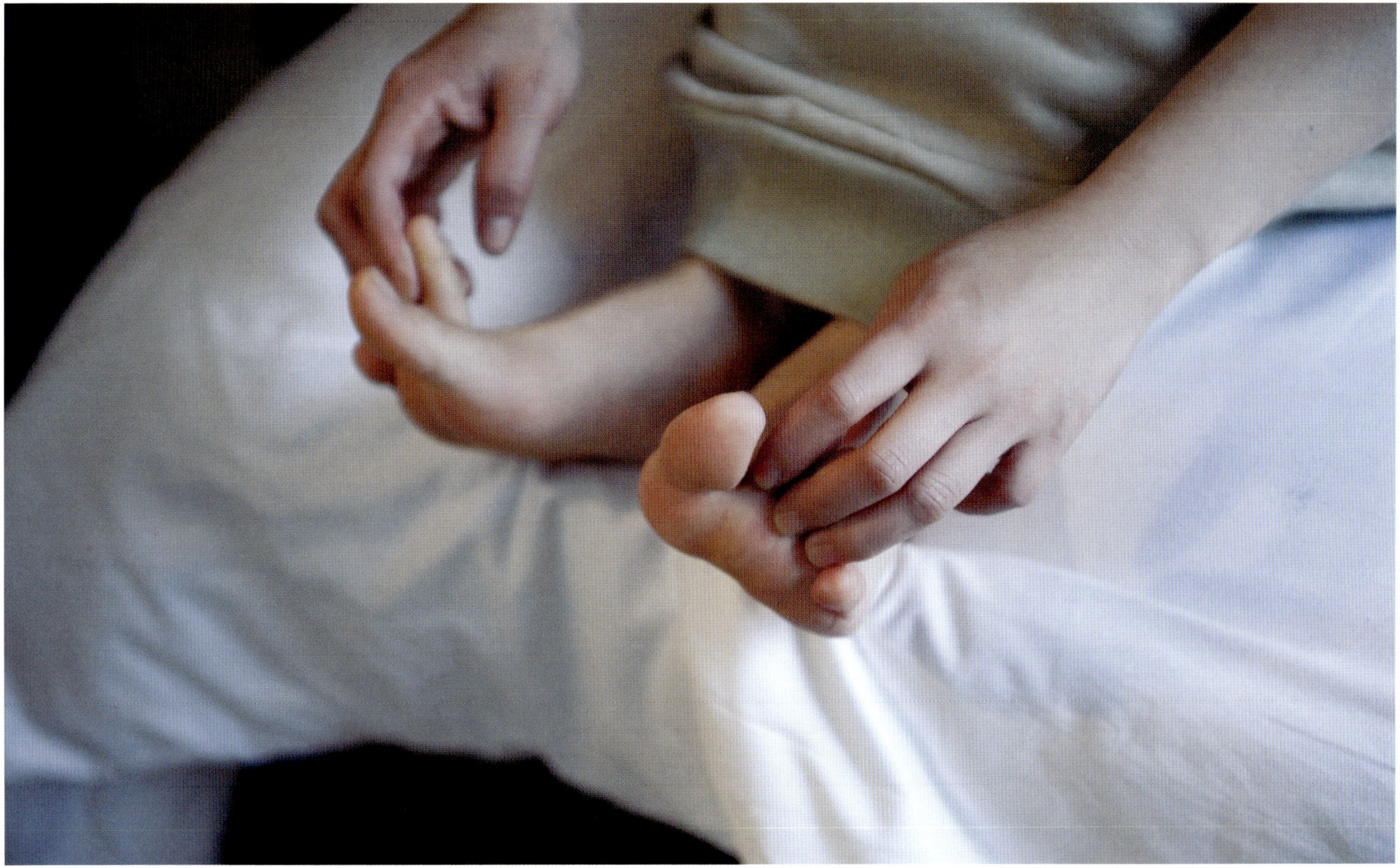

我知道你对我都是真心的，连要离开，都是真心的。

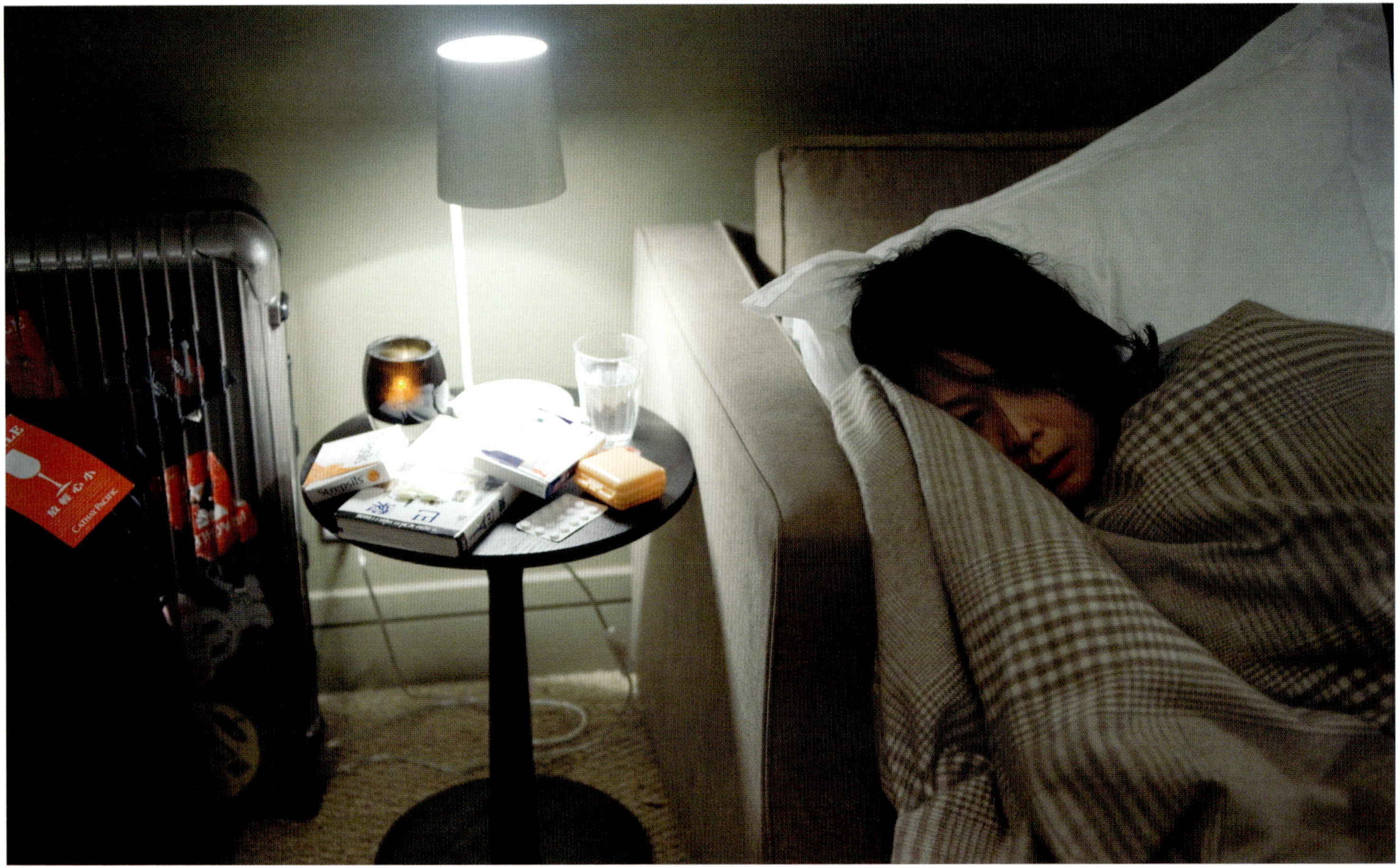
CATHAY PACIFIC

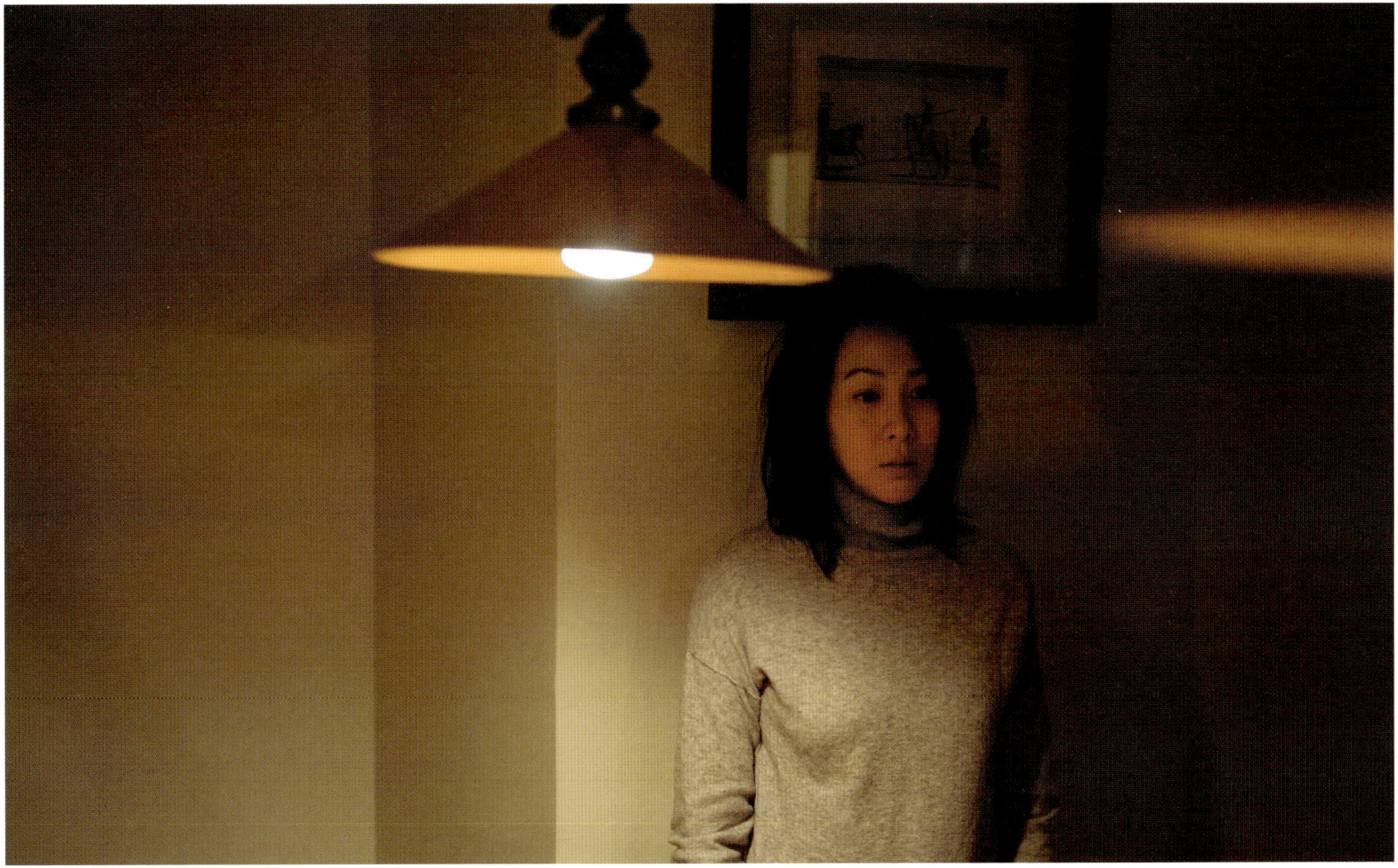

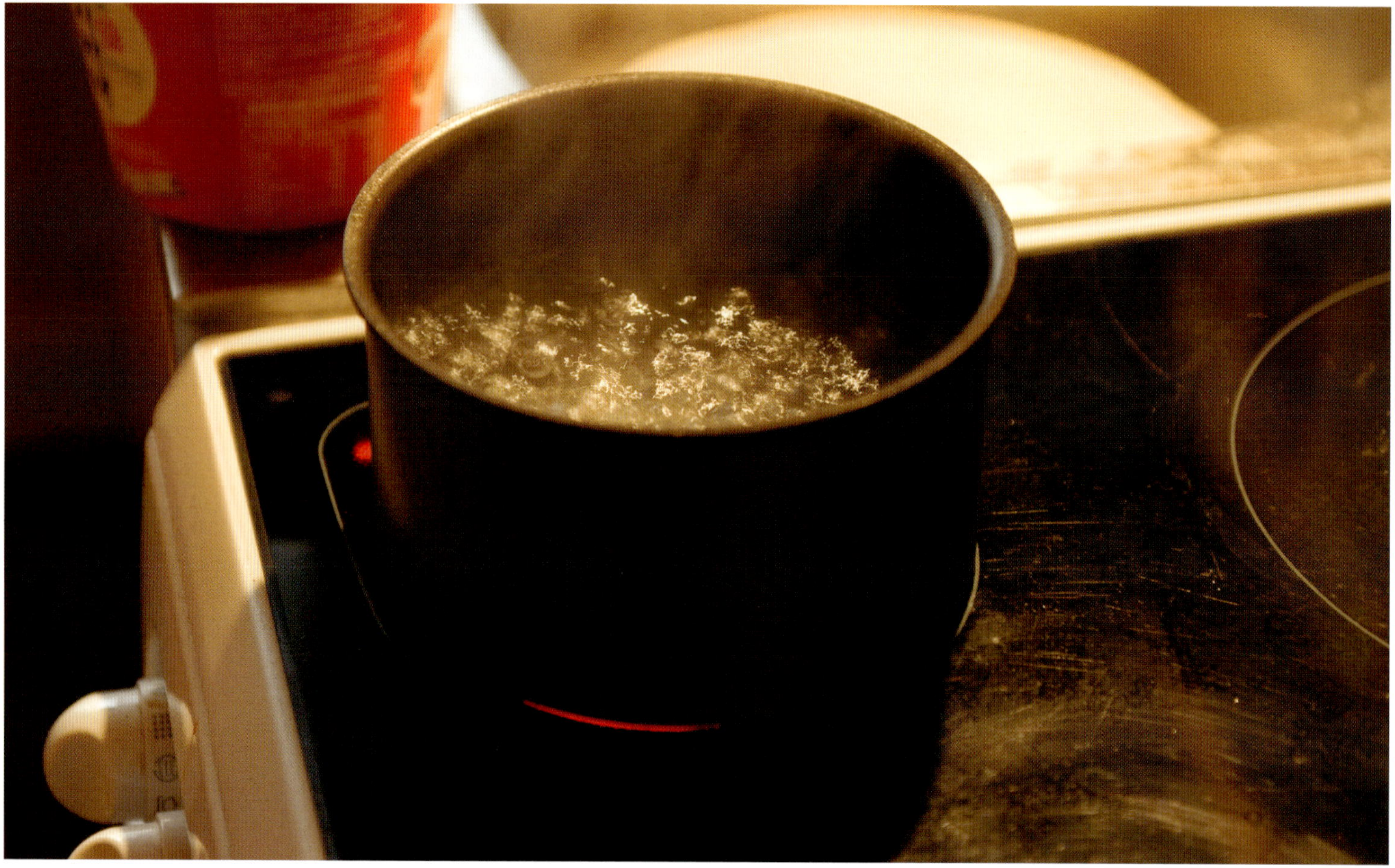

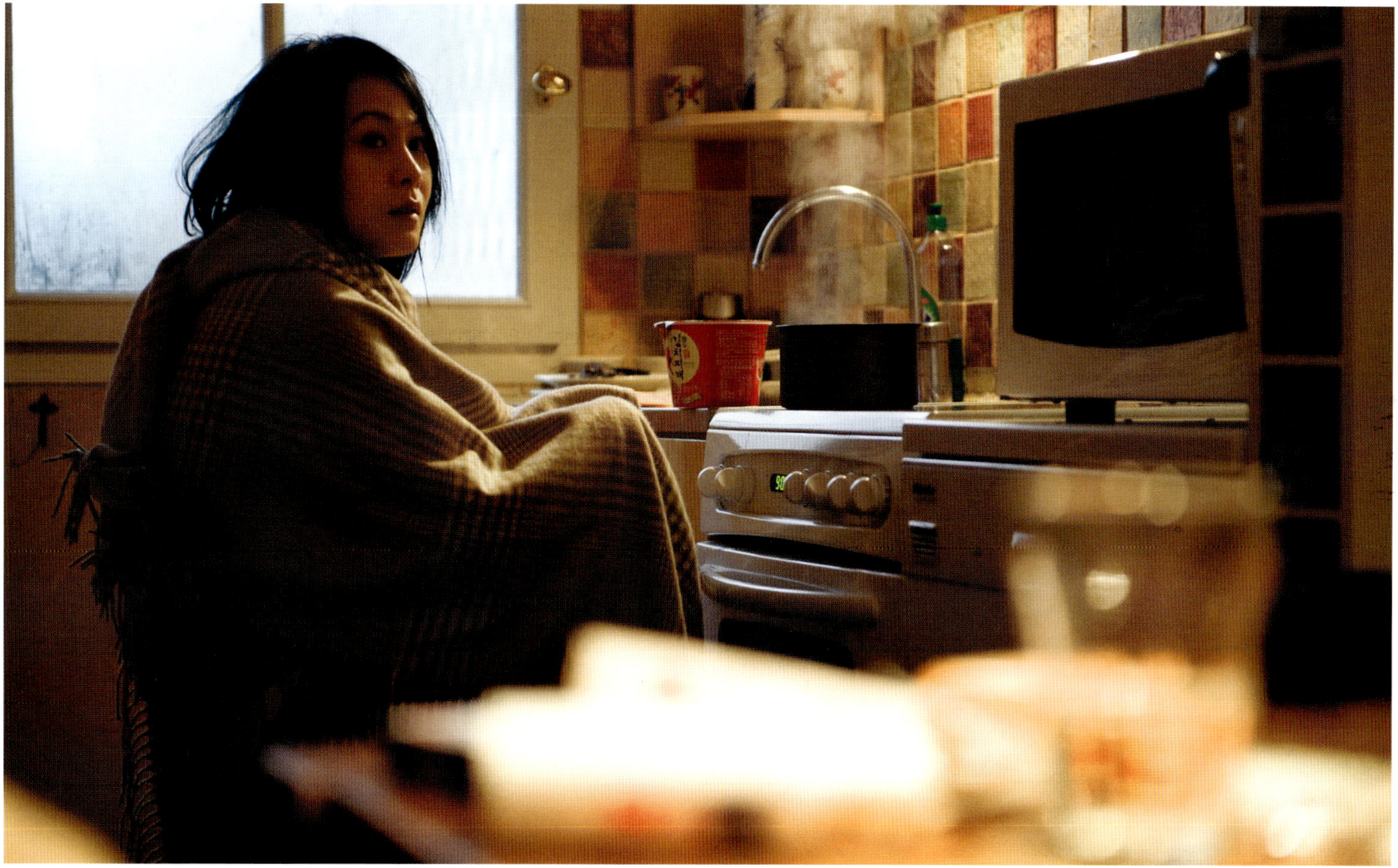

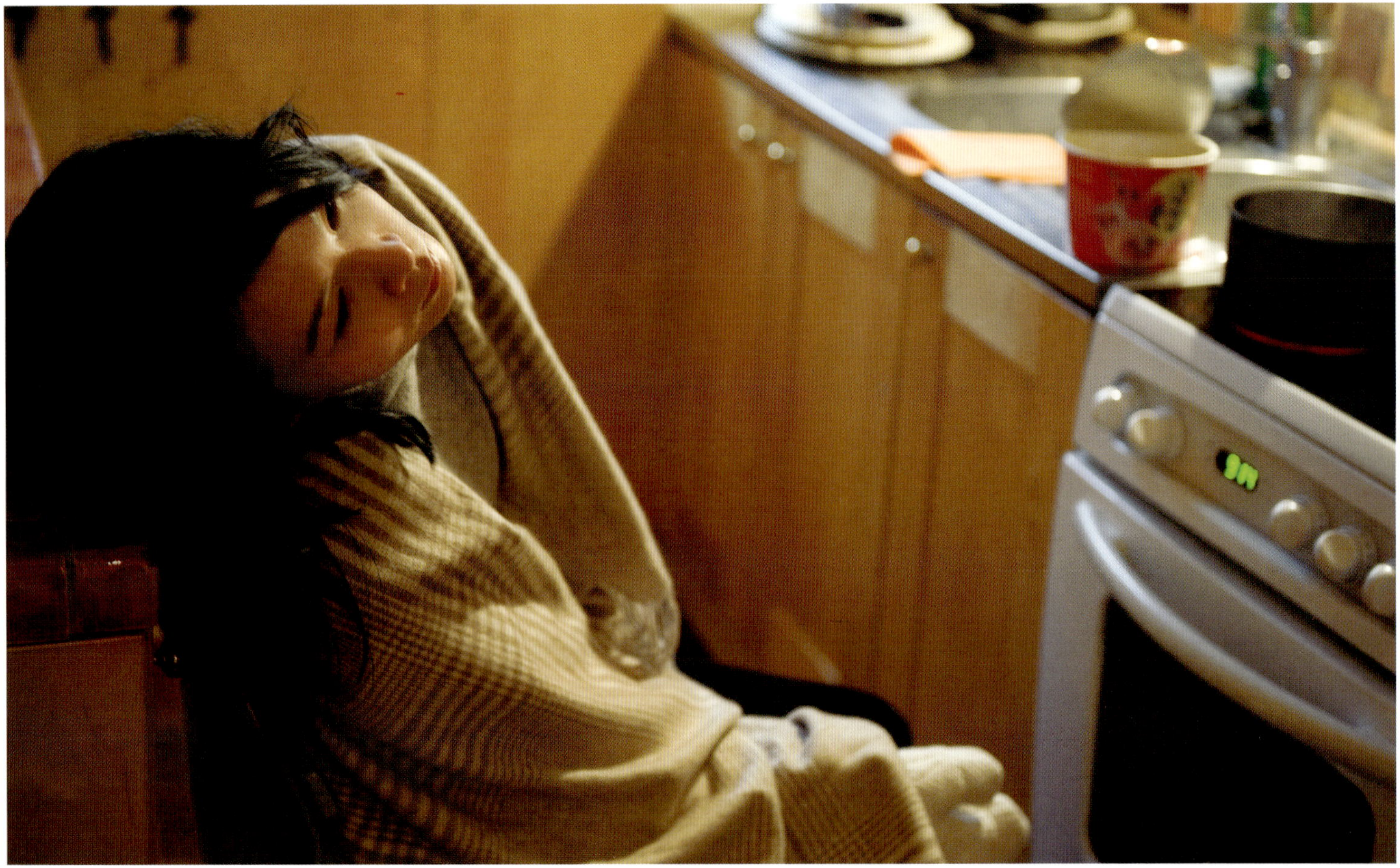

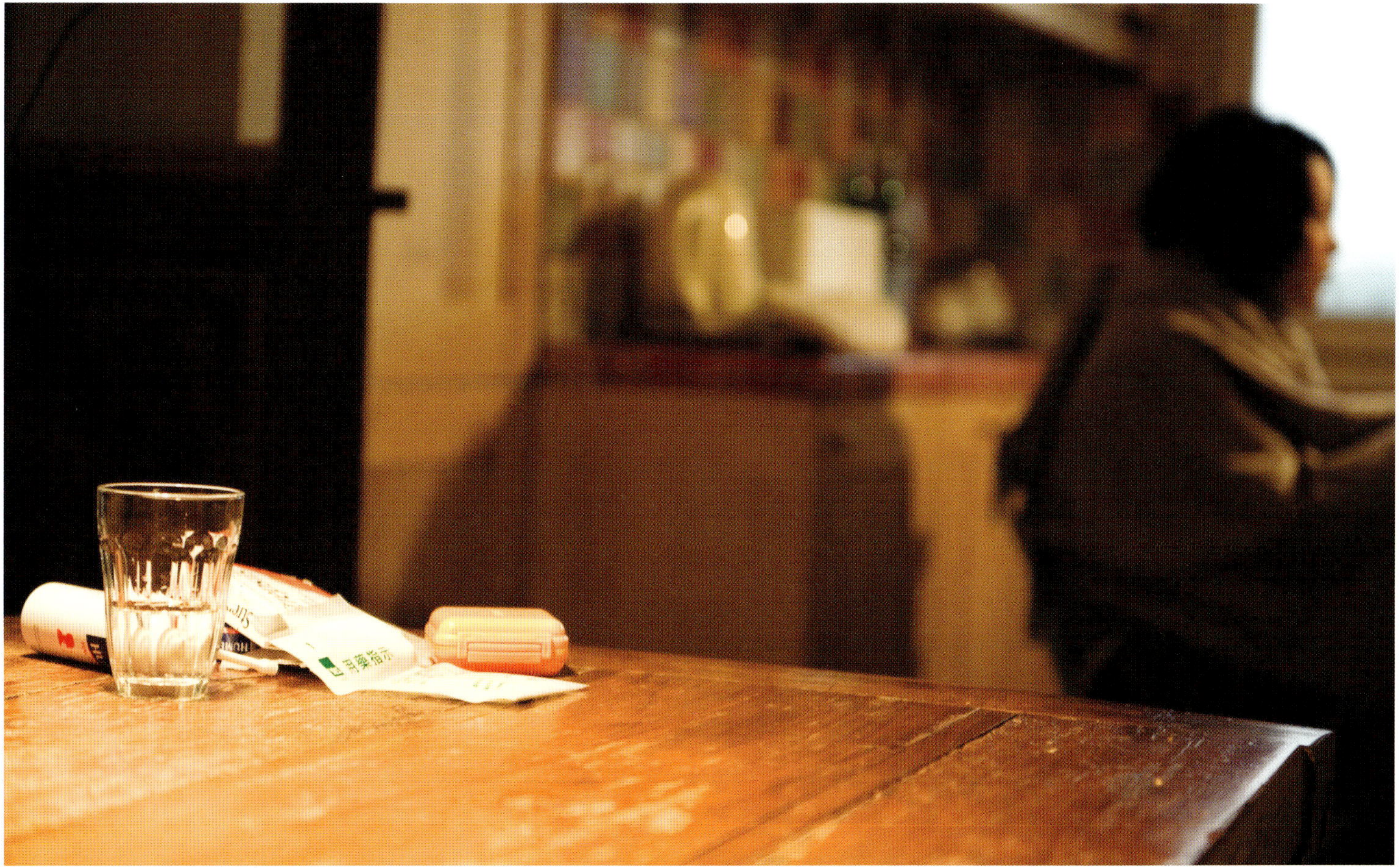

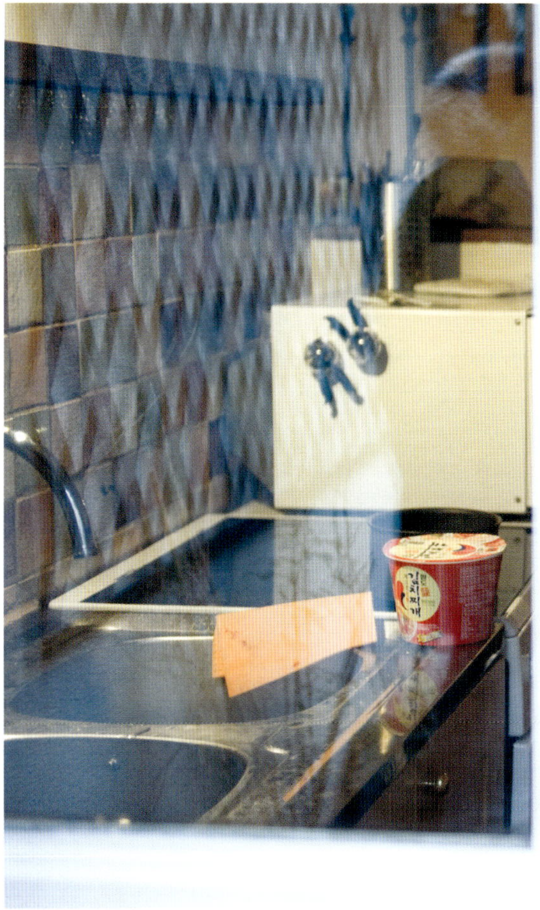

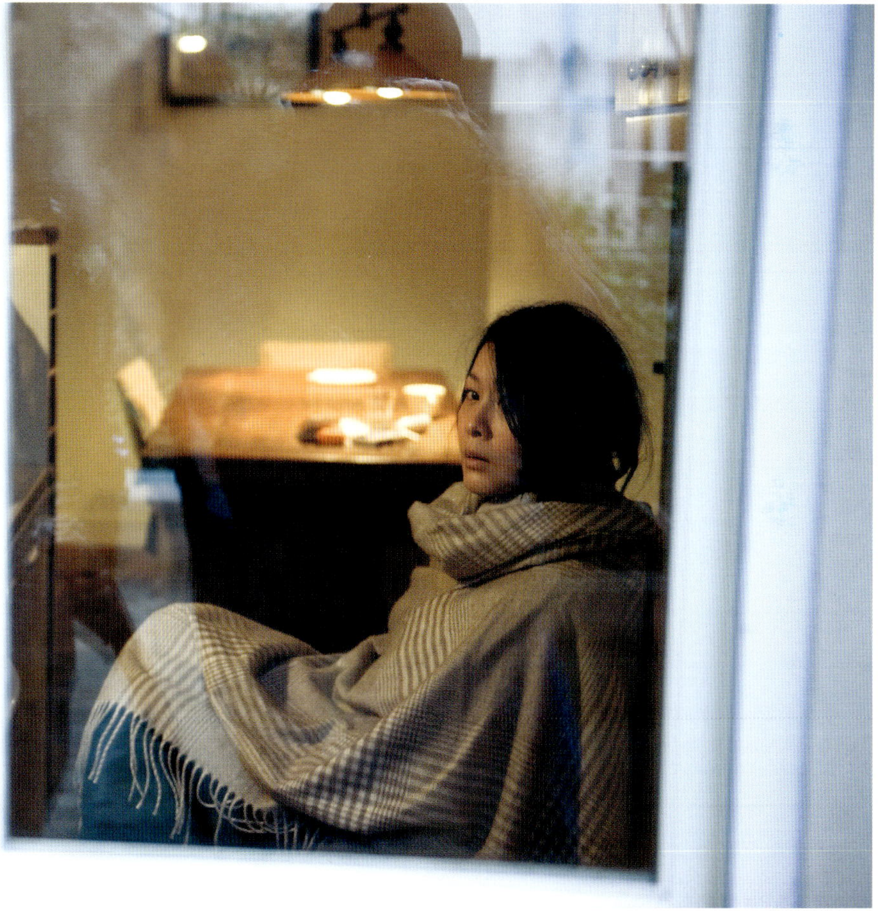

此时，在这样的夜里，坐着车前往陌生的城市。窗外漆黑一片，带上耳机细念自己的一切。

去年此时的我悲伤吗？明年此时的我会快乐吗？现在的我幸福吗？生命是许多的问号、逗号、惊叹号……

在没有划上句点前，我诚心谦卑走着看着。而谁会看着我到最后？我相信你会。不是因为我知道，而是人总得相信，不是吗？

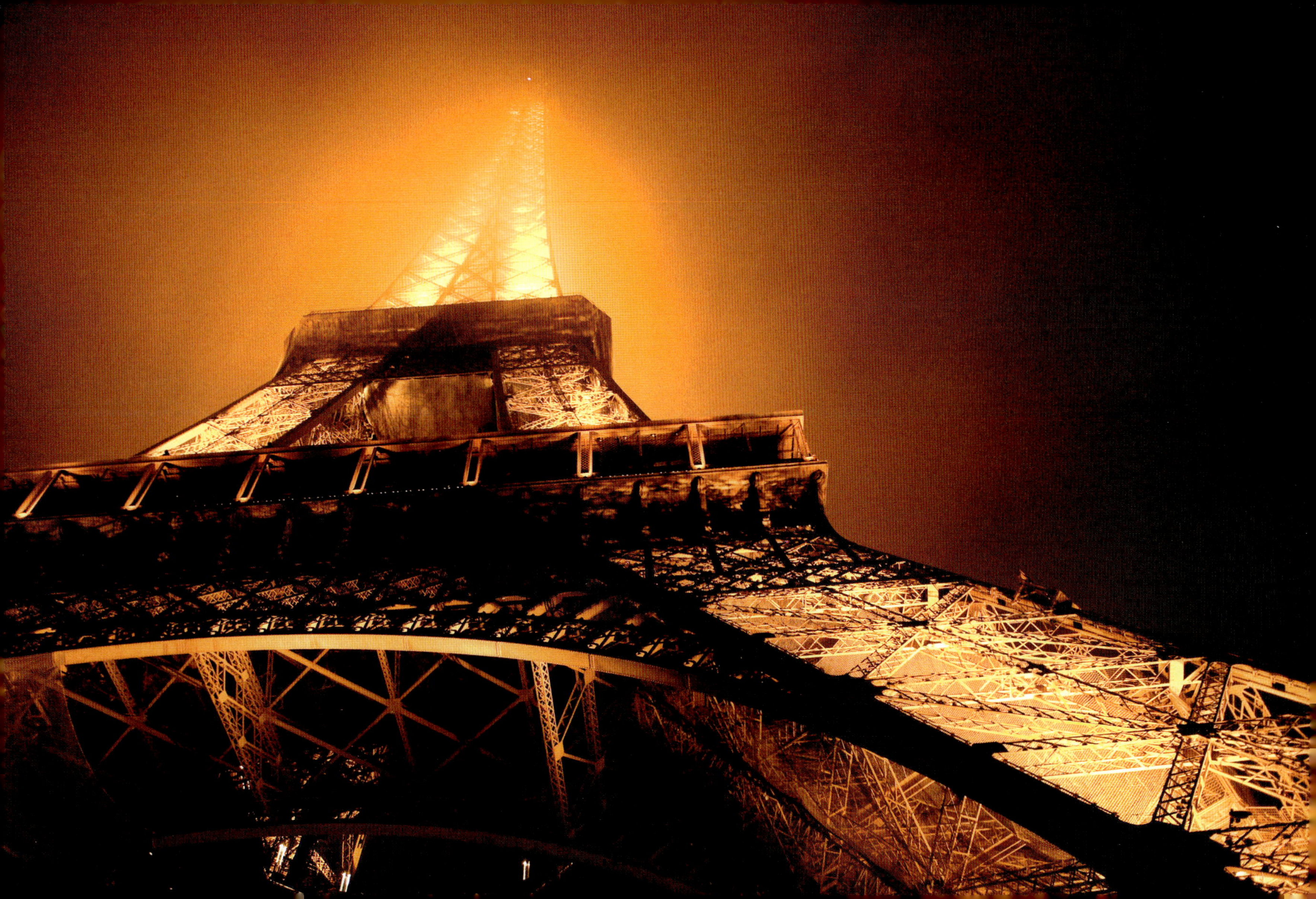

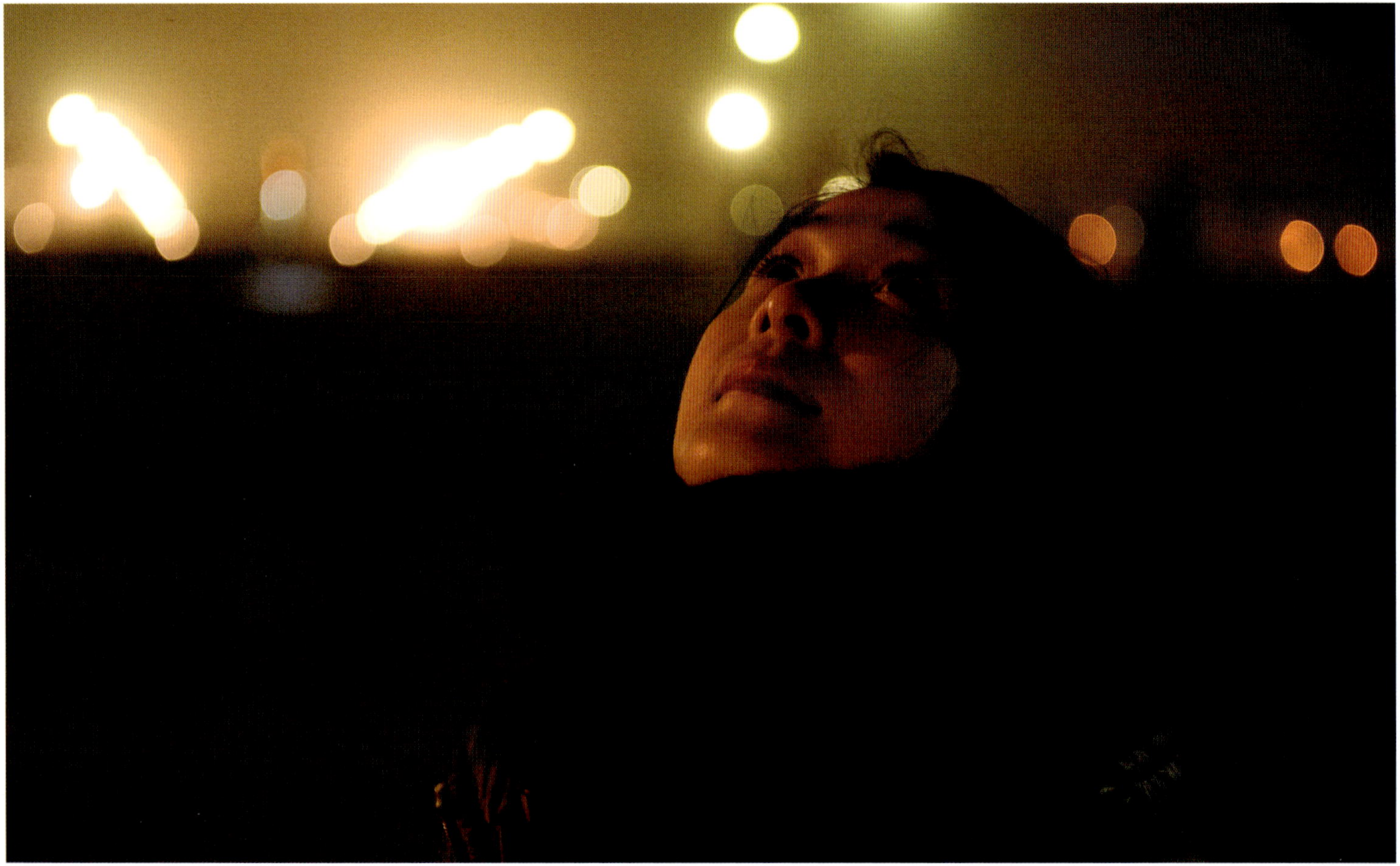

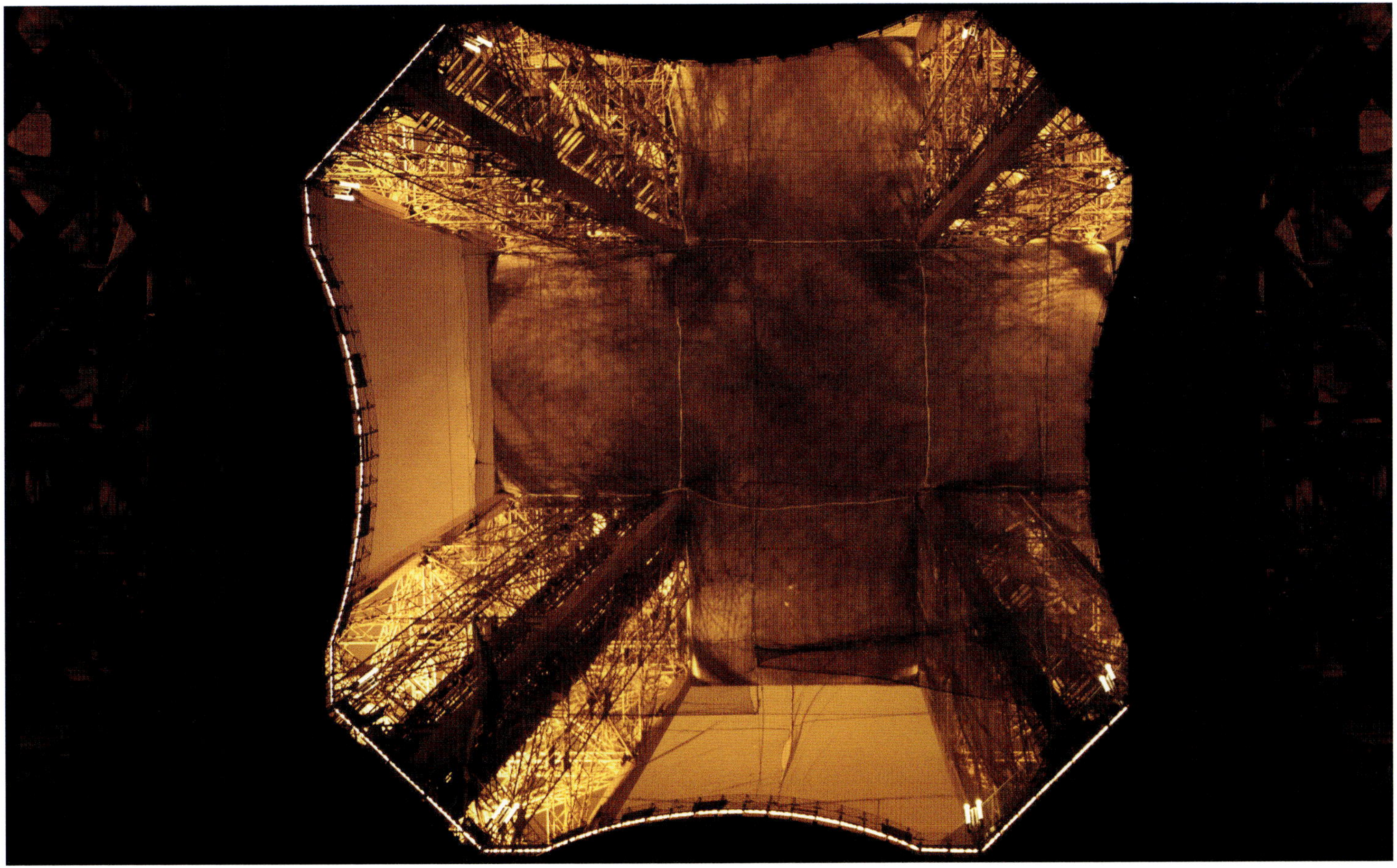

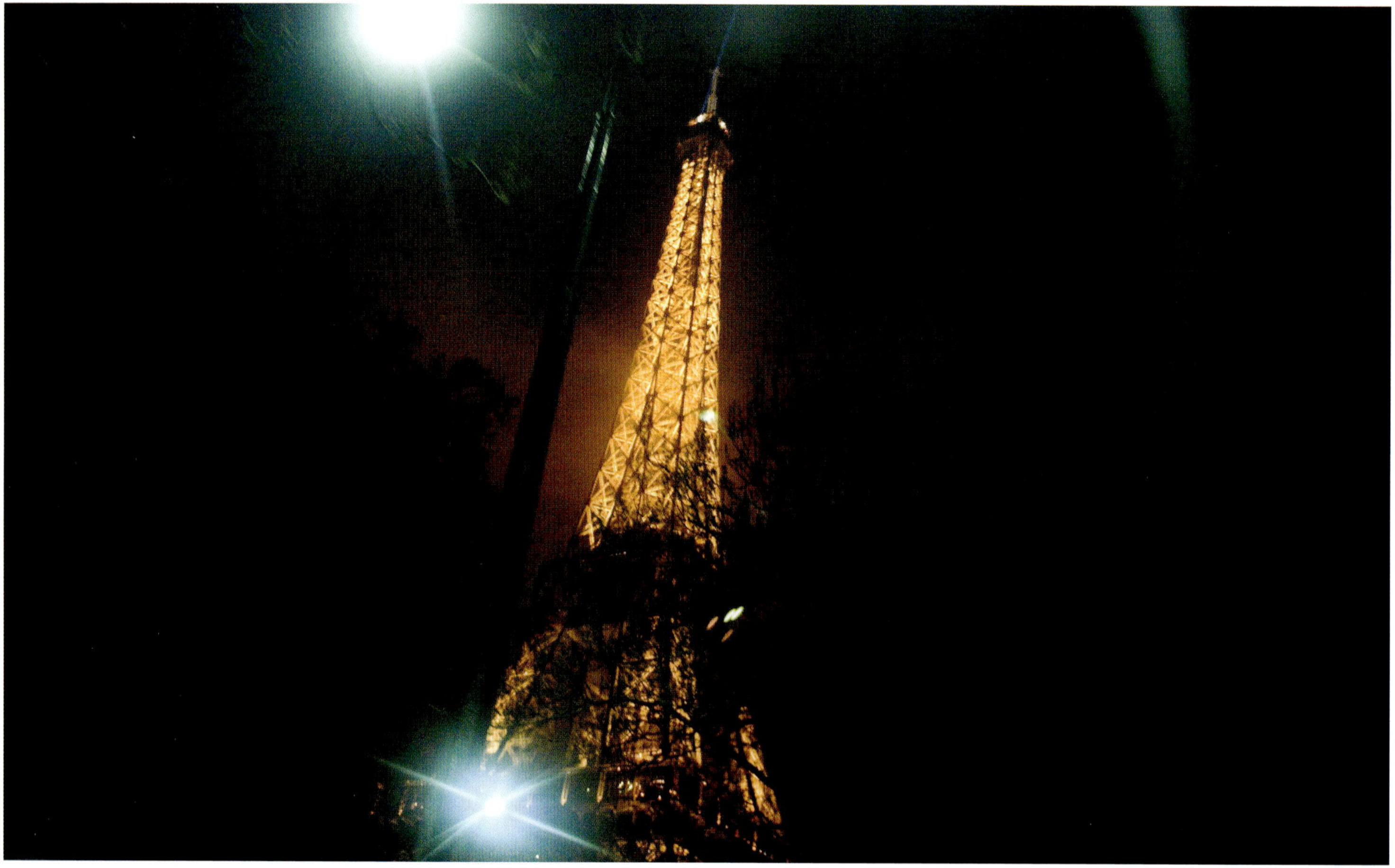

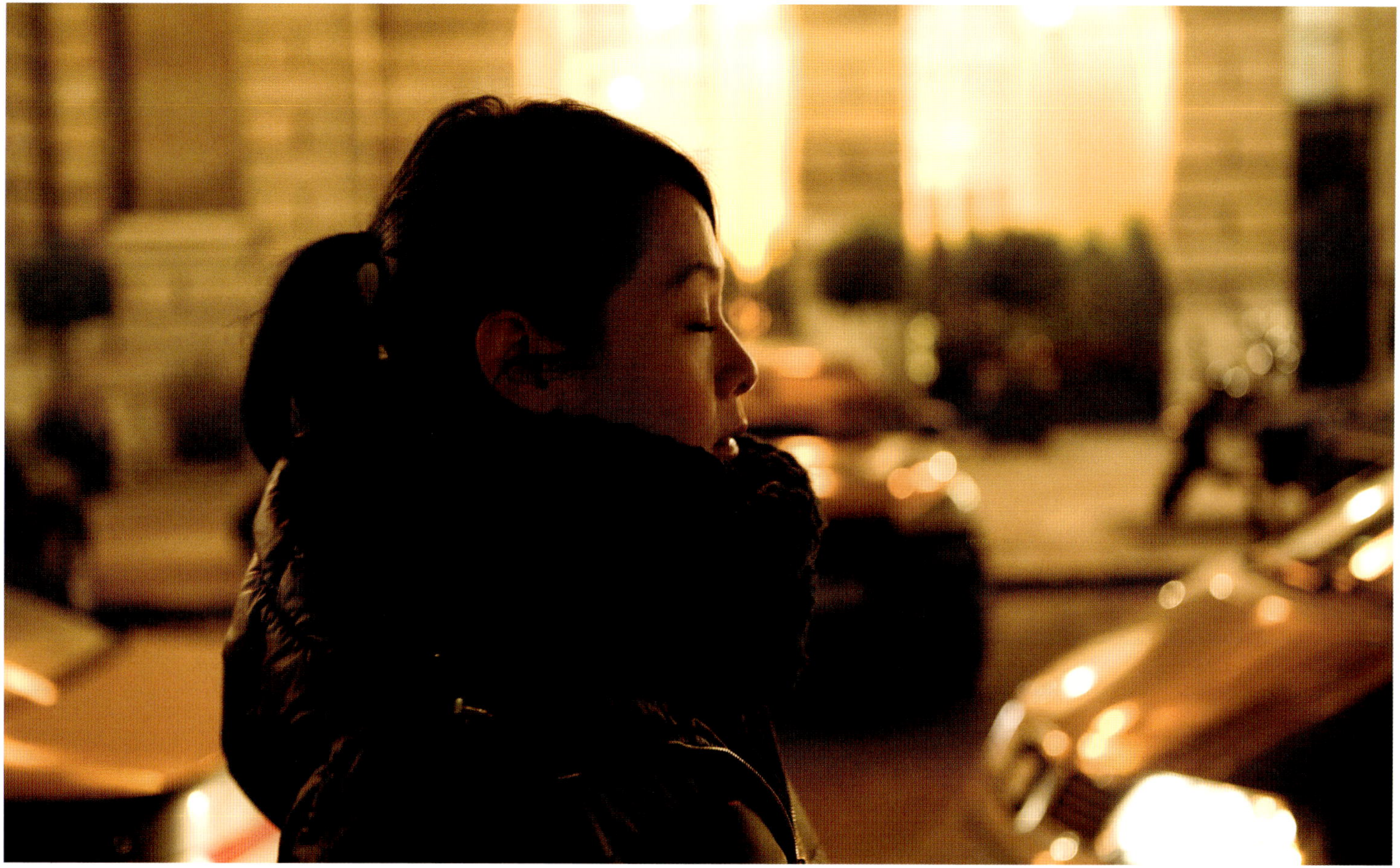

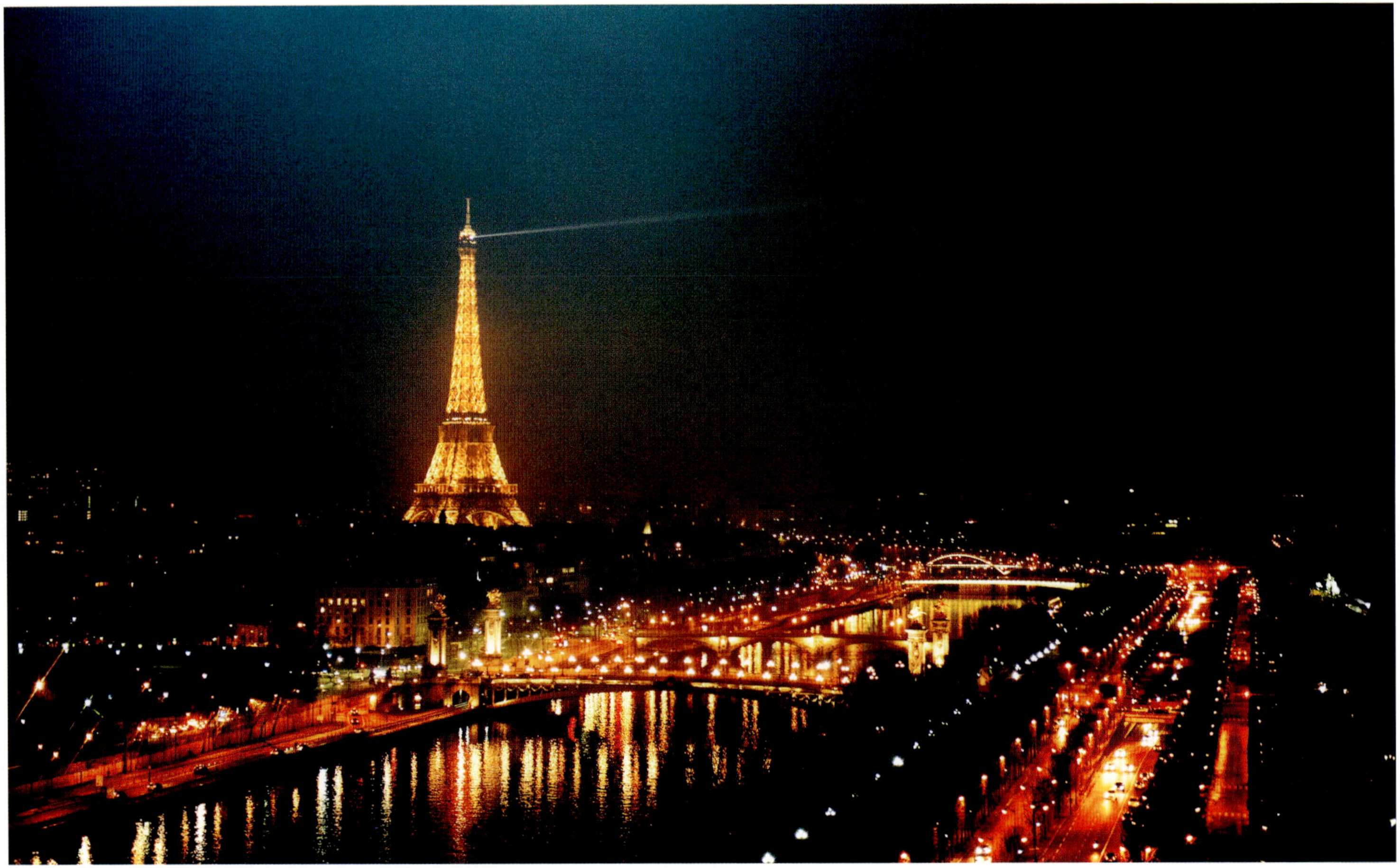

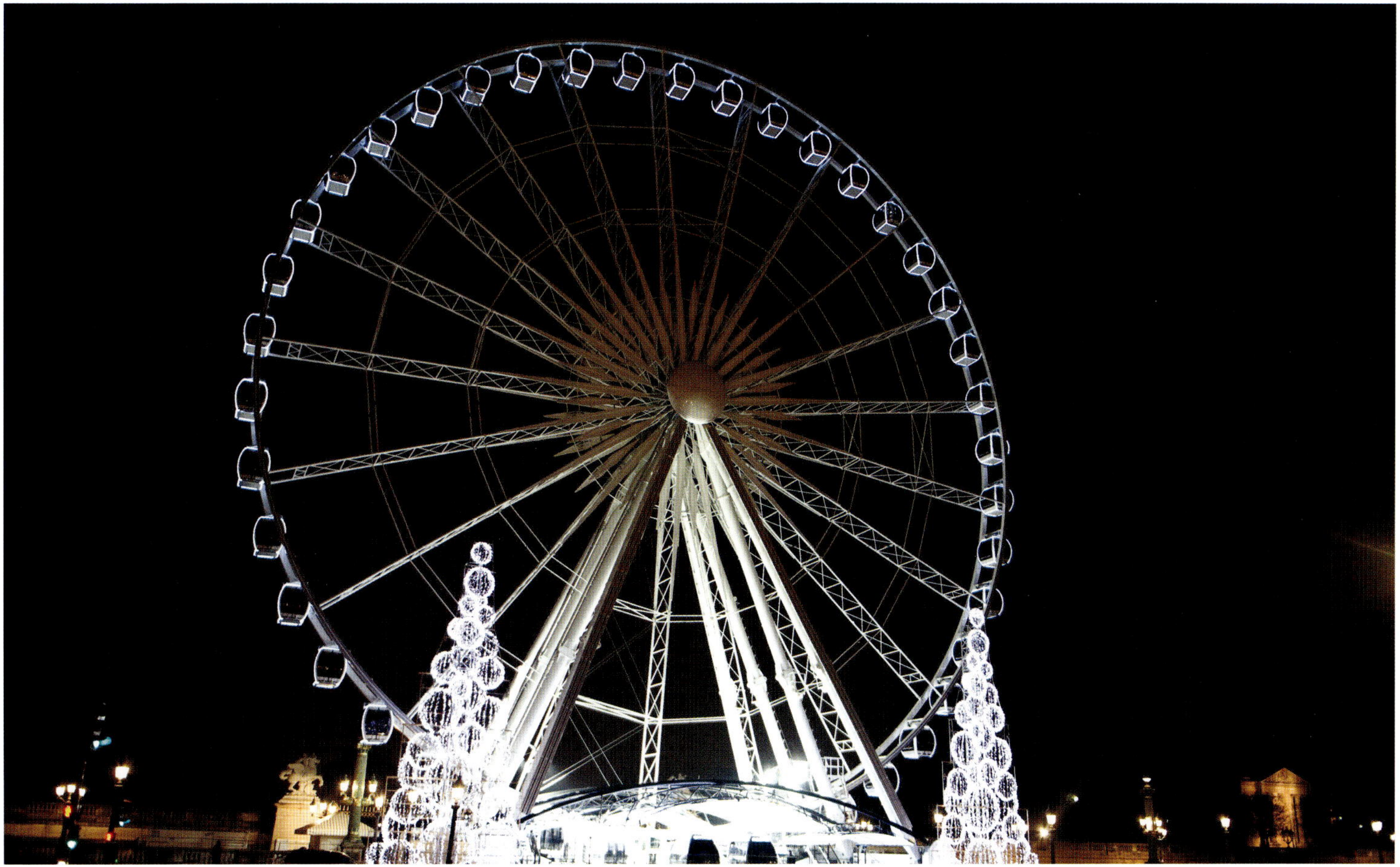

窗外一片黑暗,但闭上眼睛的黑暗更加令人恐惧……

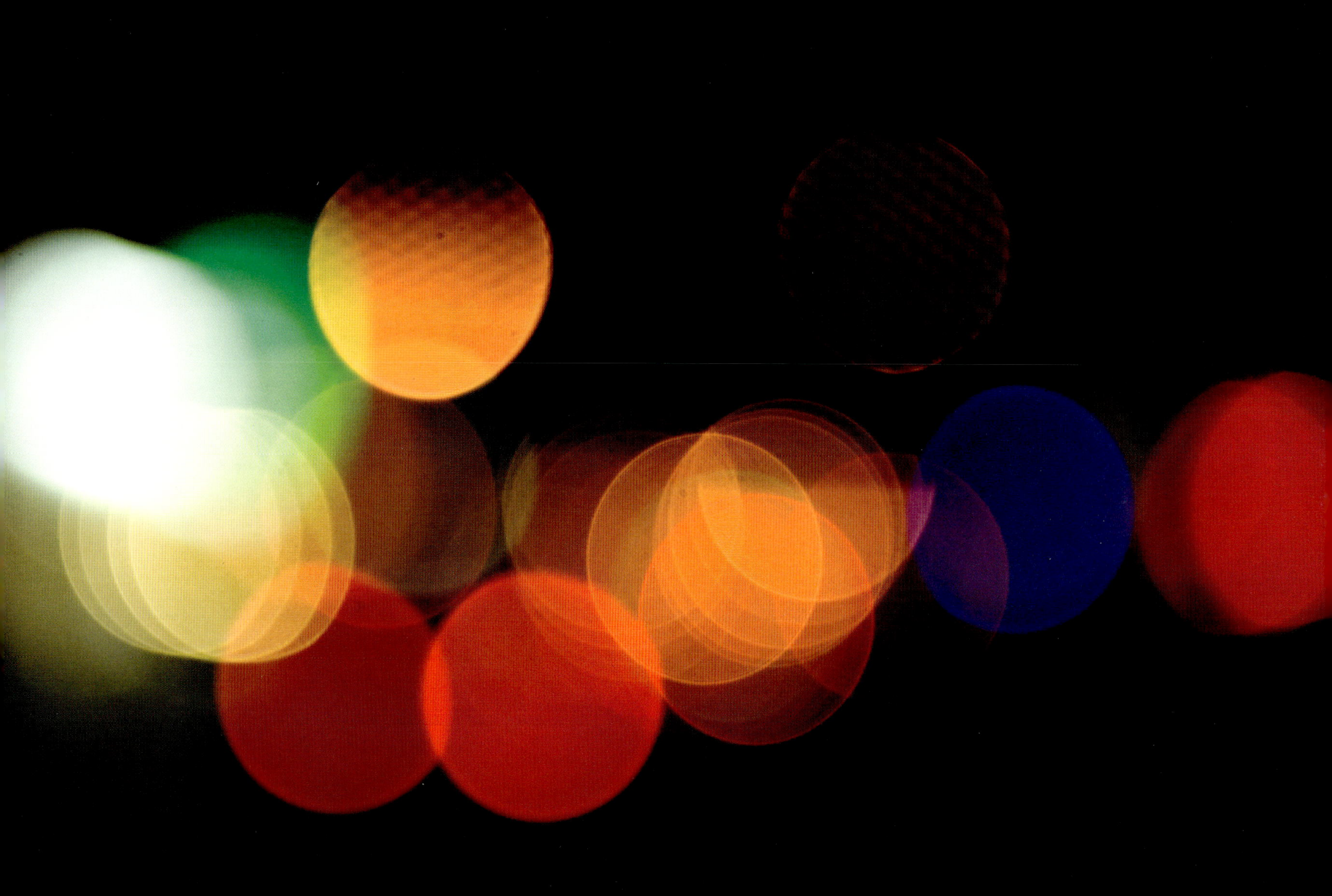

慢慢发现与人关系"虚线"的好。实线易断,虚线有弹性……

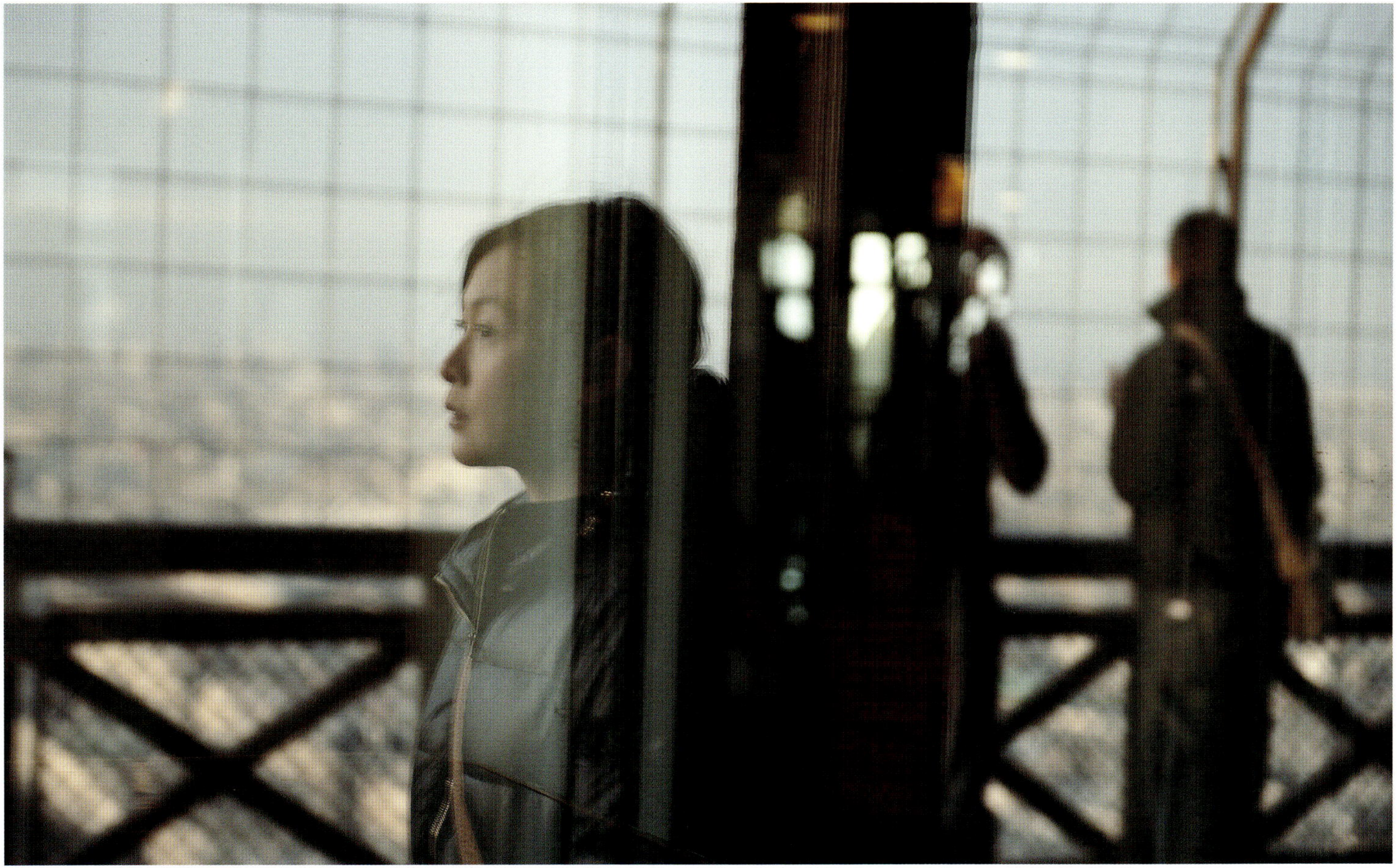

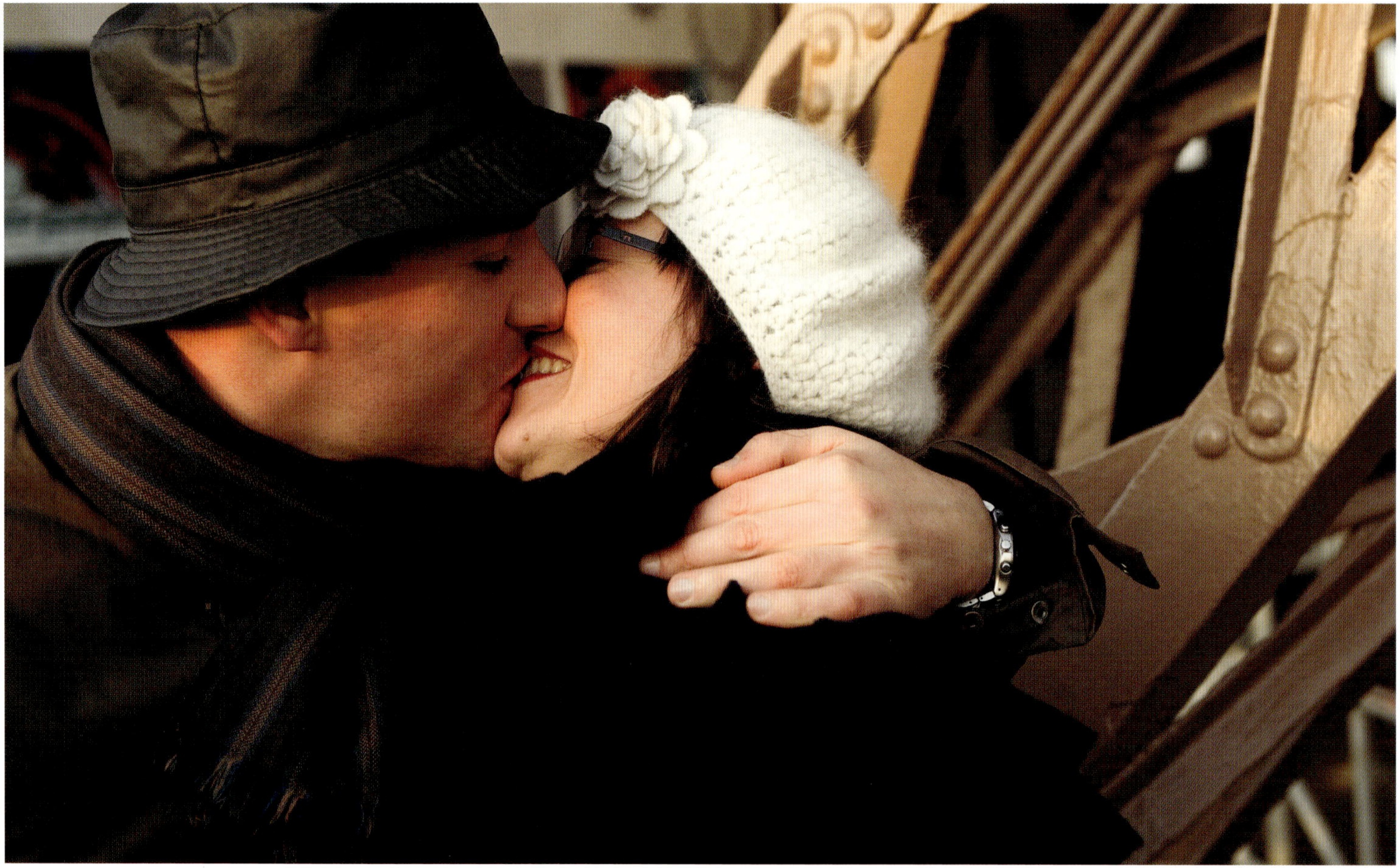

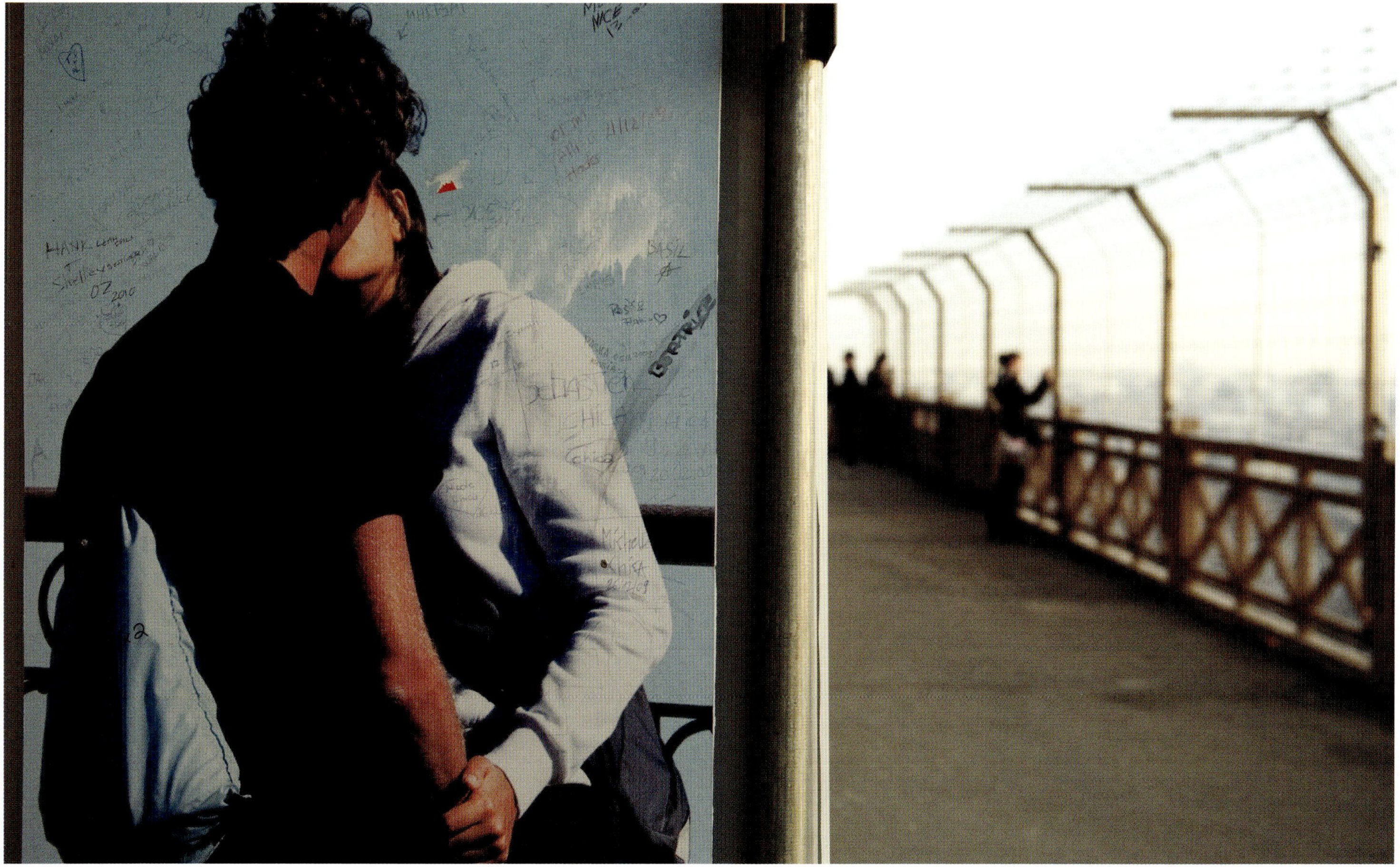

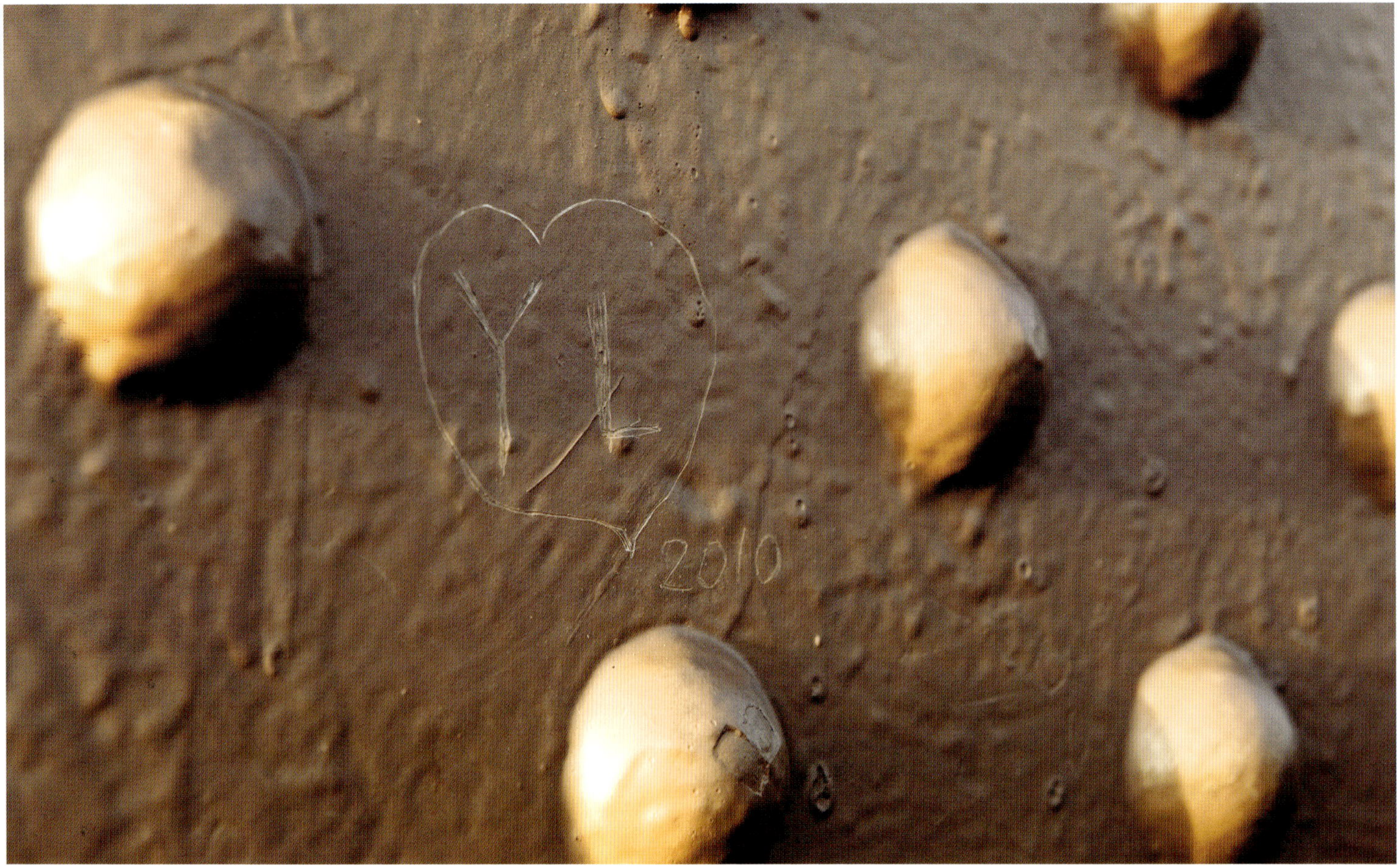
YL
2010

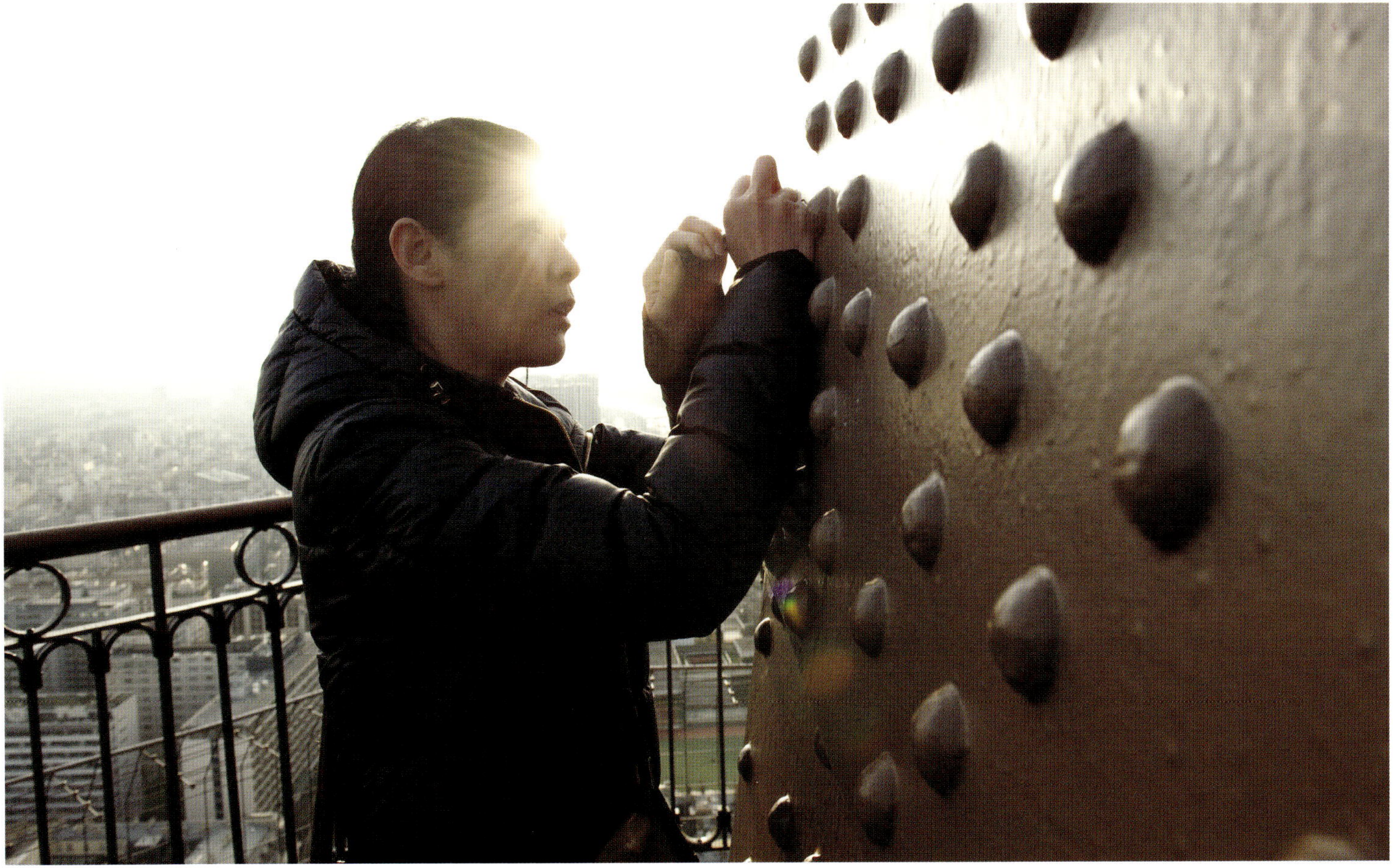

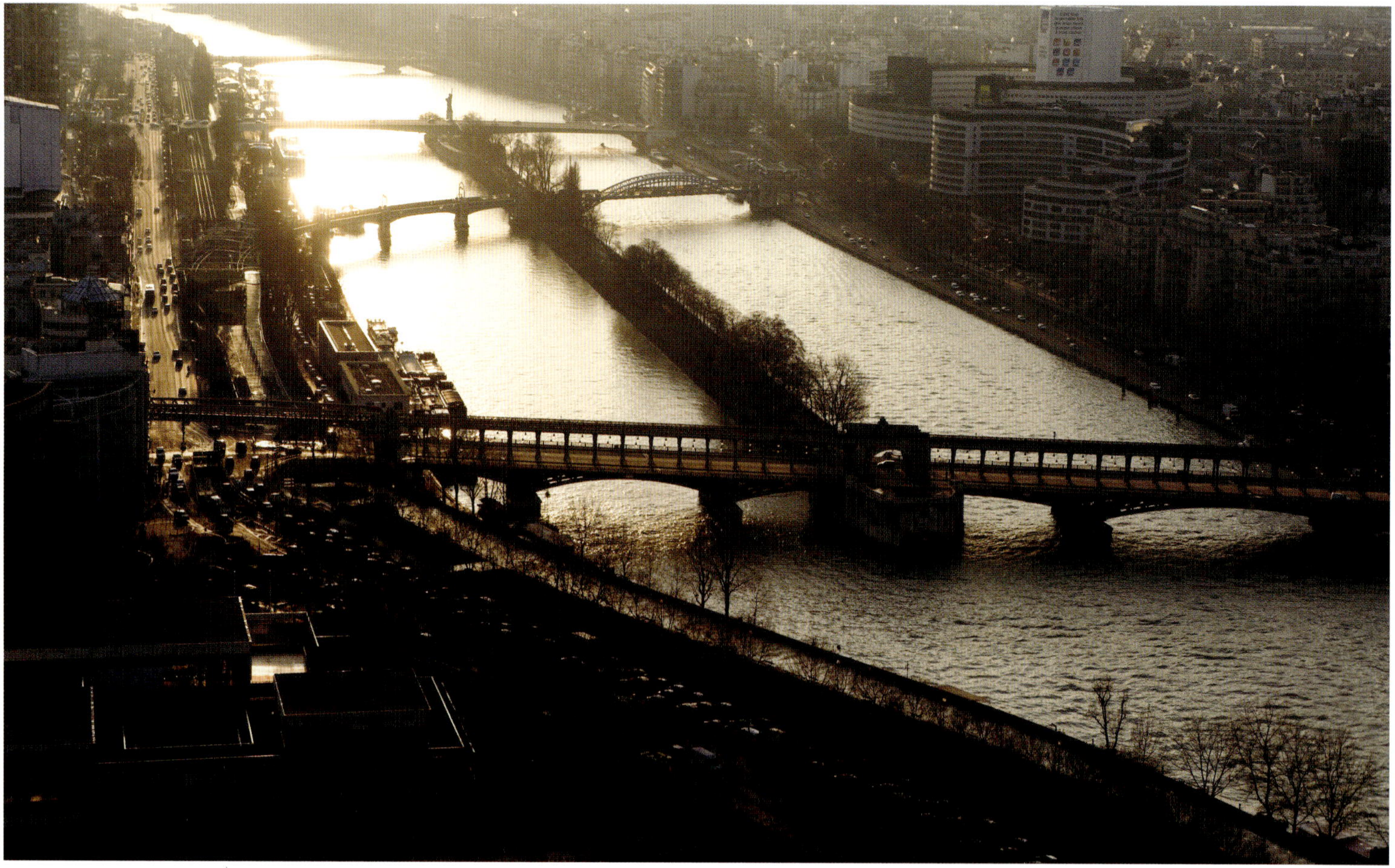

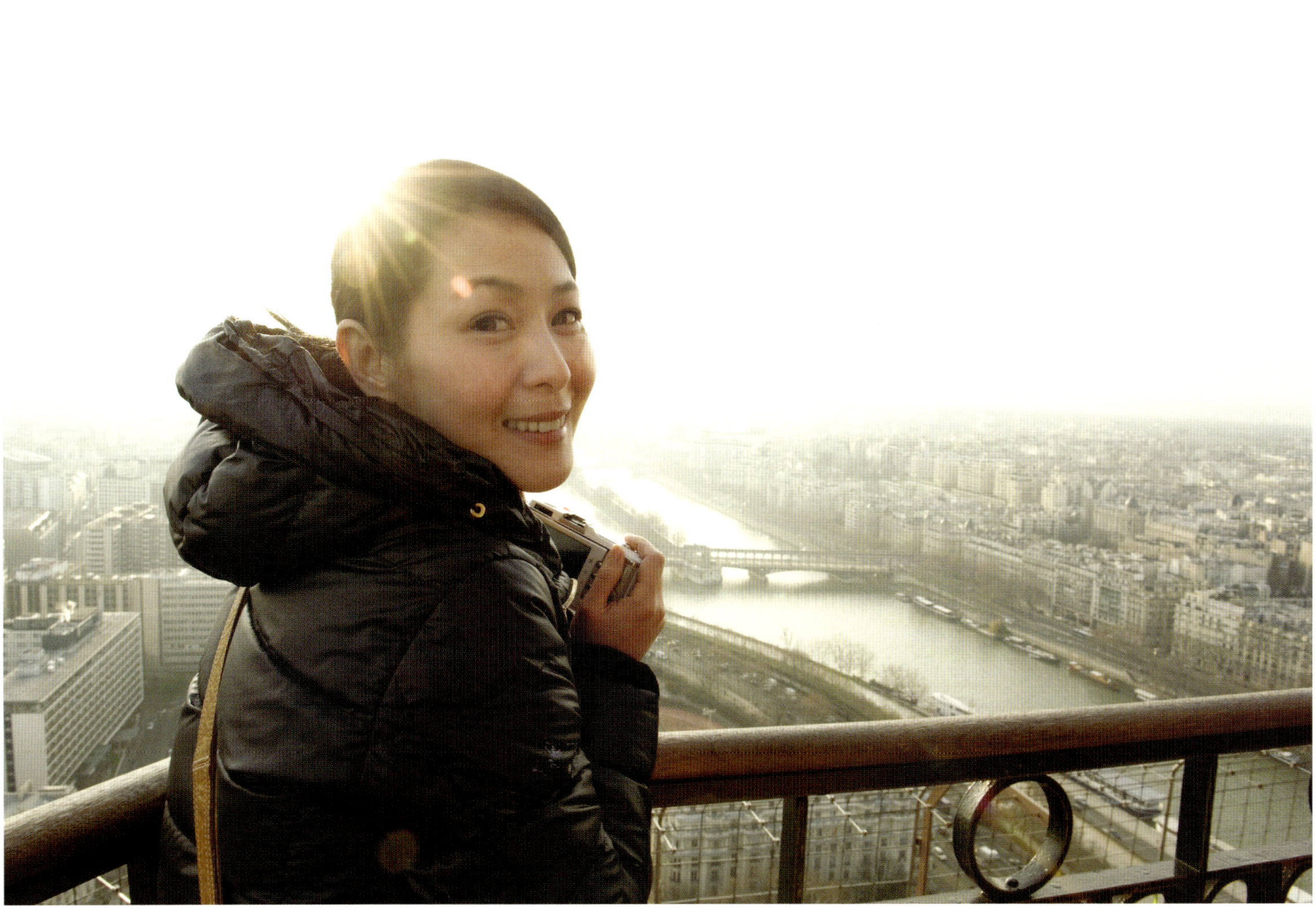

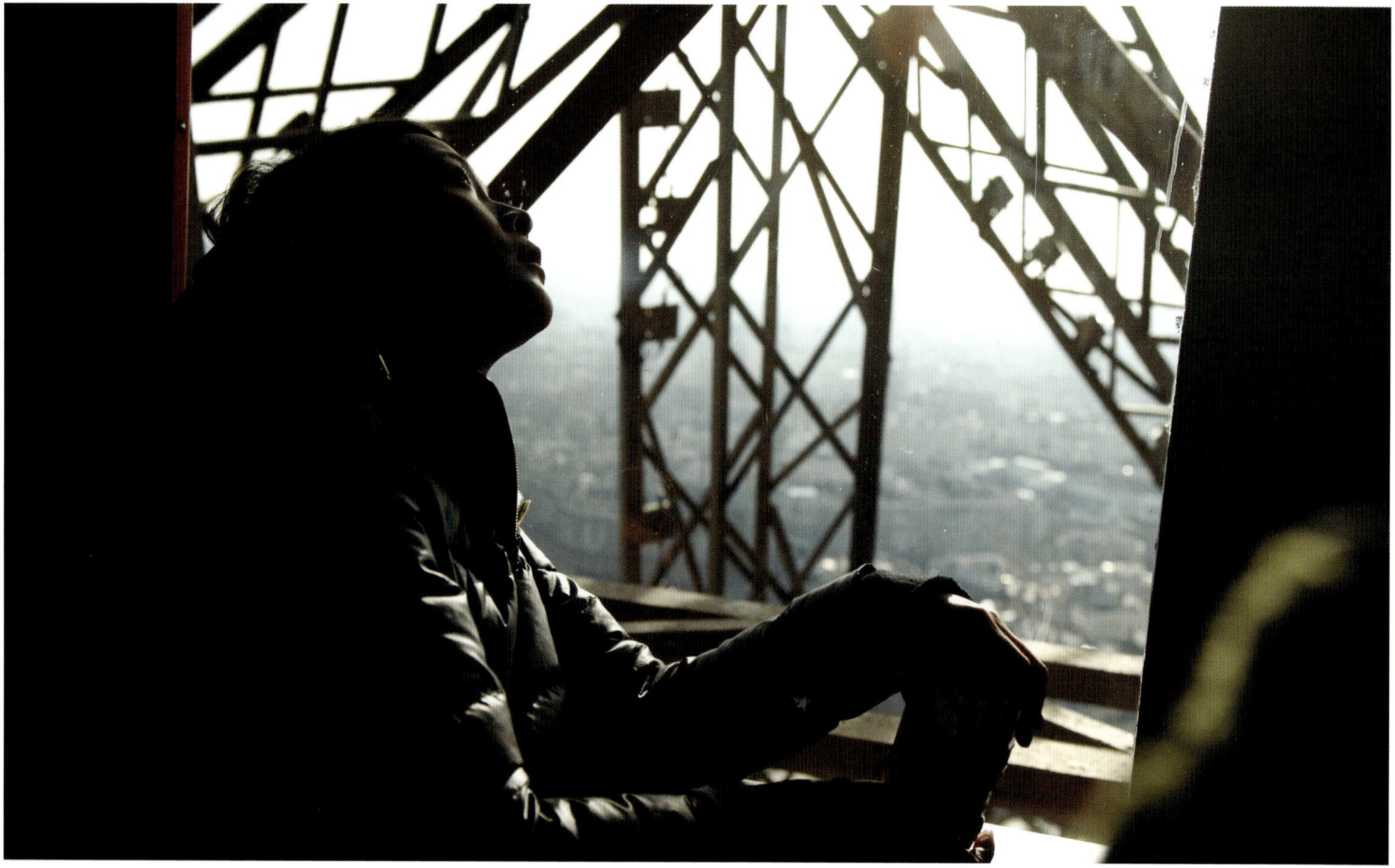

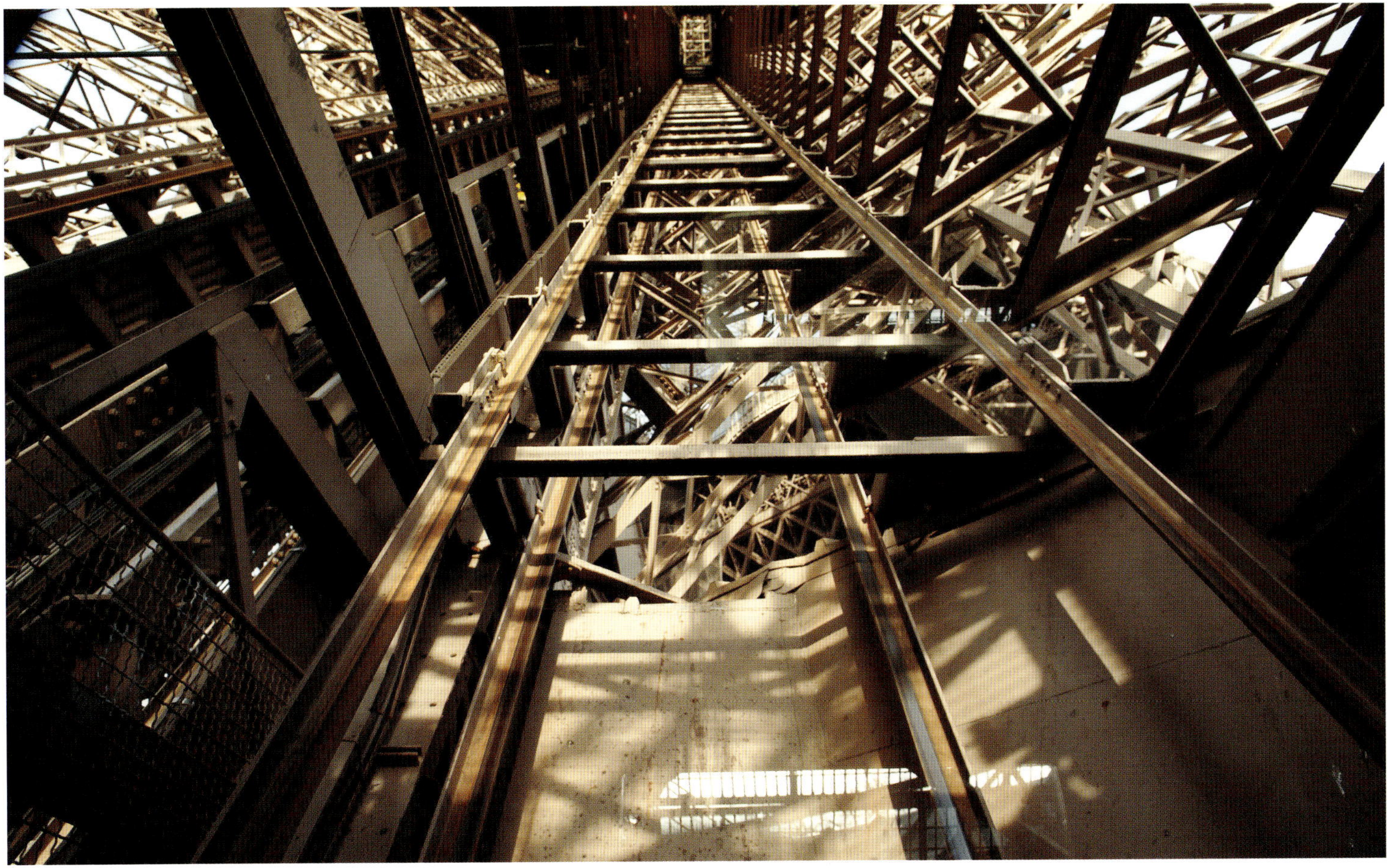

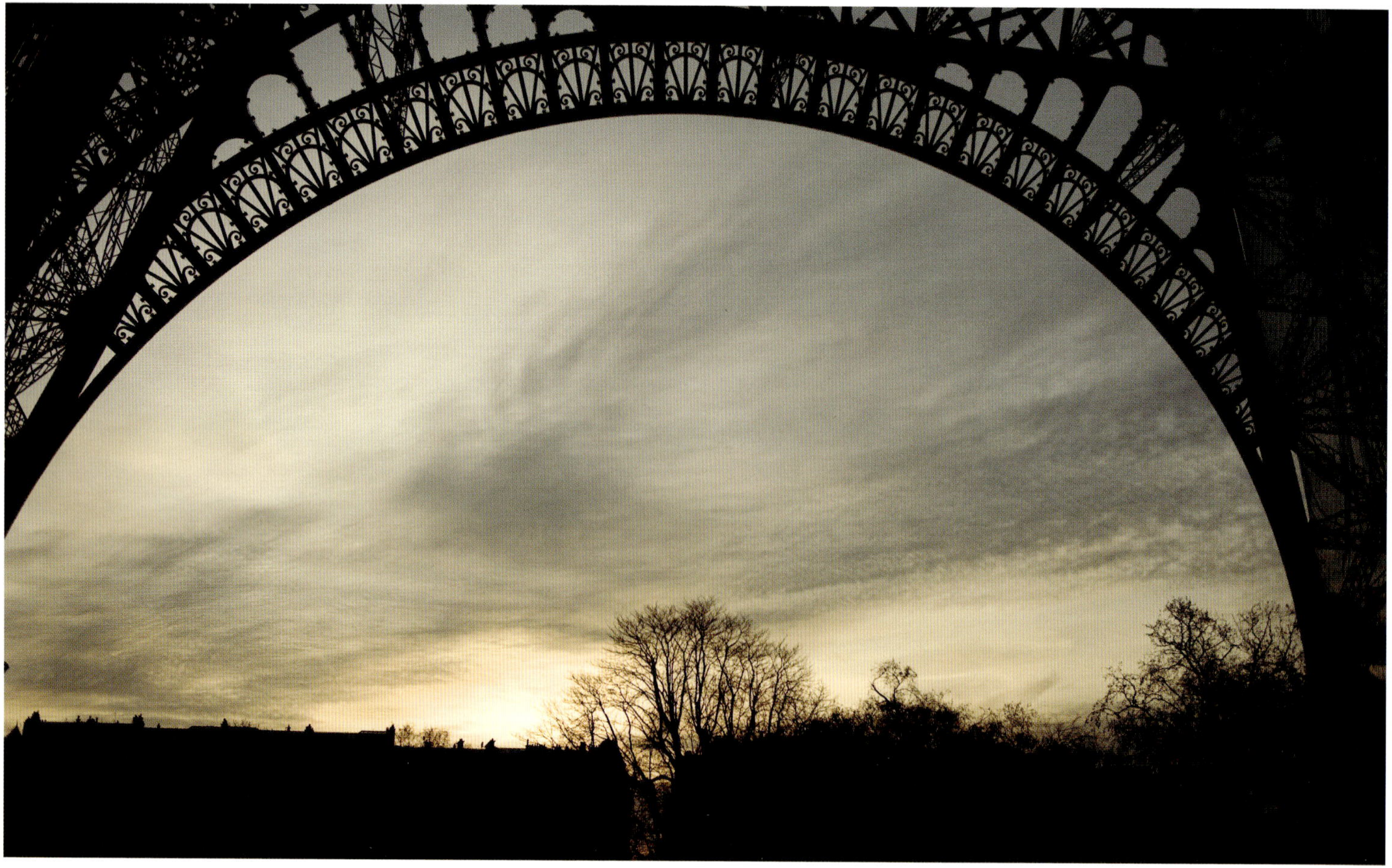

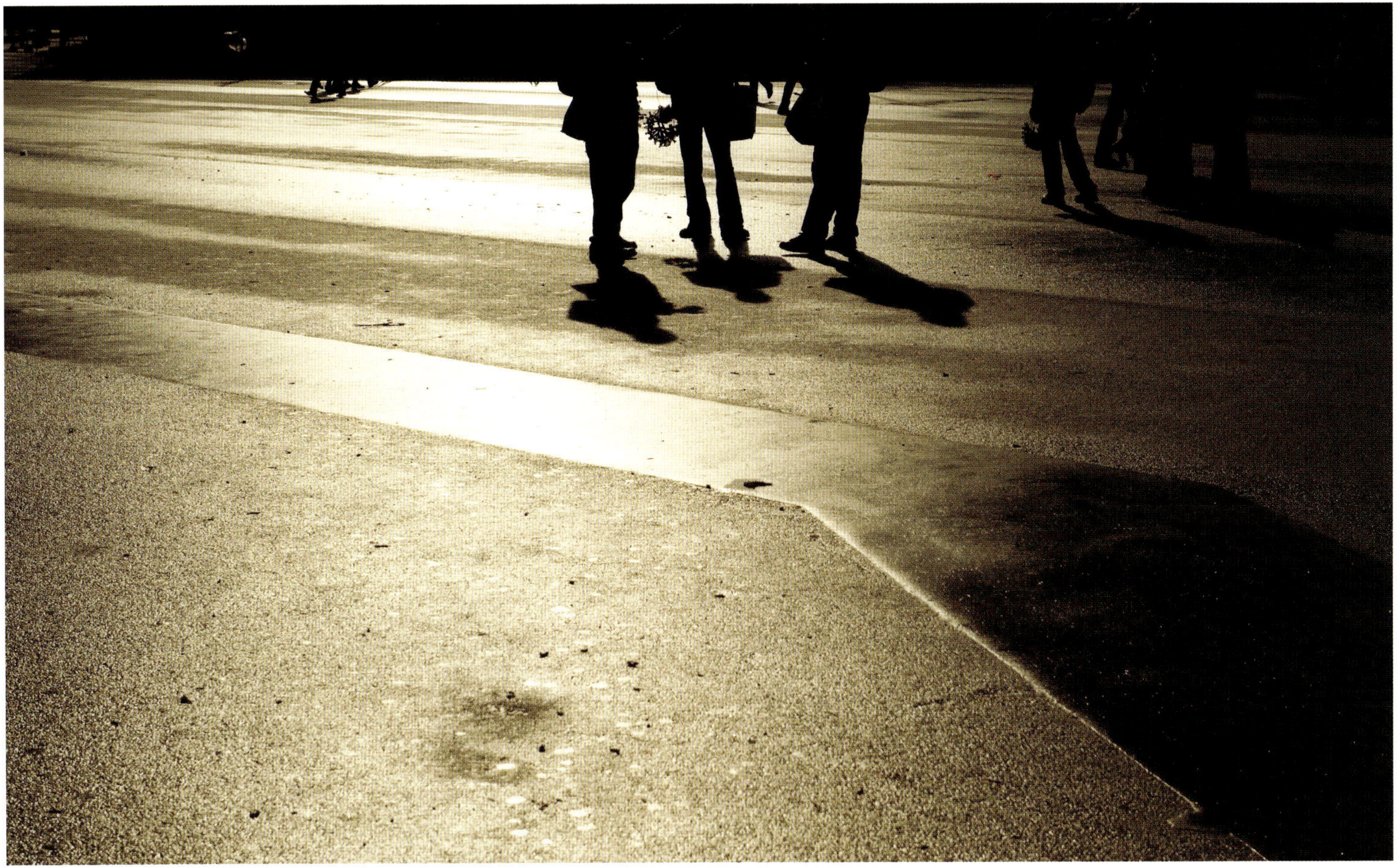

我期待和另一个灵魂相遇,但当两个孤独的灵魂相遇时,是孤独得到拯救?还是更加孤独?

LOVE ST
SARKOZY
DST
F.O.
HLM PARIS
J.C. MARIN
A GOMEZ THOMSON
LE NETTOYEUR
RONDOT
PAPA
P. DELMAS
ABDO
Rougelot
C.I.A
EADS
MENAYAS
SAWARI I et II
MICA Missile Matra
RETRO
ARNAUD EADS LAGARDÈRE
L'HÉRITIER
AIRBUS
JL LAGARDÈRE
LE GASCON
Steve CHEN
Richard PEARL
chantage
PLAN
MARWAN

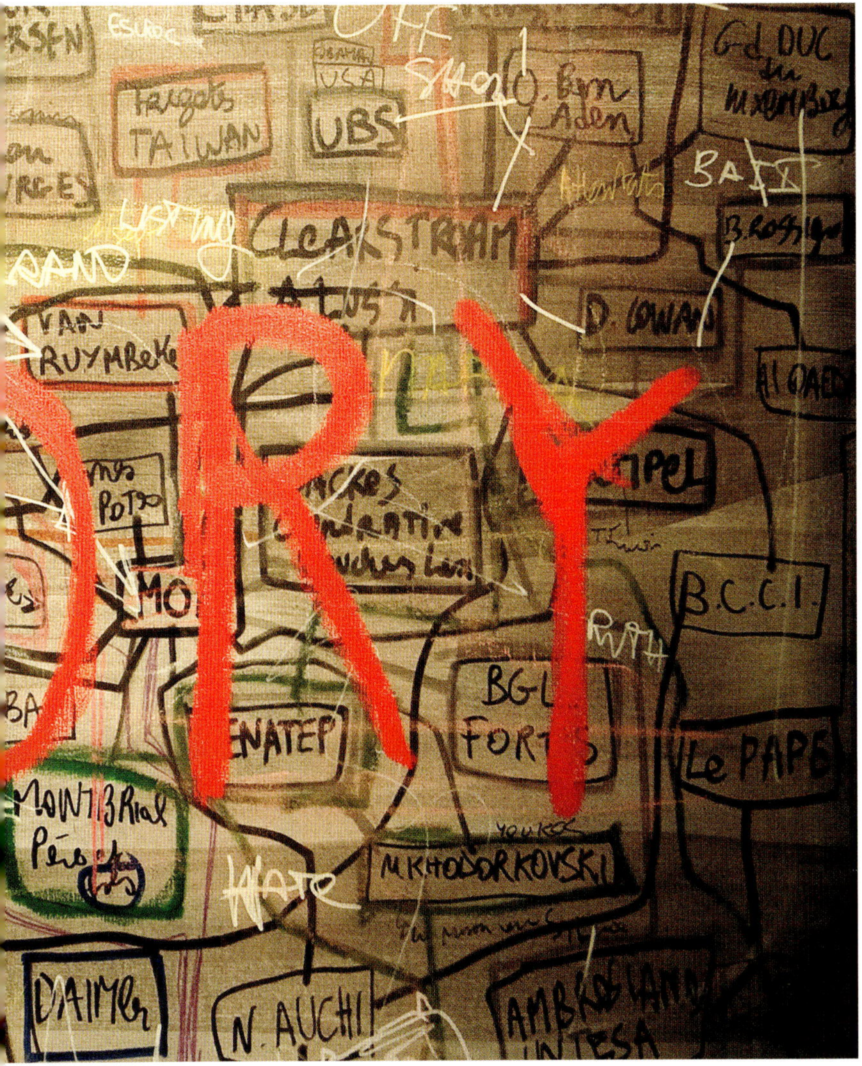
TAIWAN
UBS
B.C.C.I.
Le PAPE
M.KHODORKOVSKI
N. AUCHI
RY

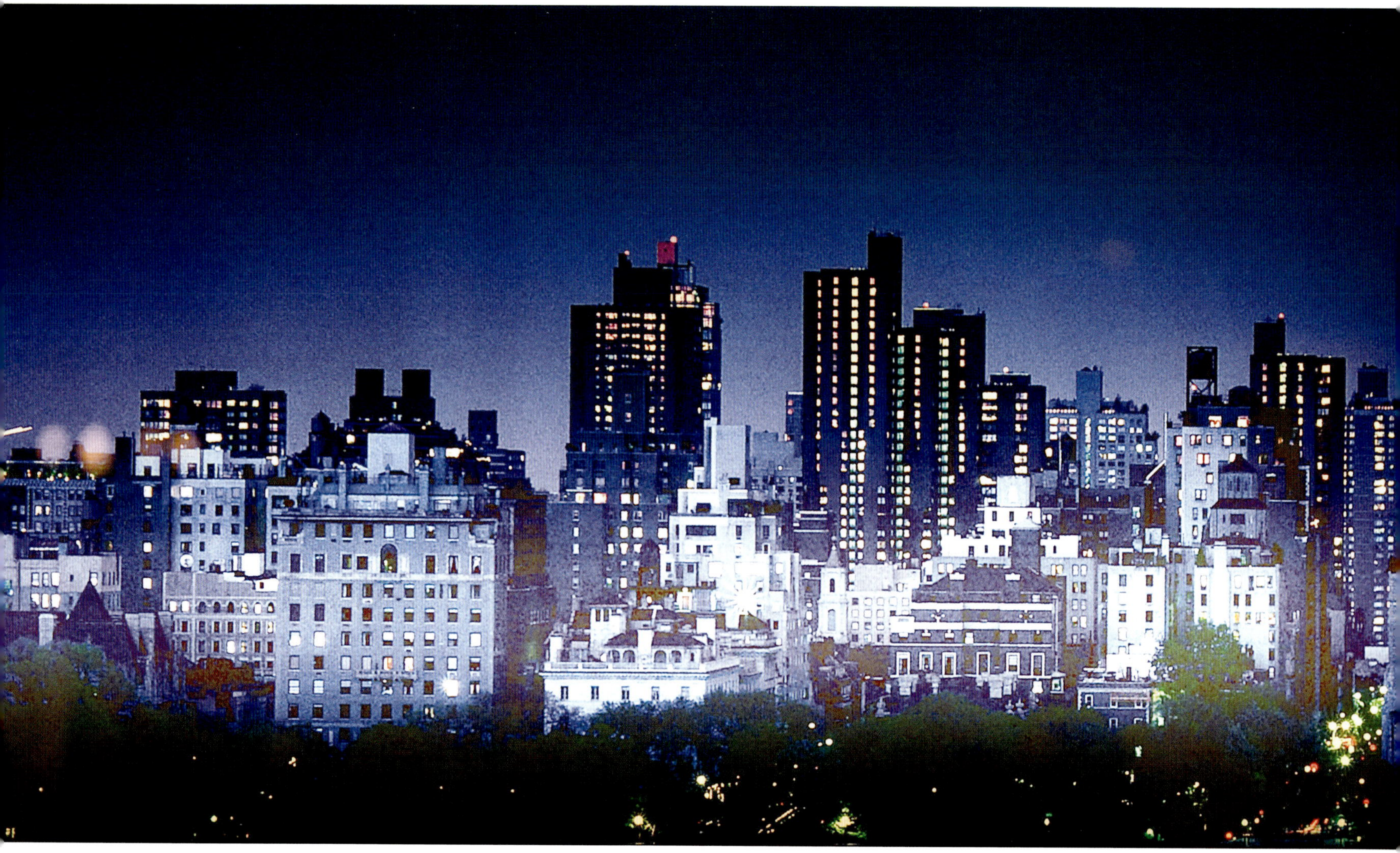

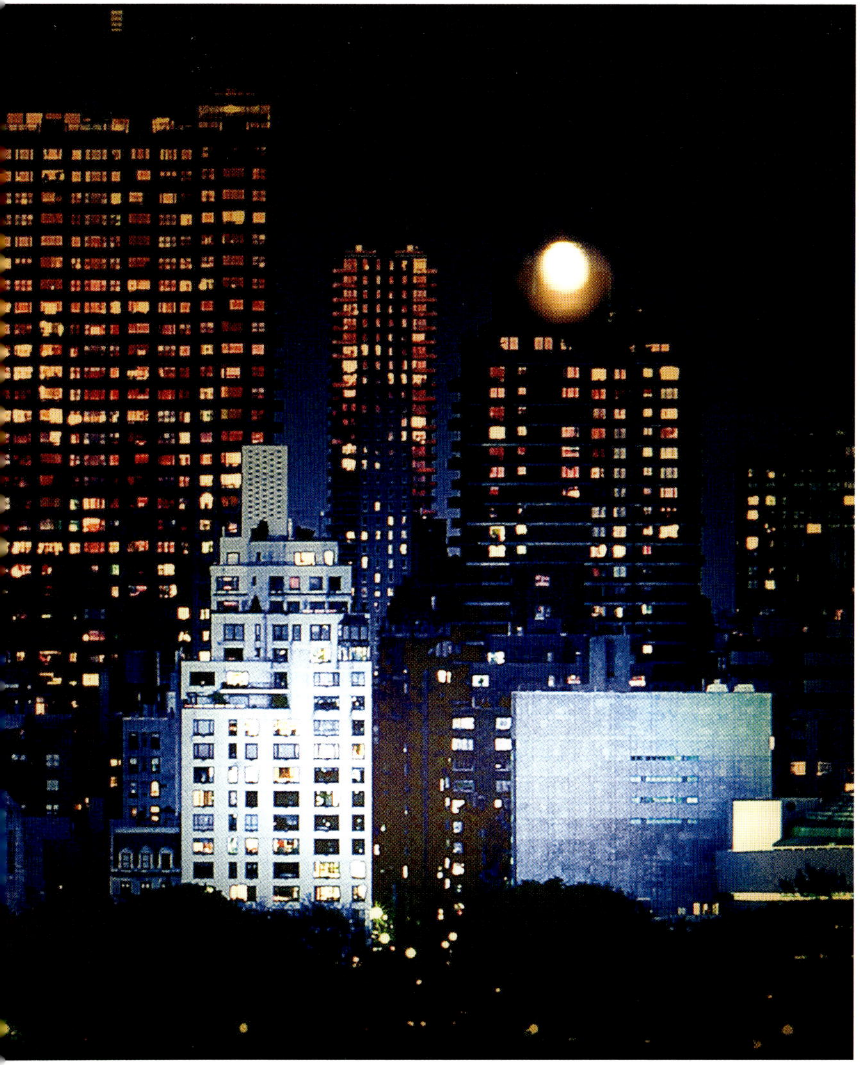

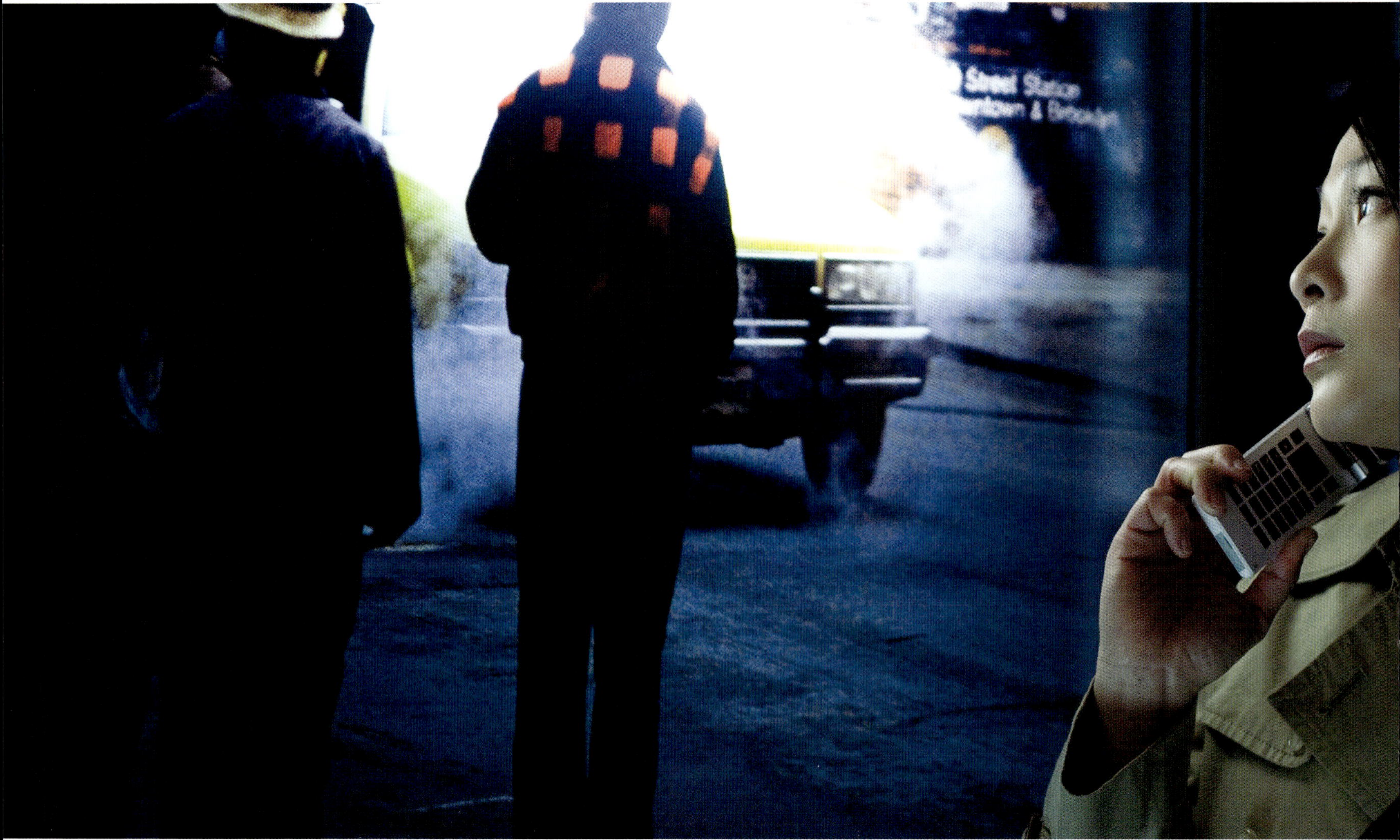
Street Station

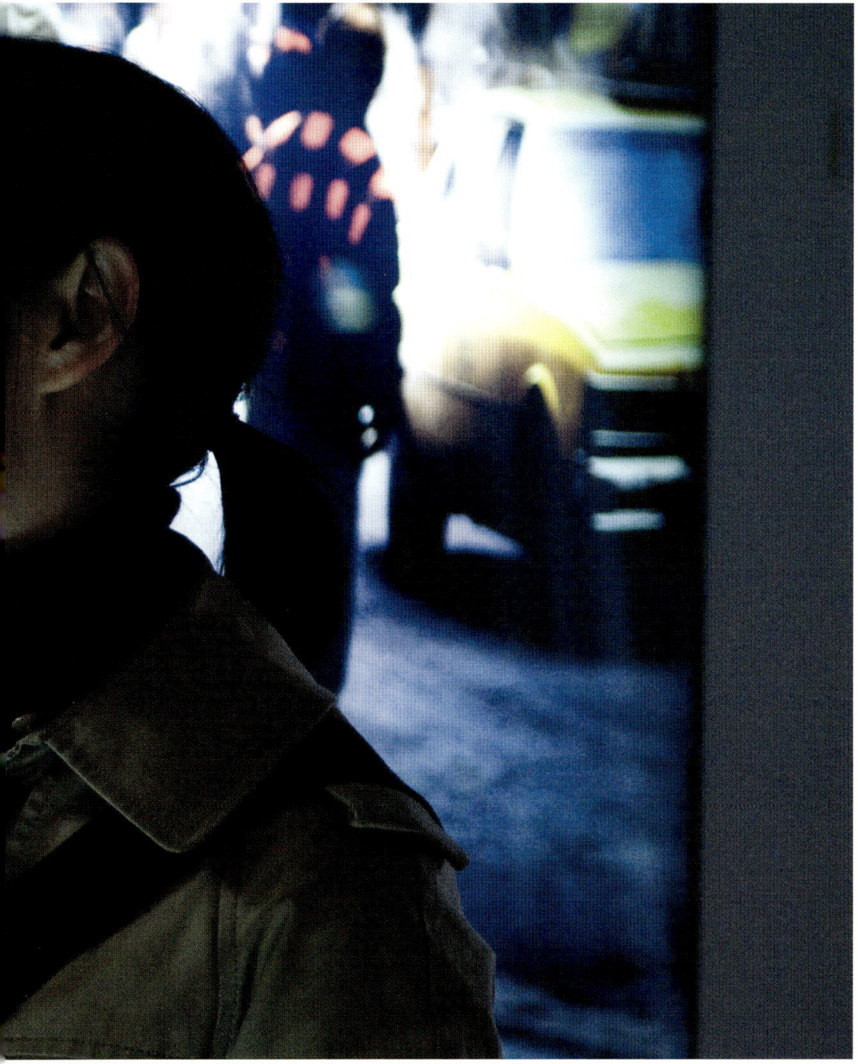

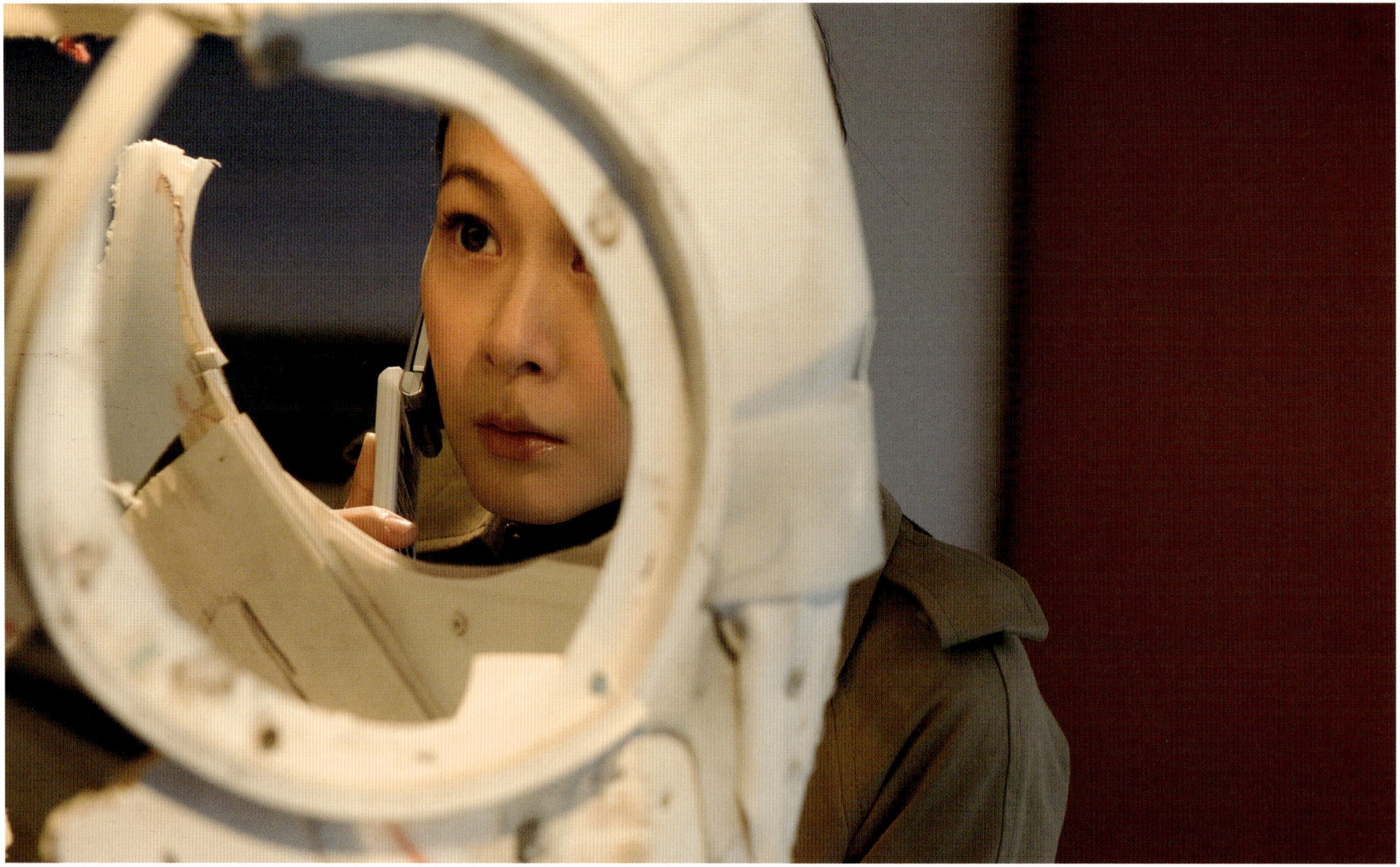

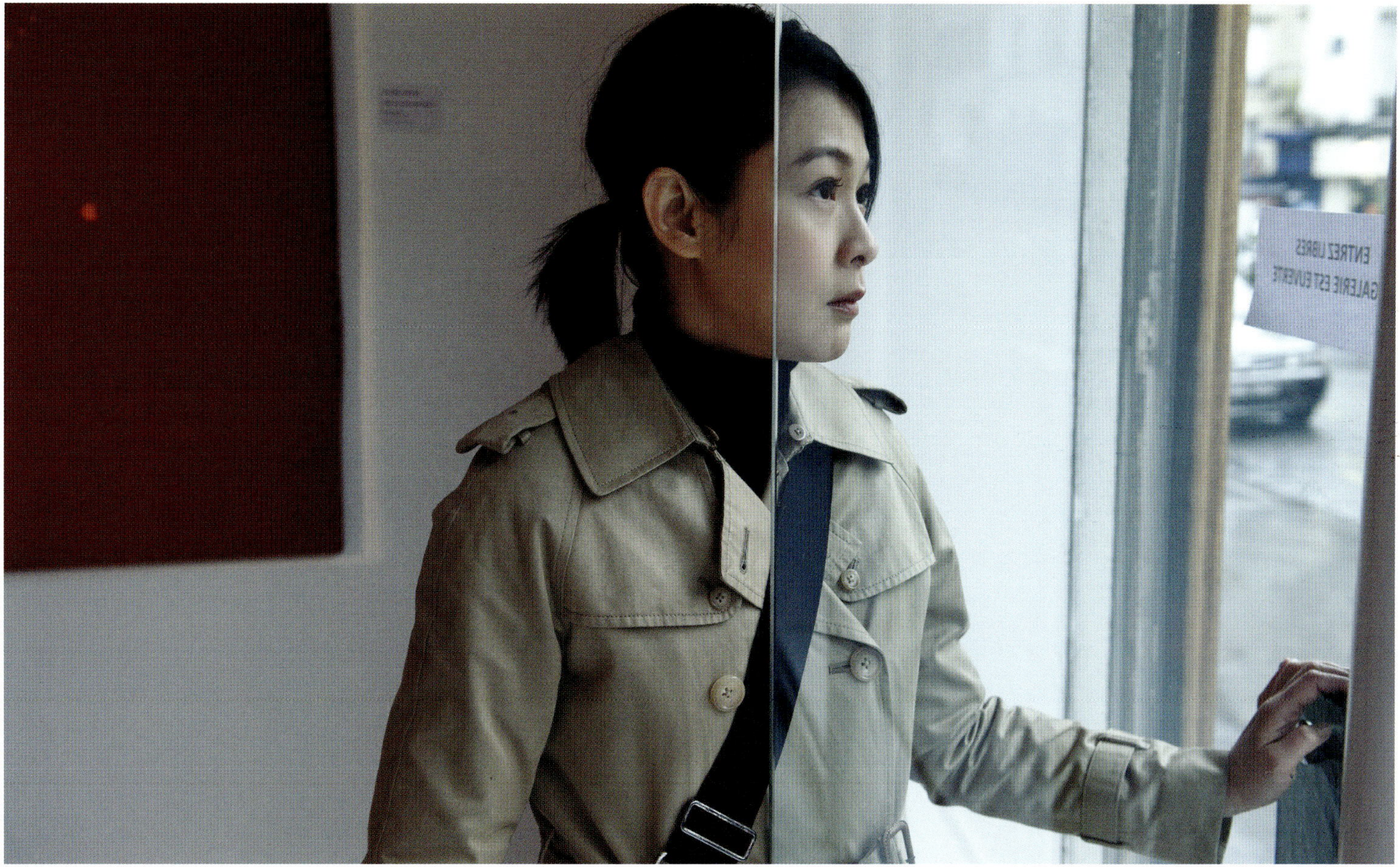

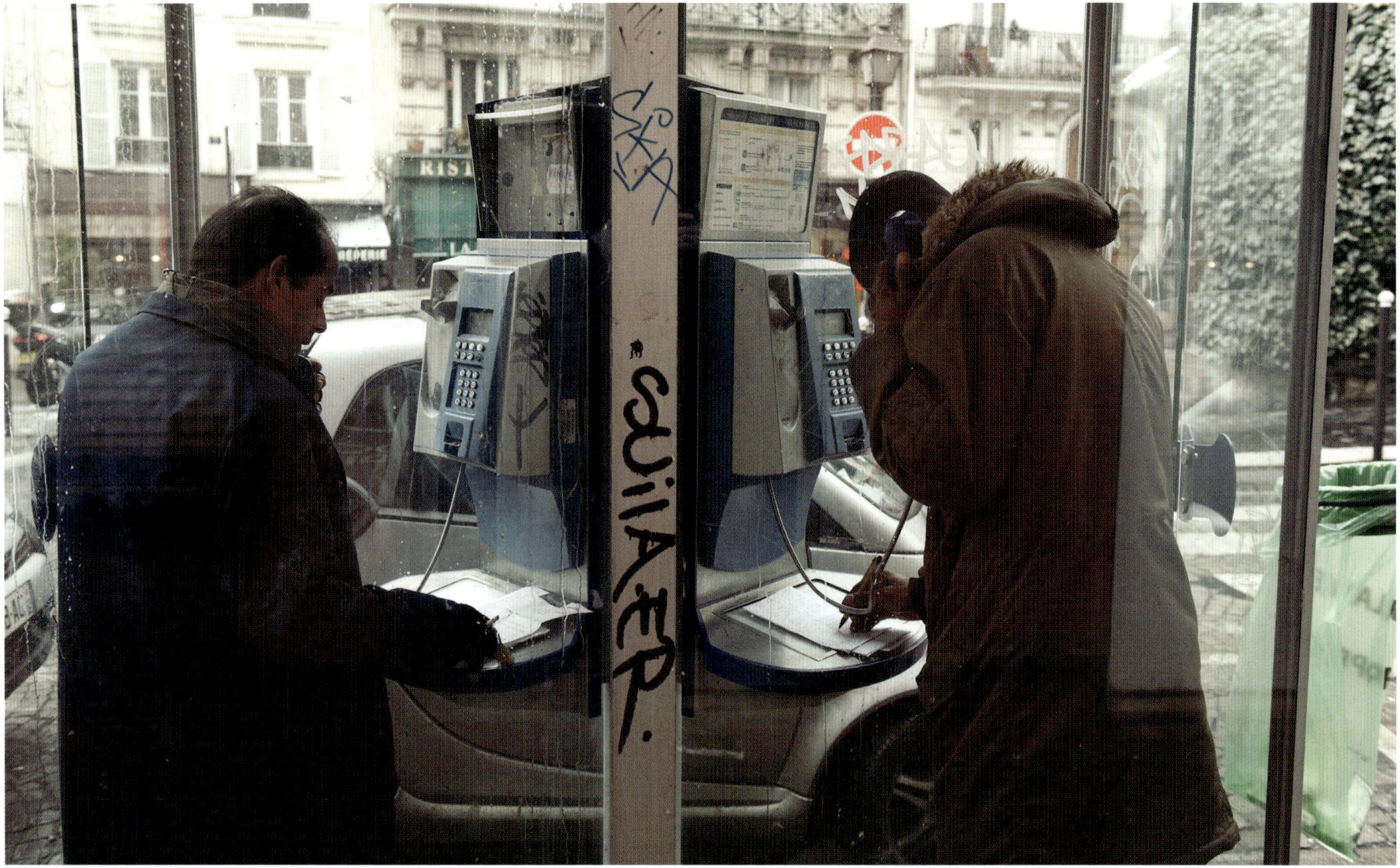

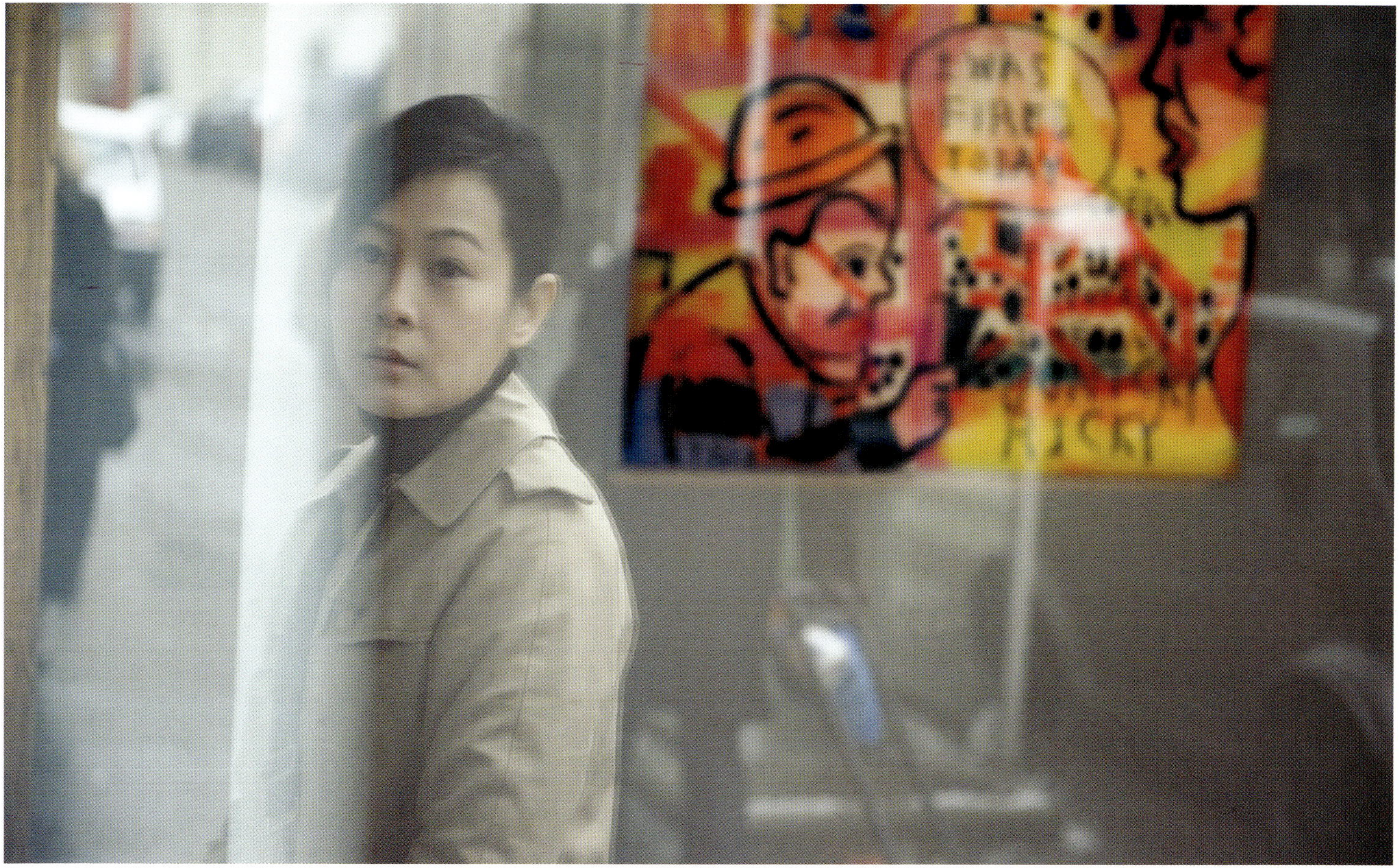

我承认，我还是会想起你，伴随着的是平静。

那些曾经谜样的伤痛，有些有了答案。没有答案的，也并不那么重要了。

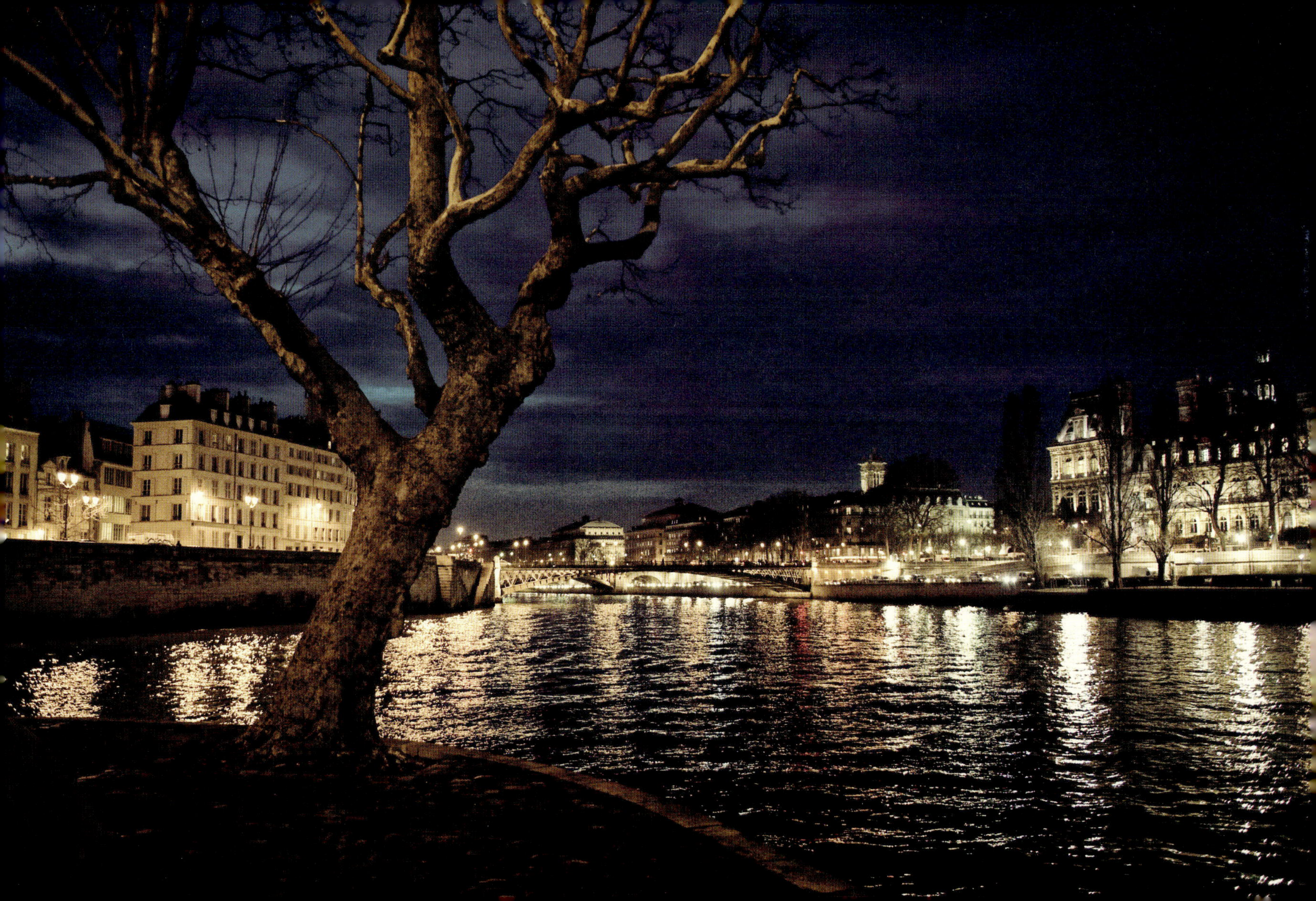

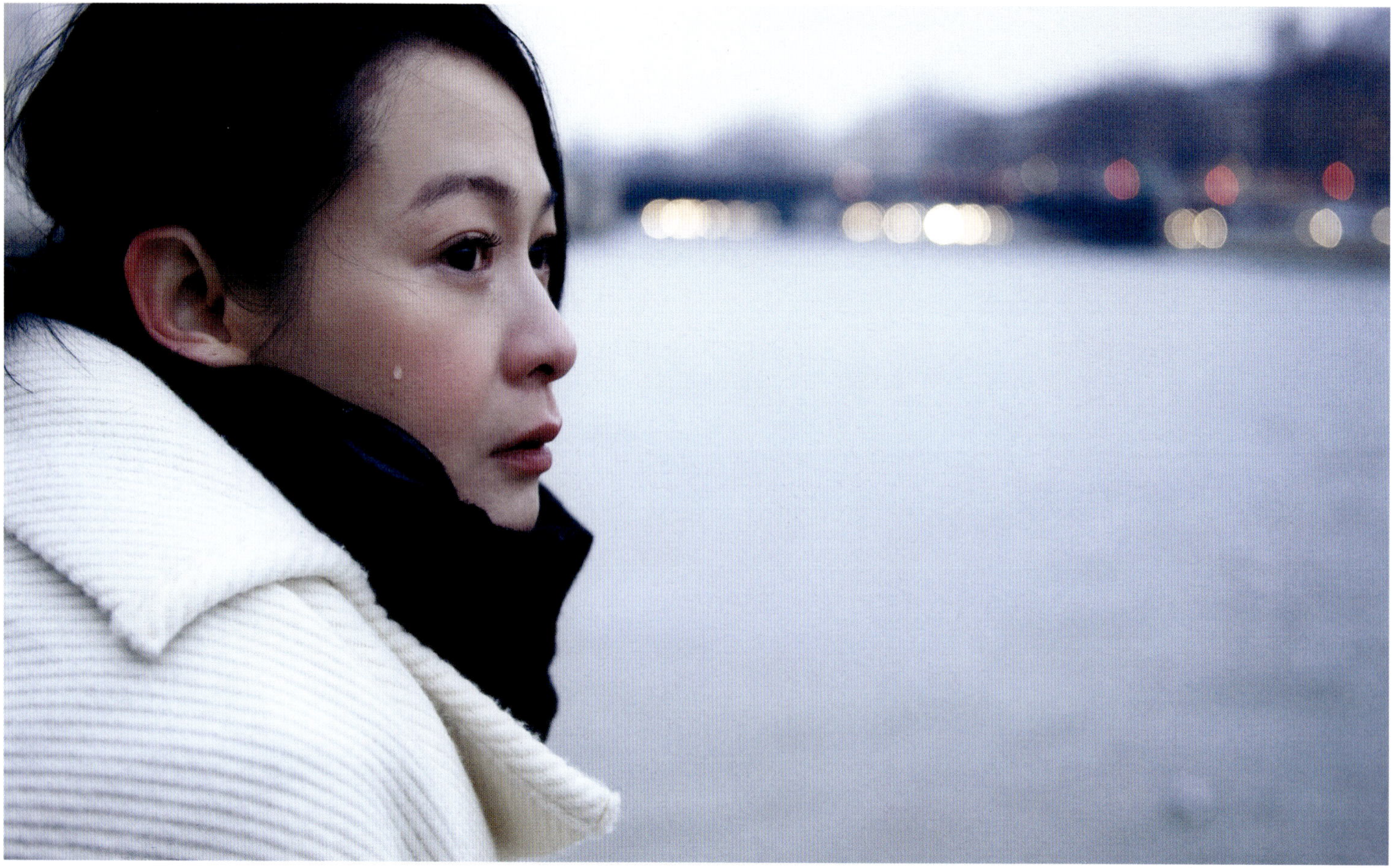

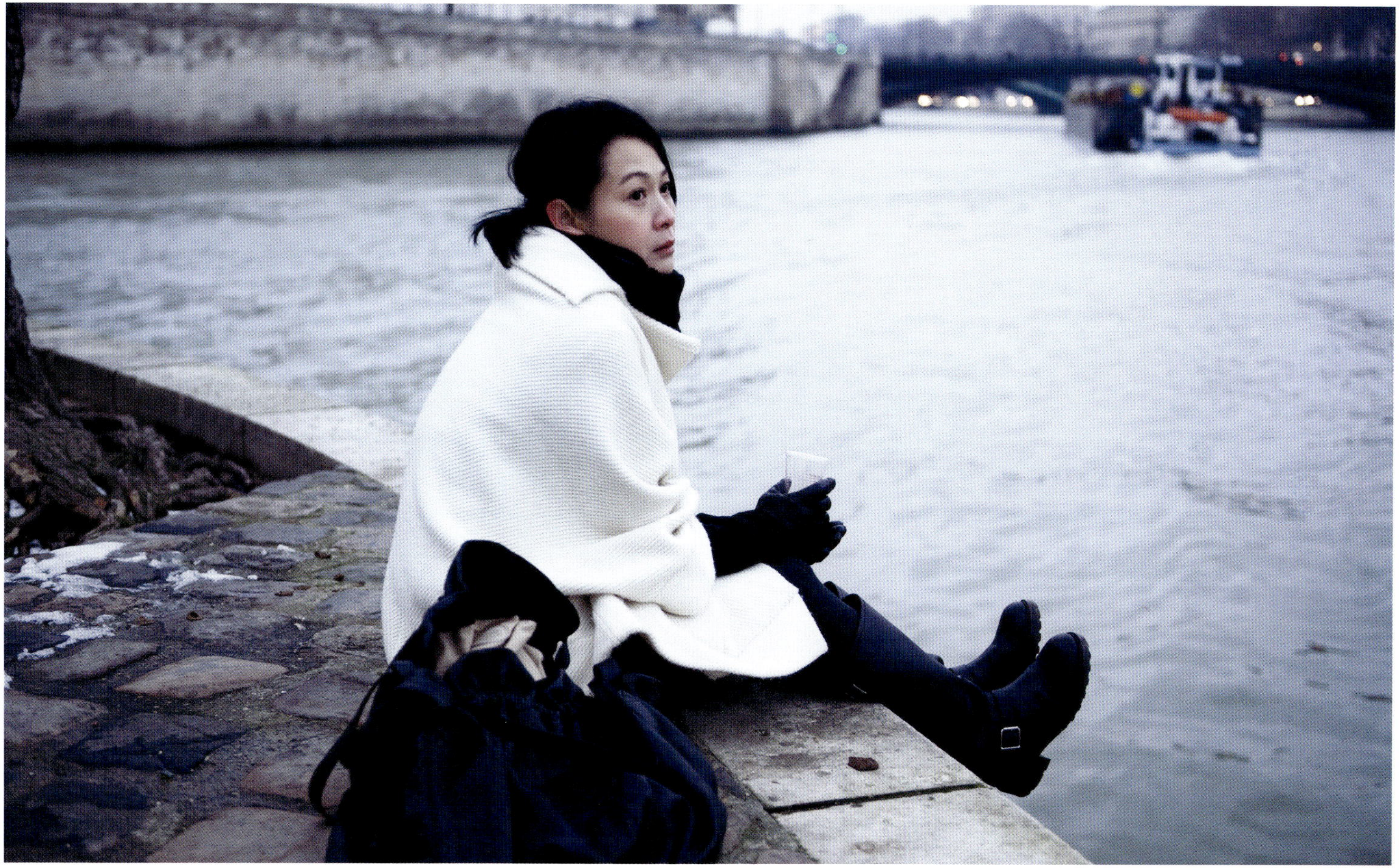

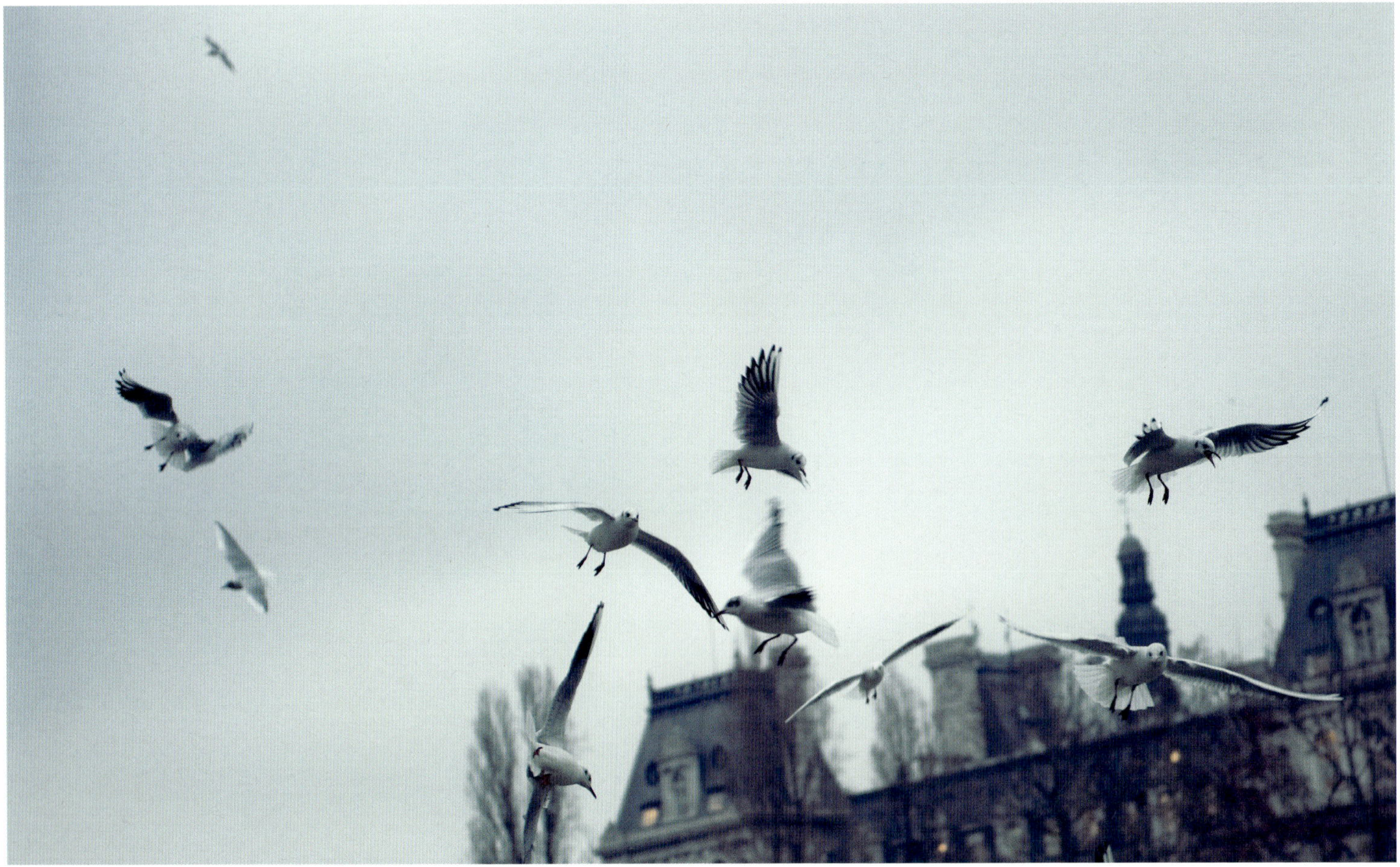

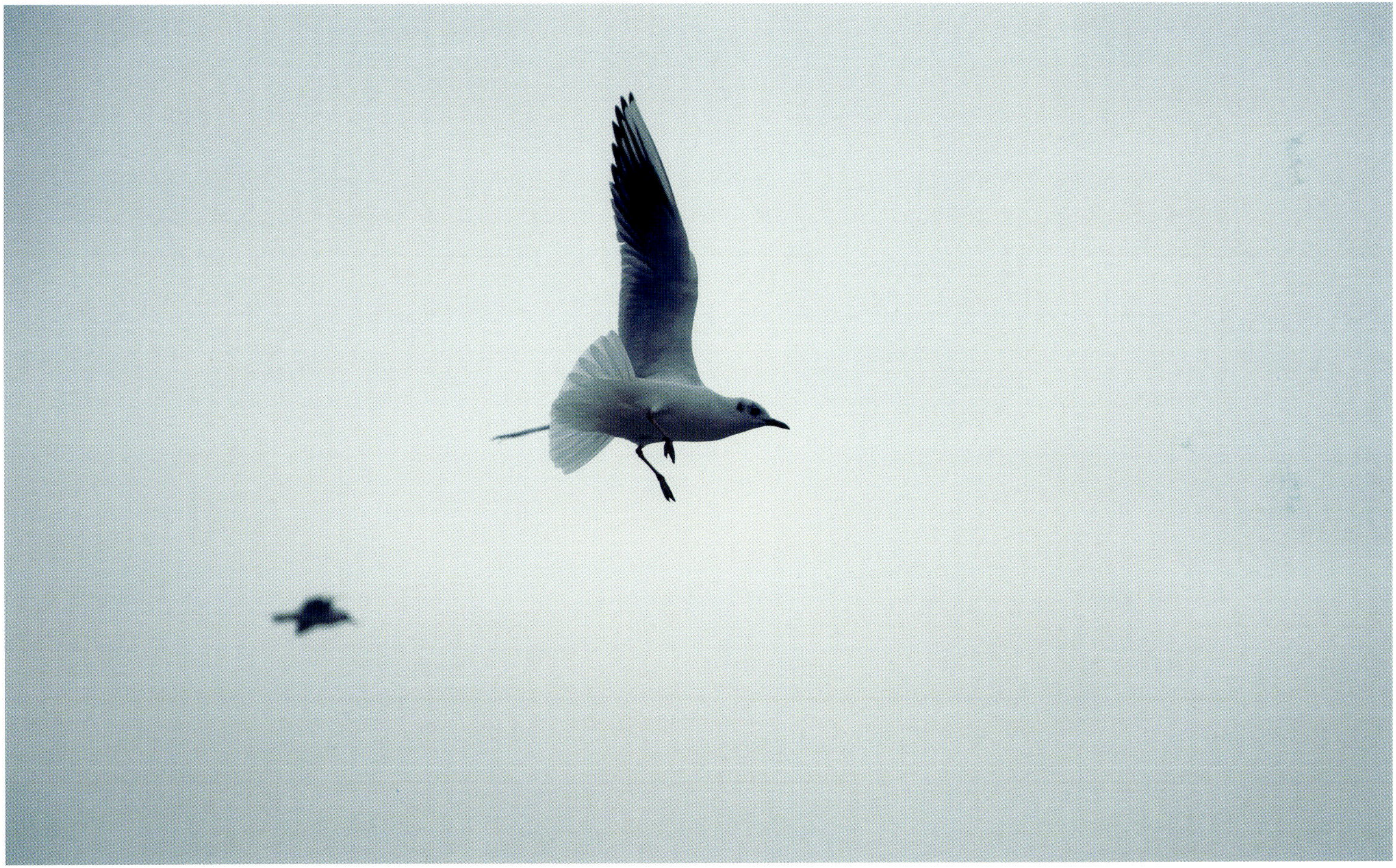

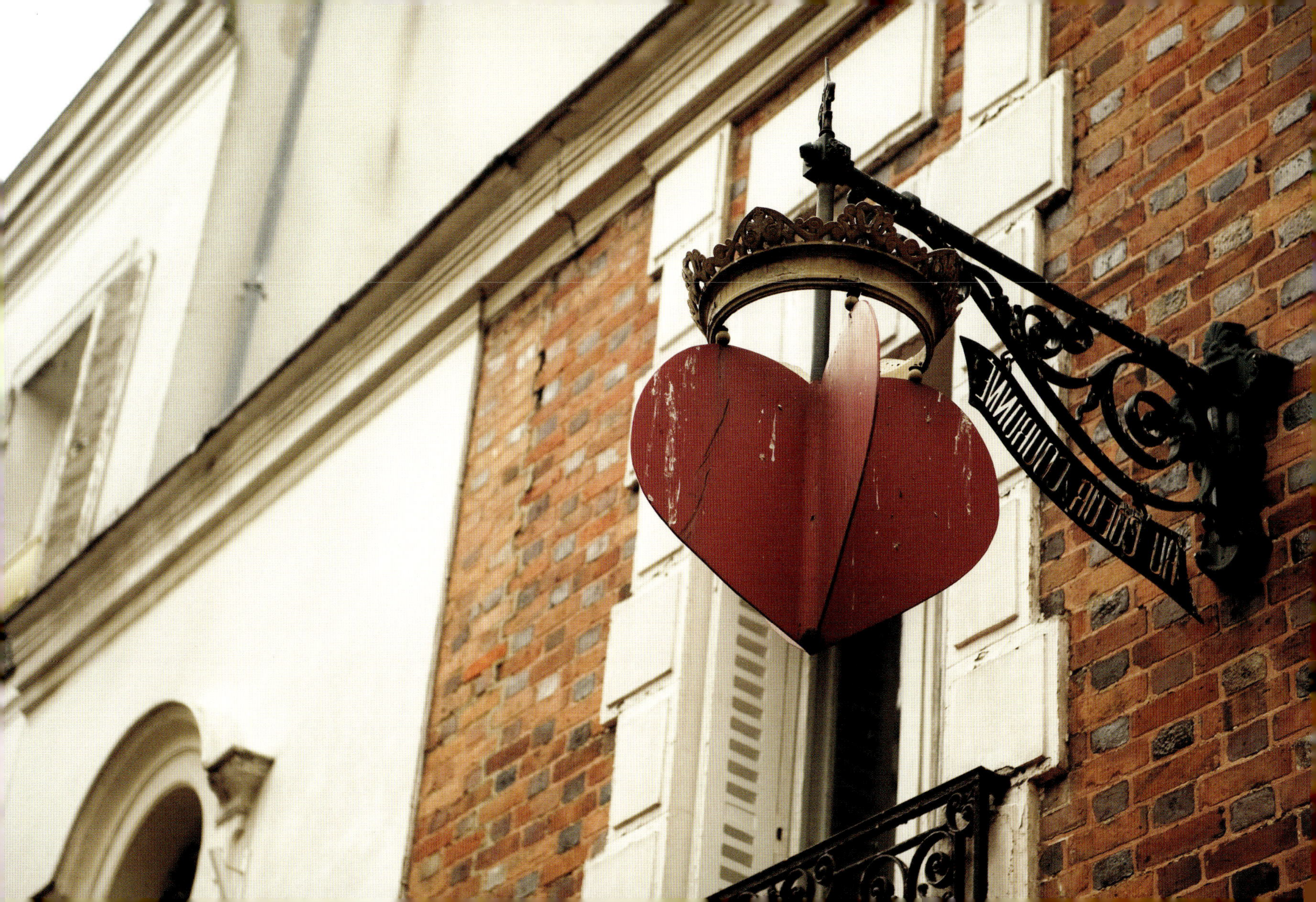
AU COEUR COURONNE

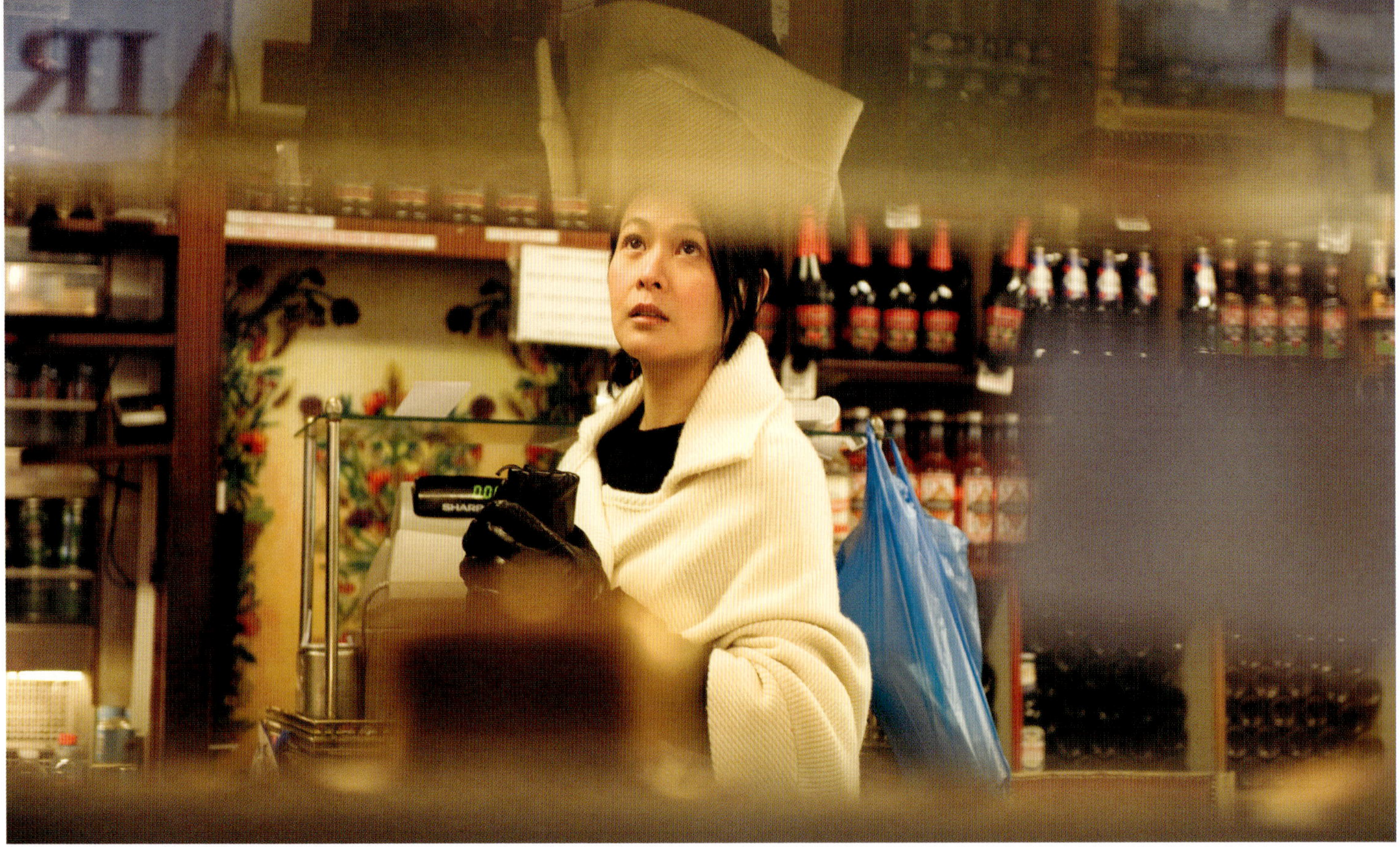

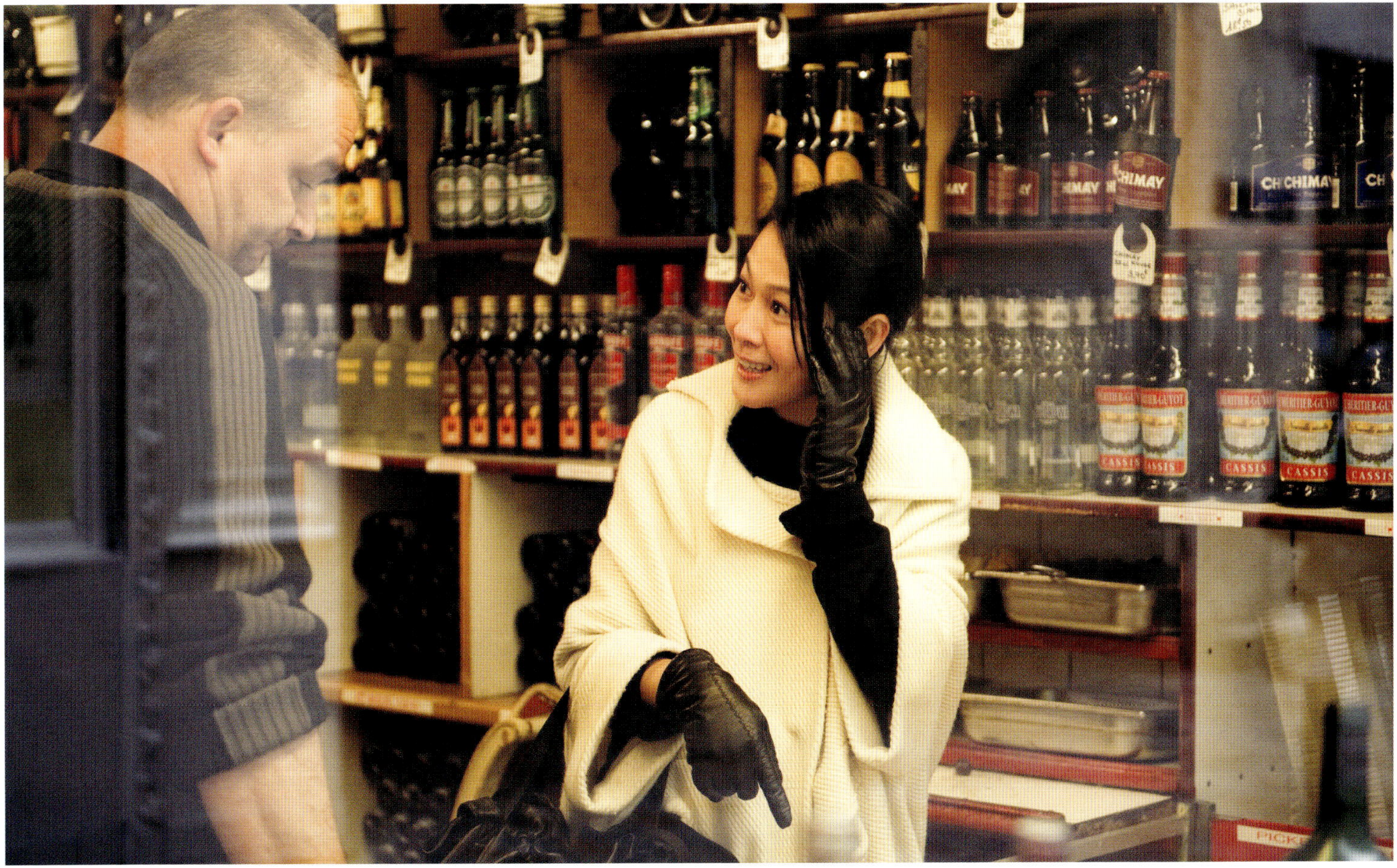
CHIMAY
CASSIS

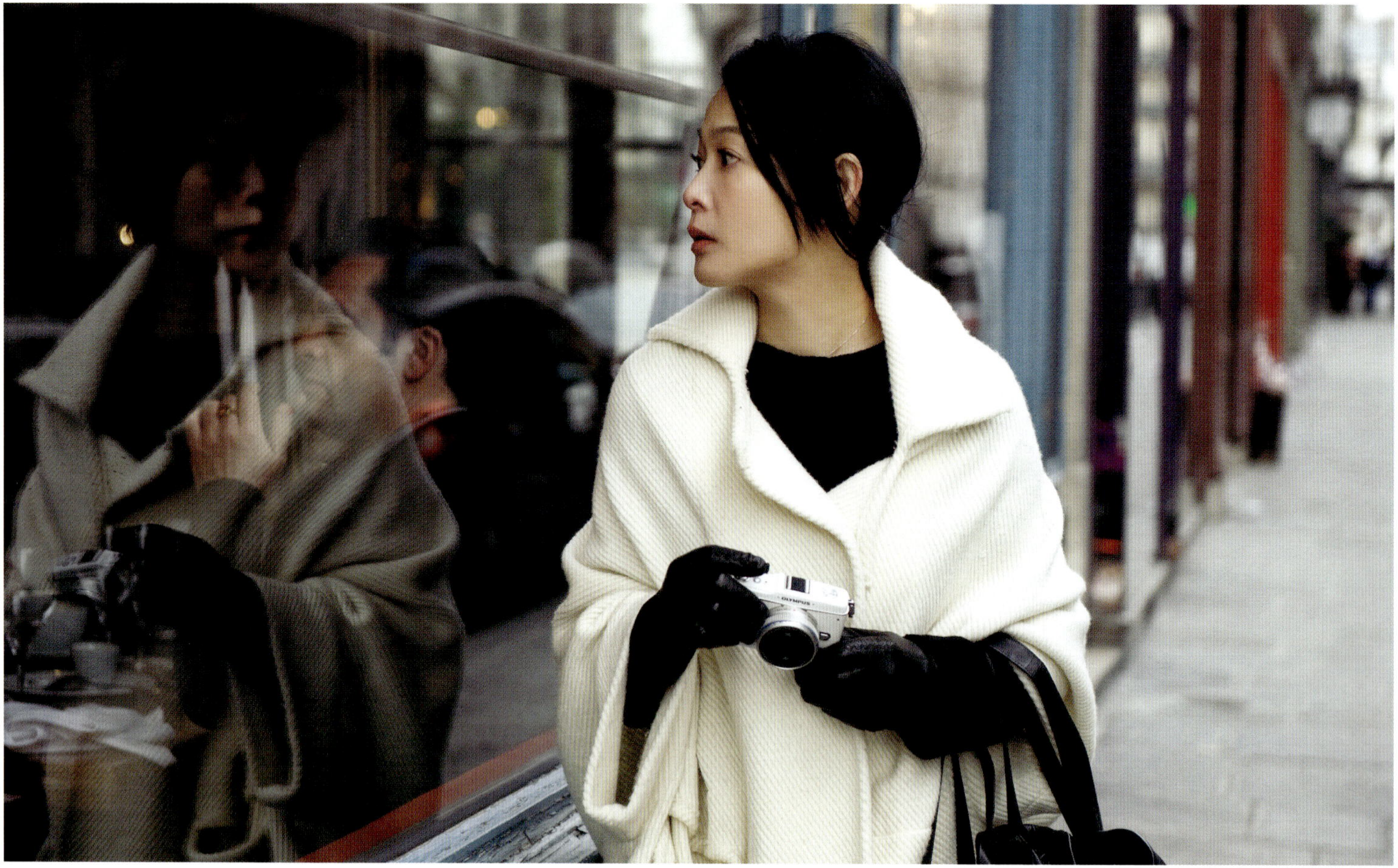
OLYMPUS

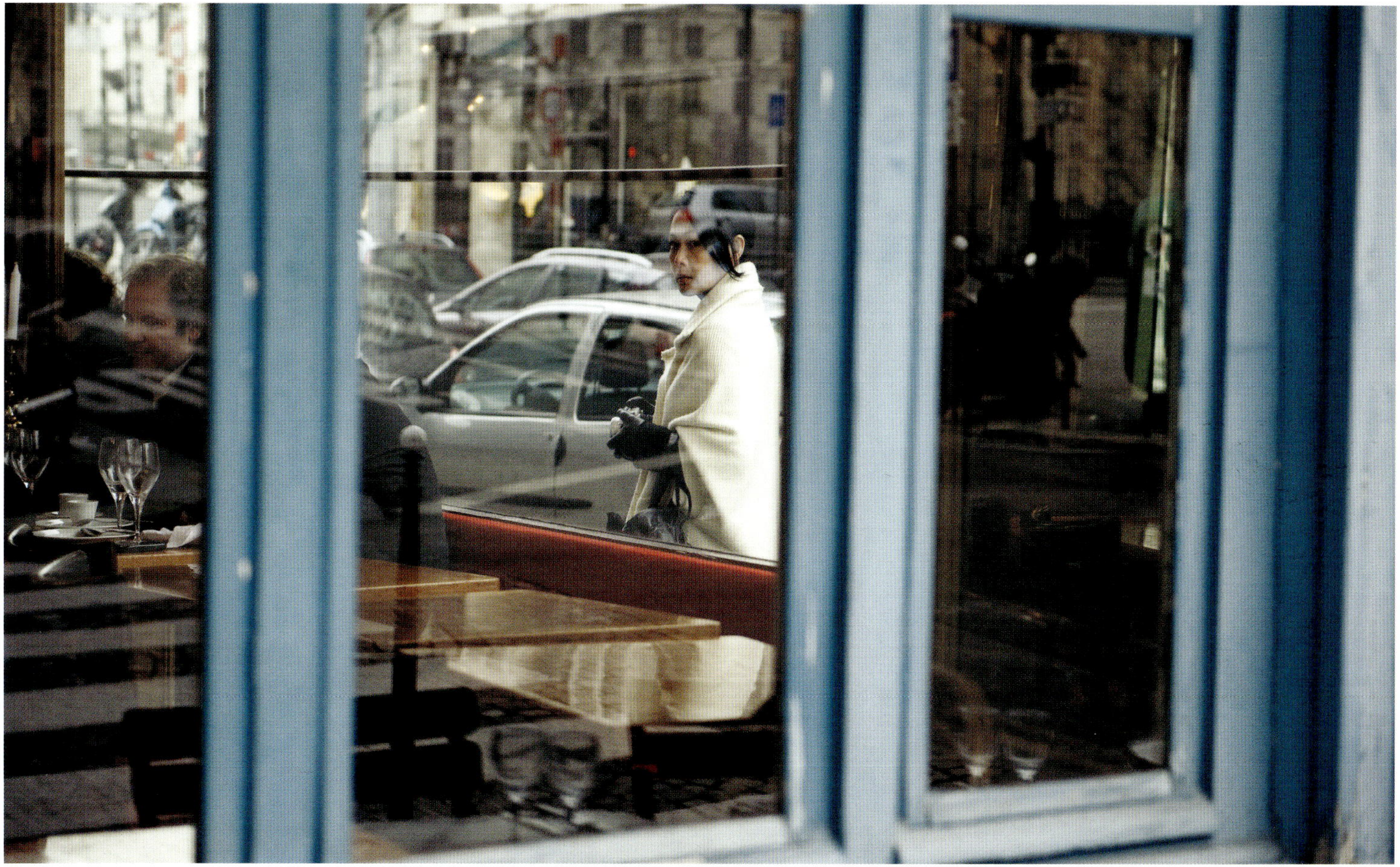

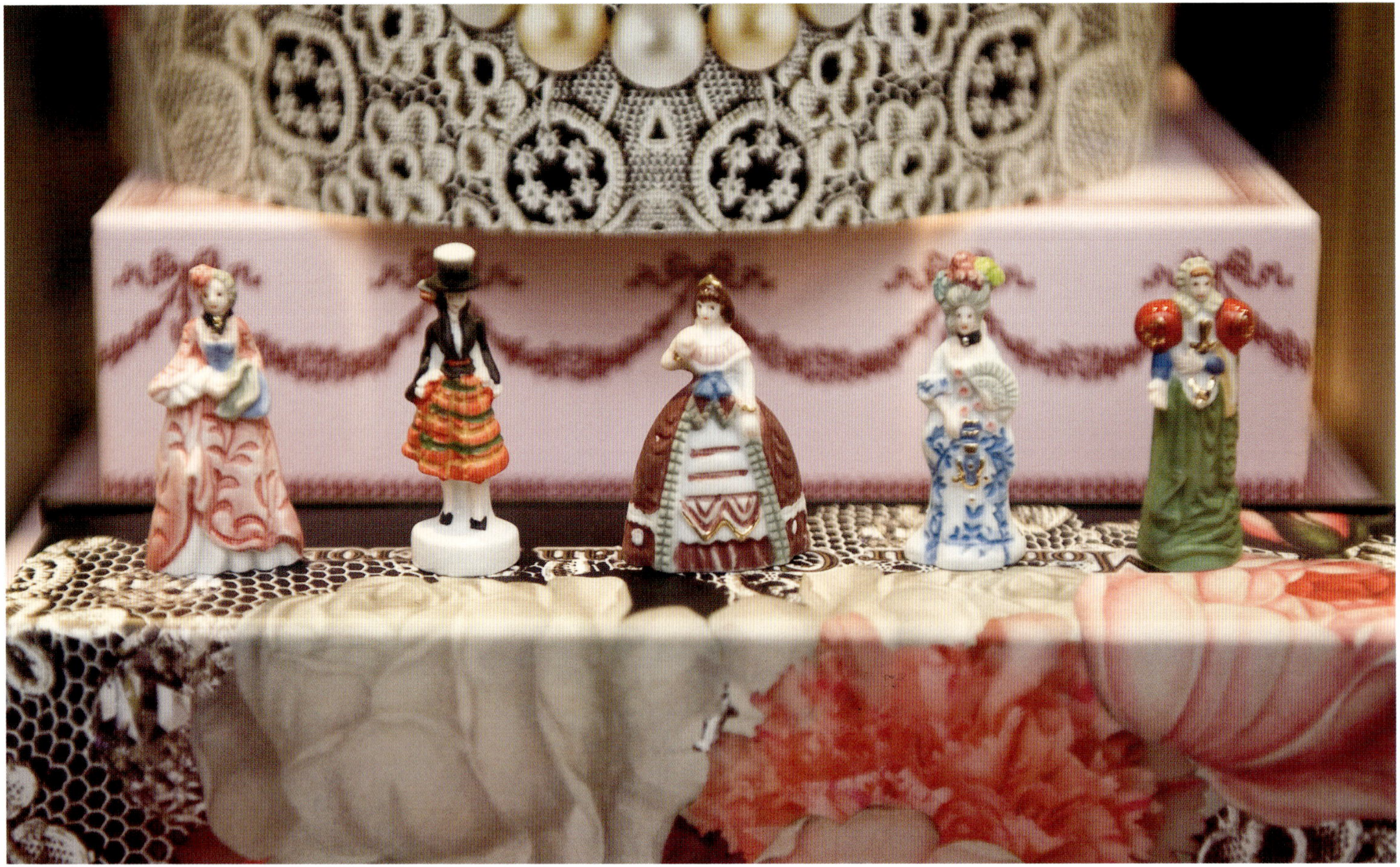

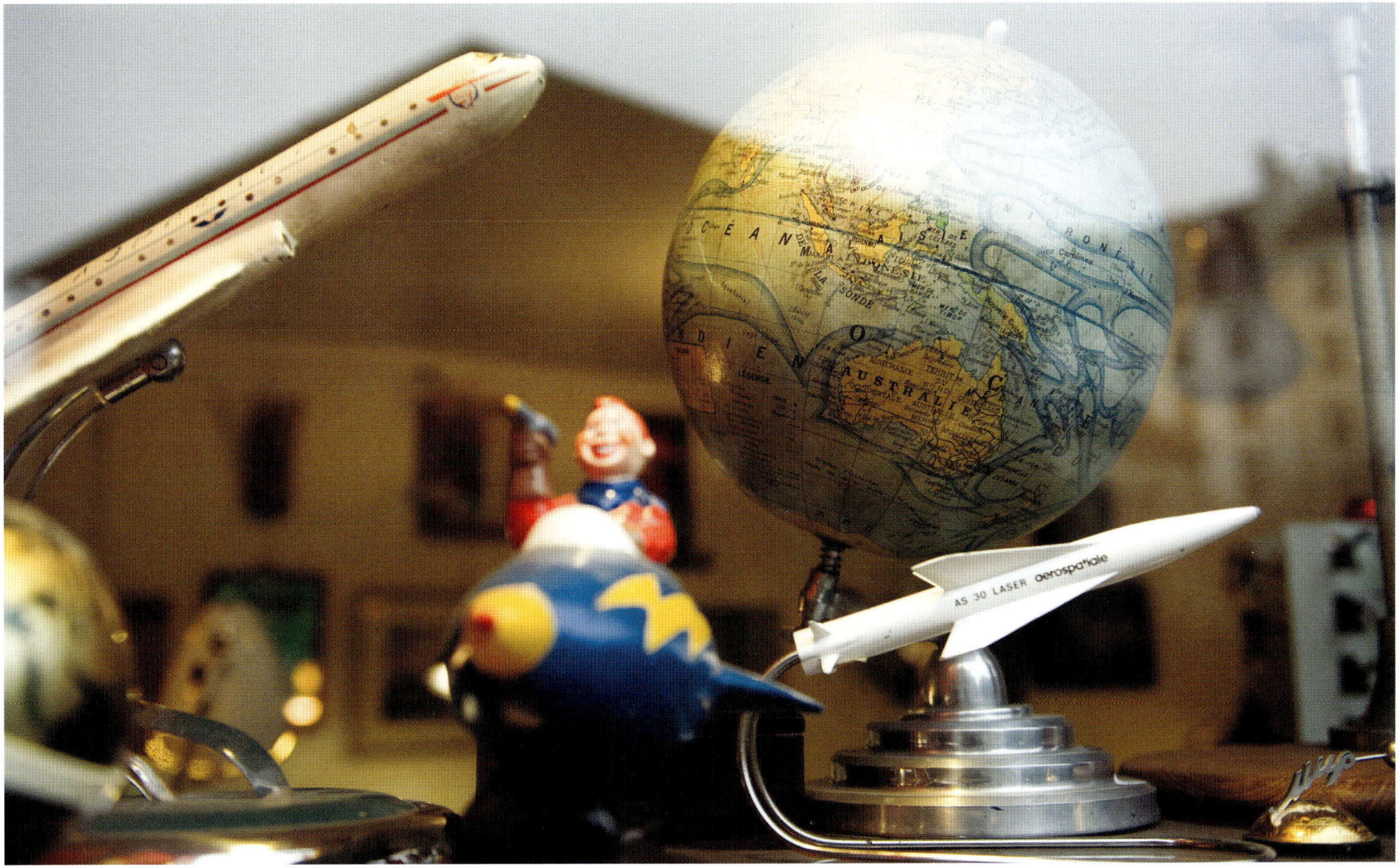
AS 30 LASER
aerospatiale

我们因为孤单而需要爱,或是因为爱着而感到孤单?

Mariages ~ Receptions

אני הבעלה העצרן שושנה הענ
כשרענה בן החוחיים כו ליגוח
הבנות

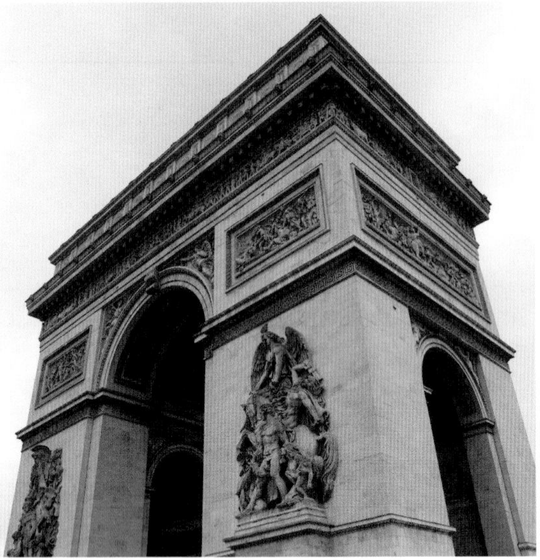
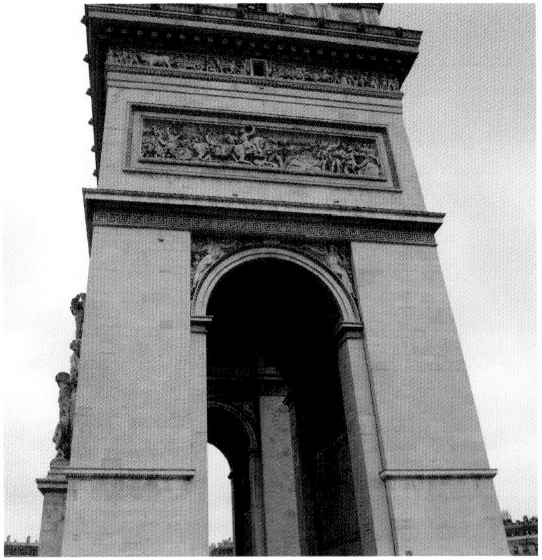
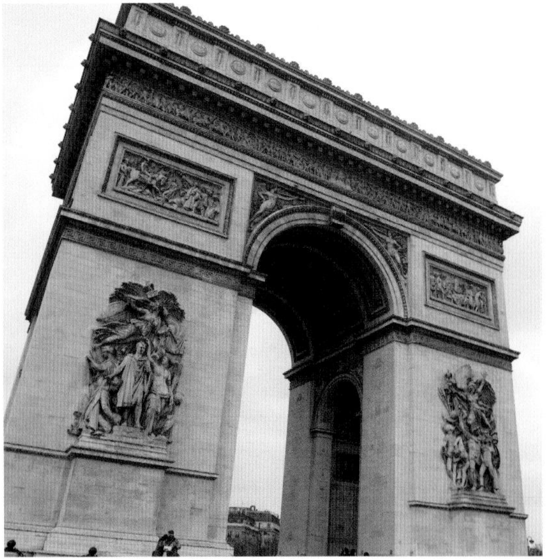

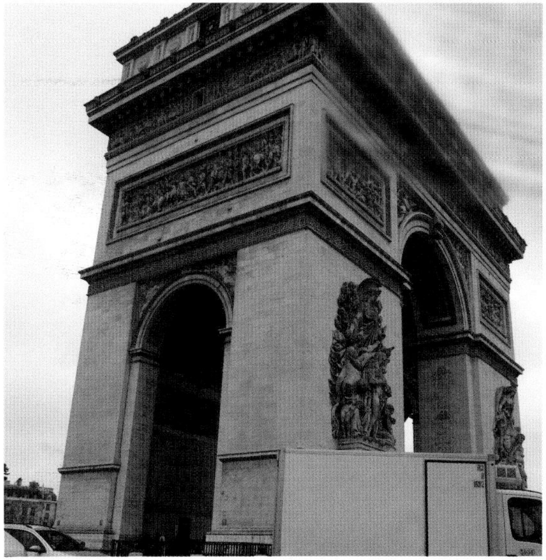
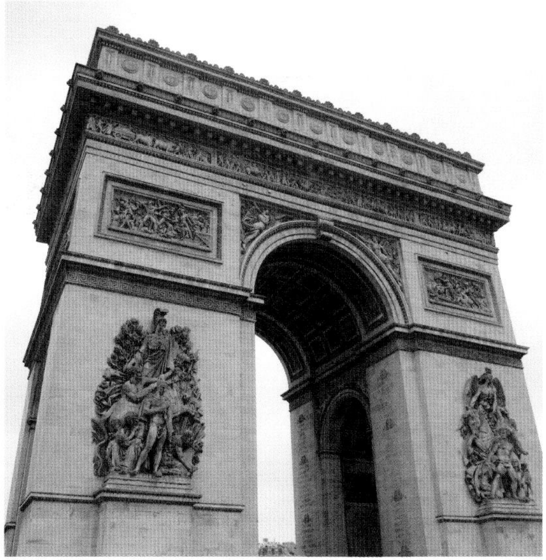
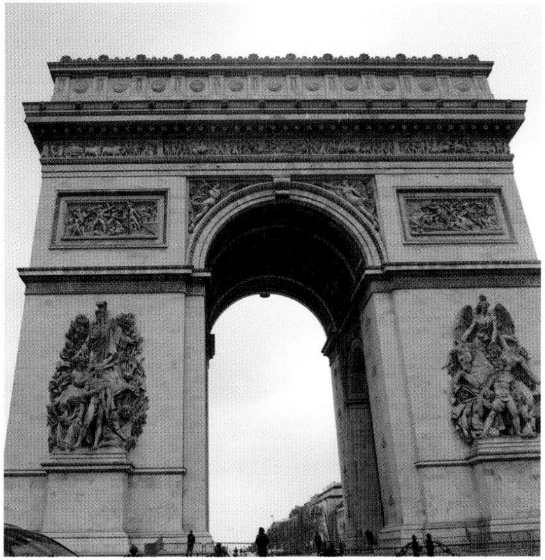

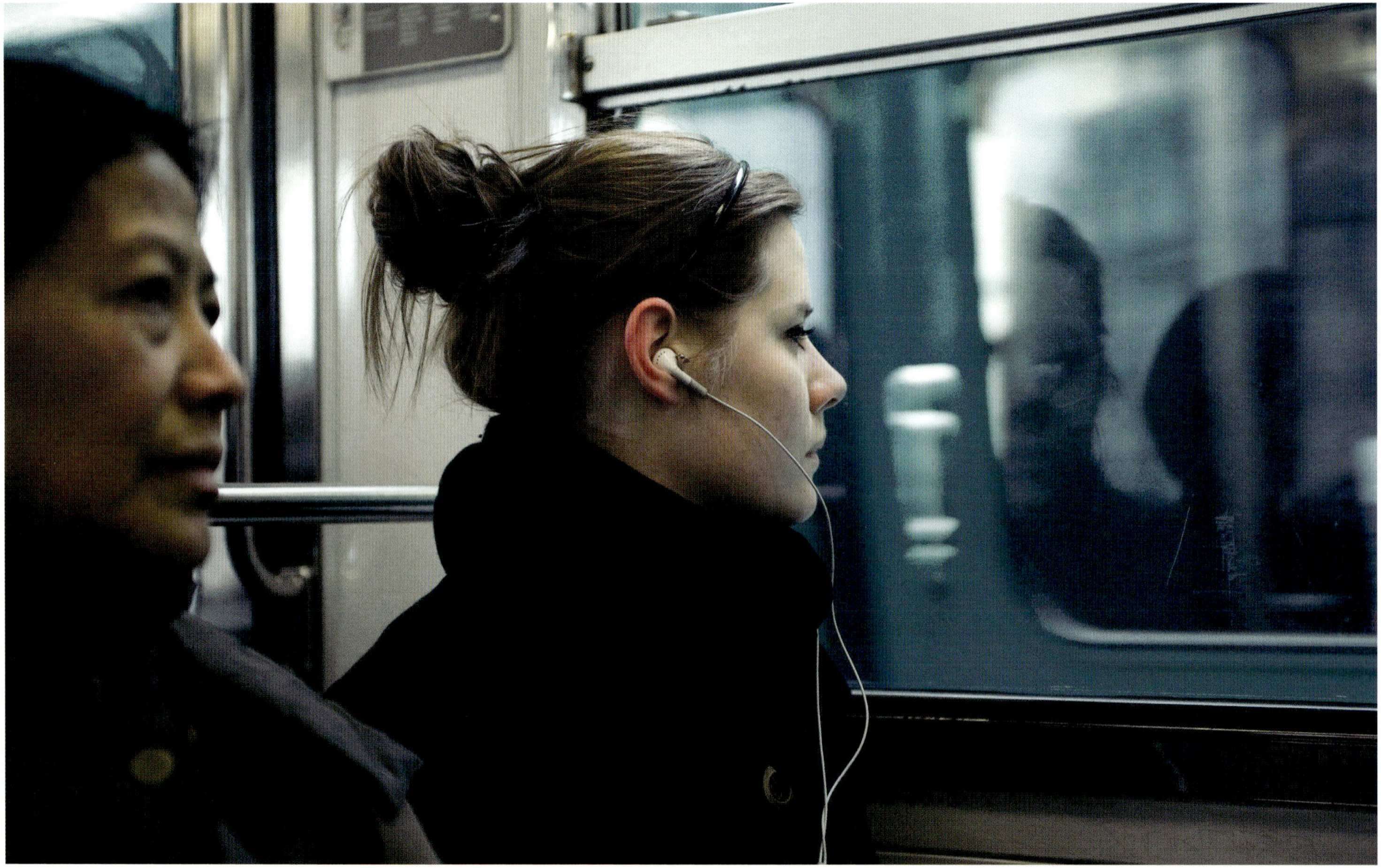

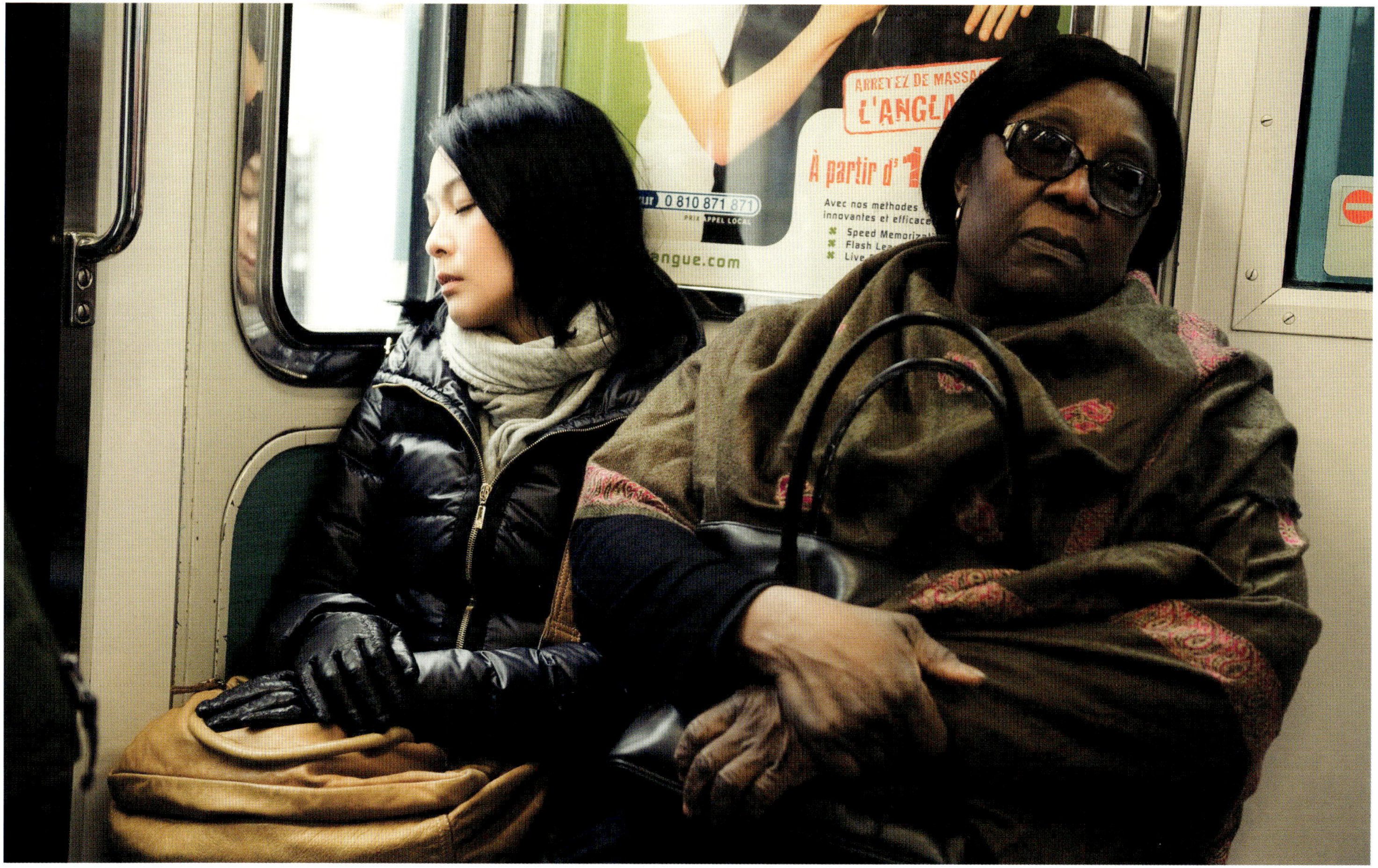
0 810 871 871
PRIX APPEL LOCAL
Avec nos méthodes

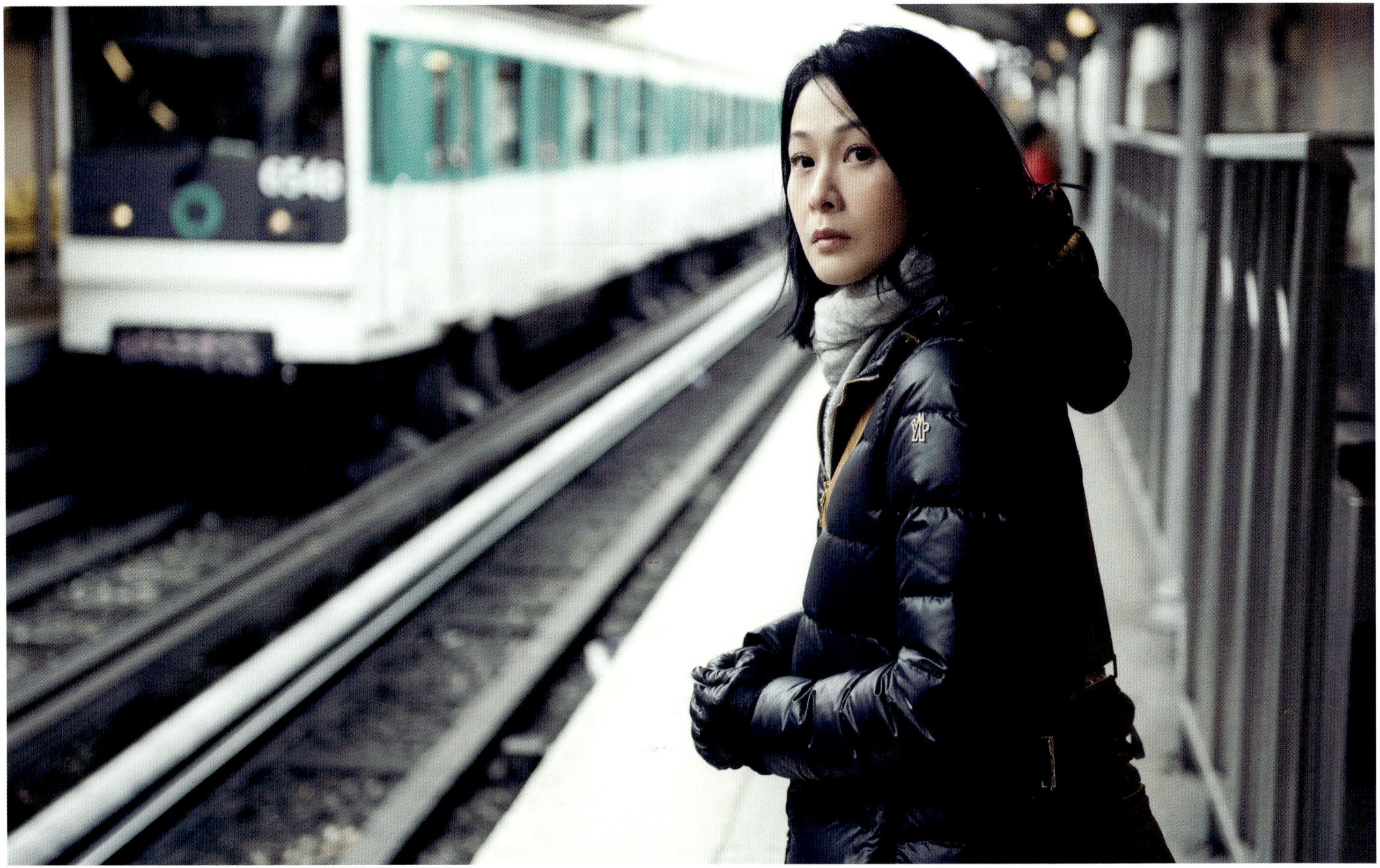

soldes
Mercredi 6 janvier dès 8h
Ouverture jusqu'à 21h
du mercredi 6
au samedi 9 janvier
9
LE BON MARCHÉ
RIVE GAUCHE
sur www.lebon
12

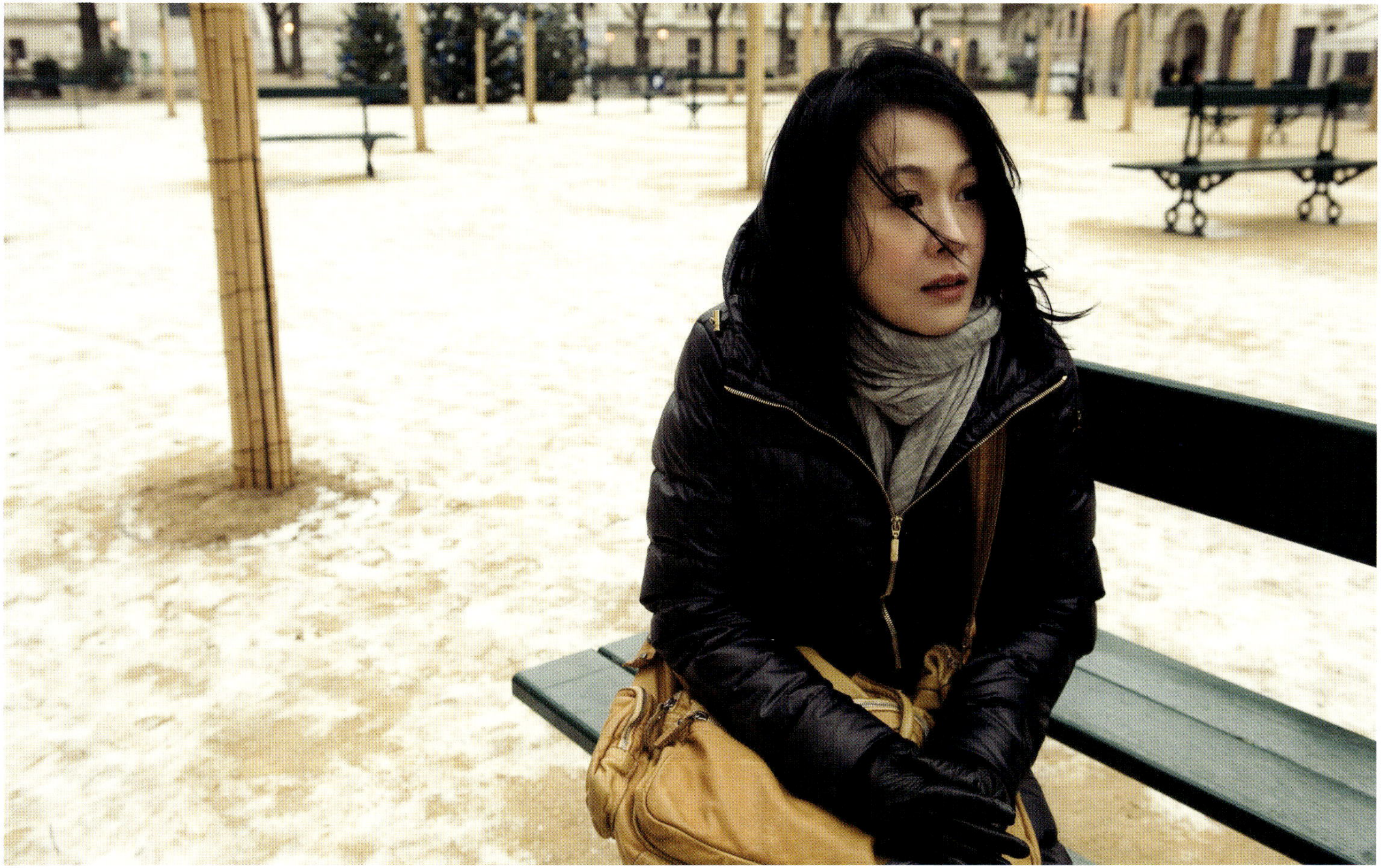

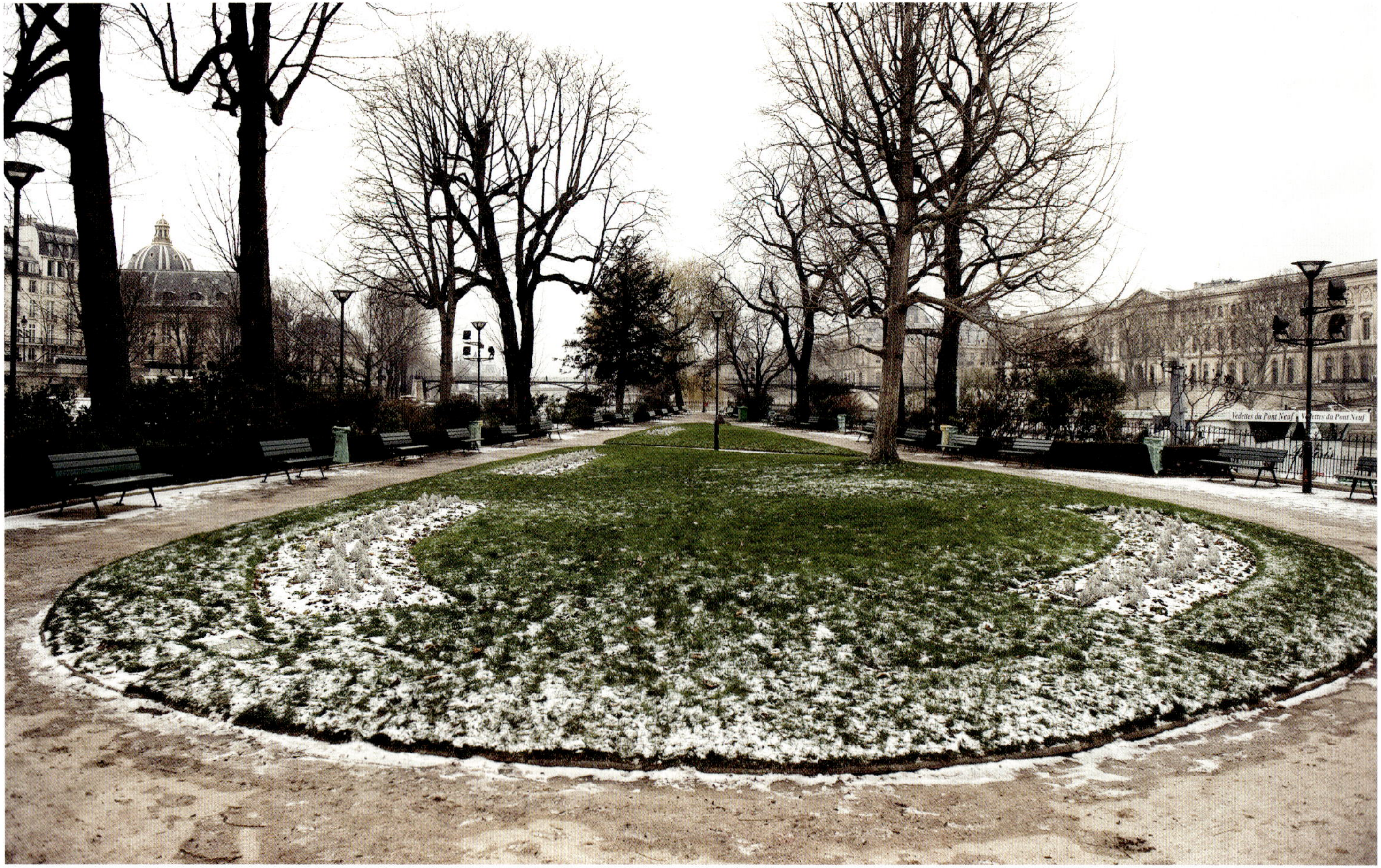
Vedettes du Pont Neuf

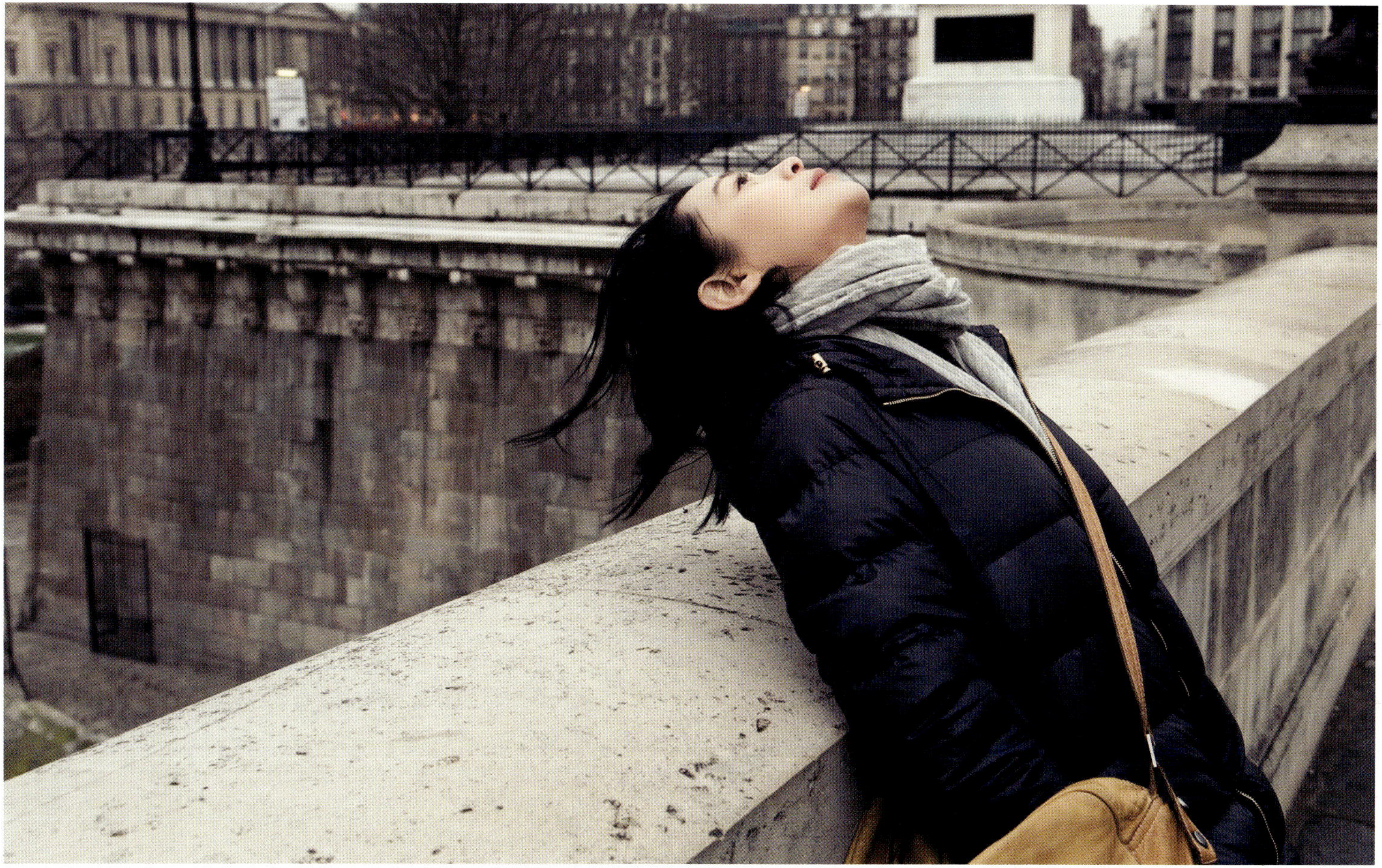

心意相通，需要一点缘分，但从不是浑然天成。缘分需要探索、坚持，和坚持的探索。我需要长久的缘分，不只跟你，也跟我自己……

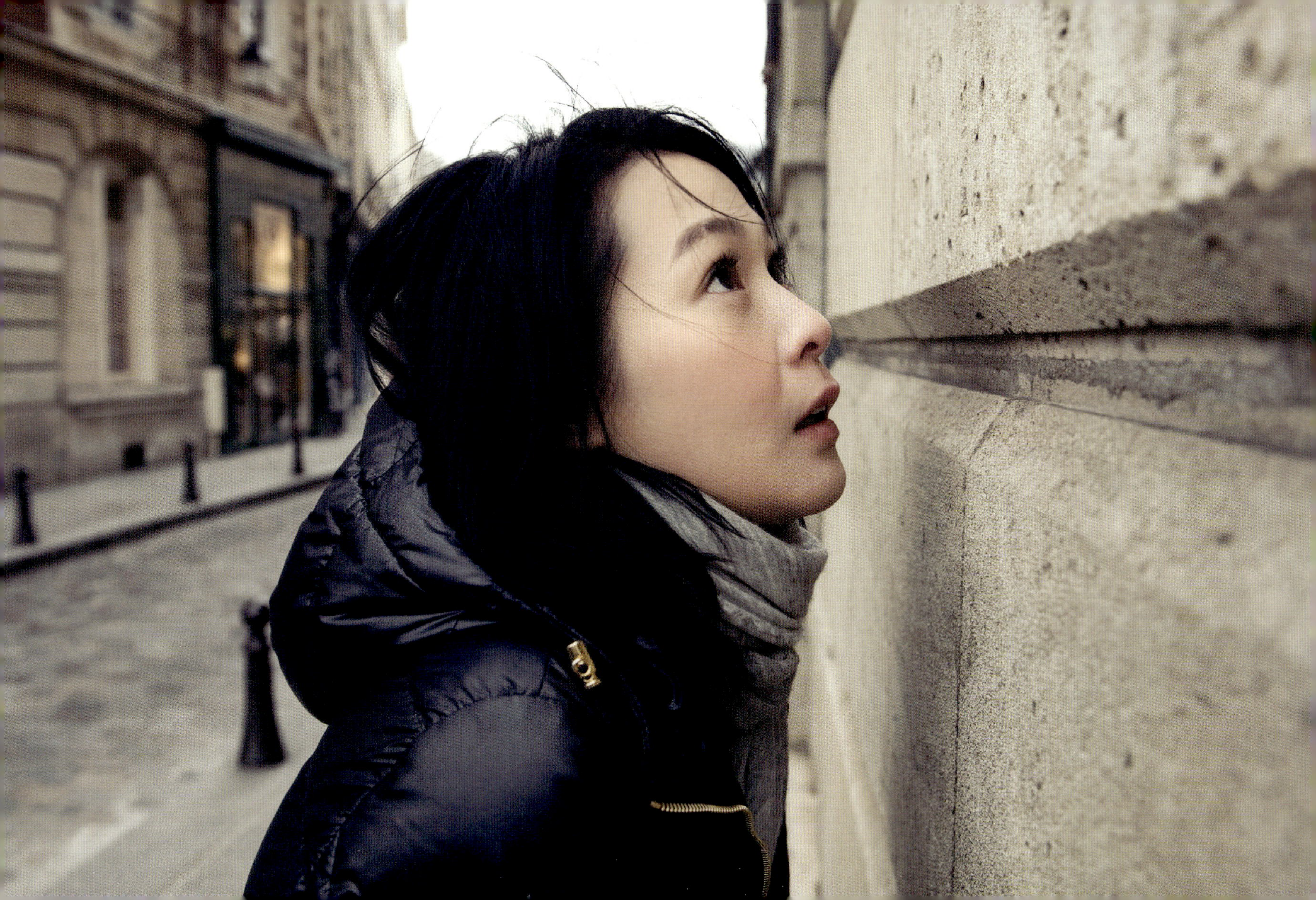

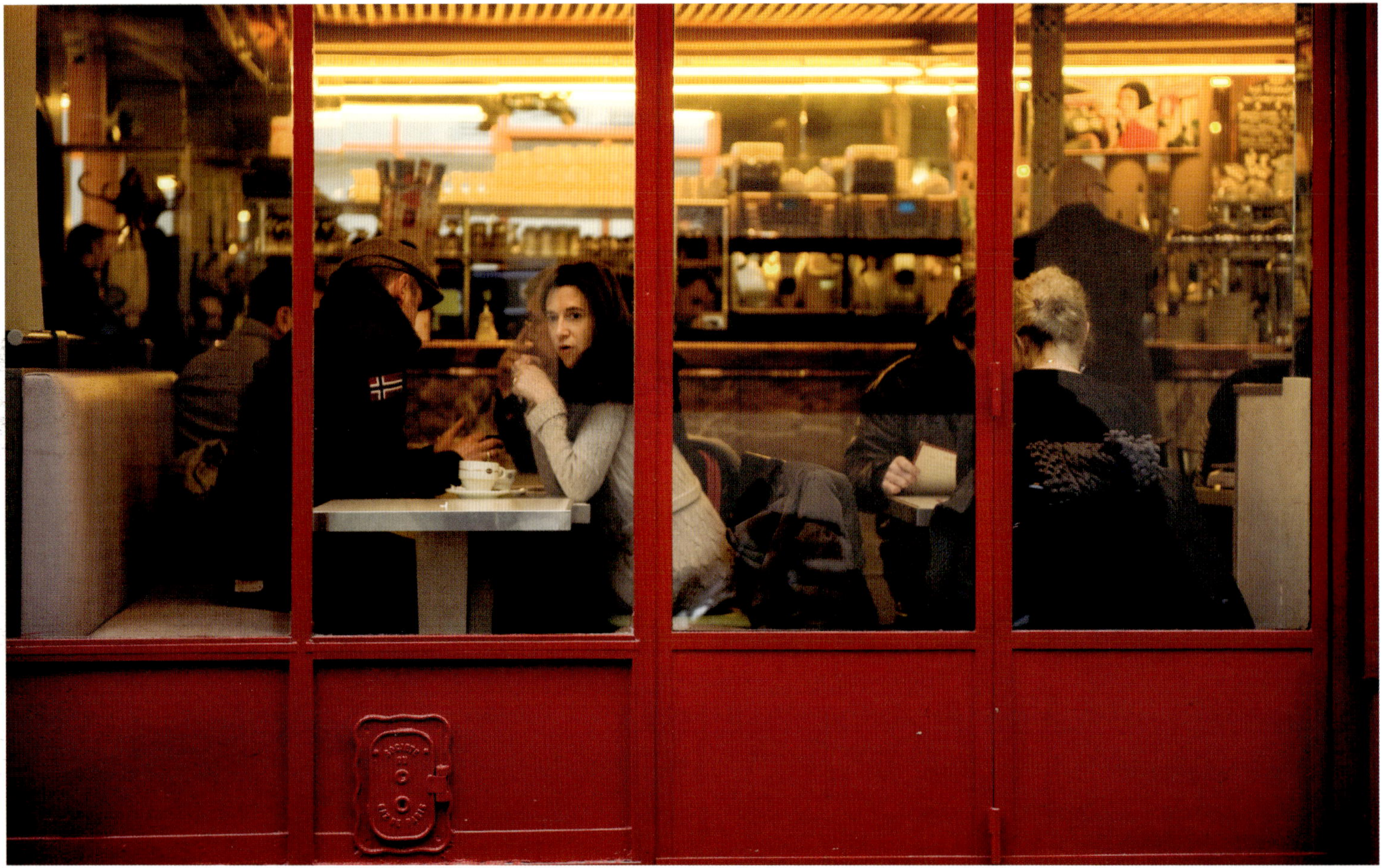

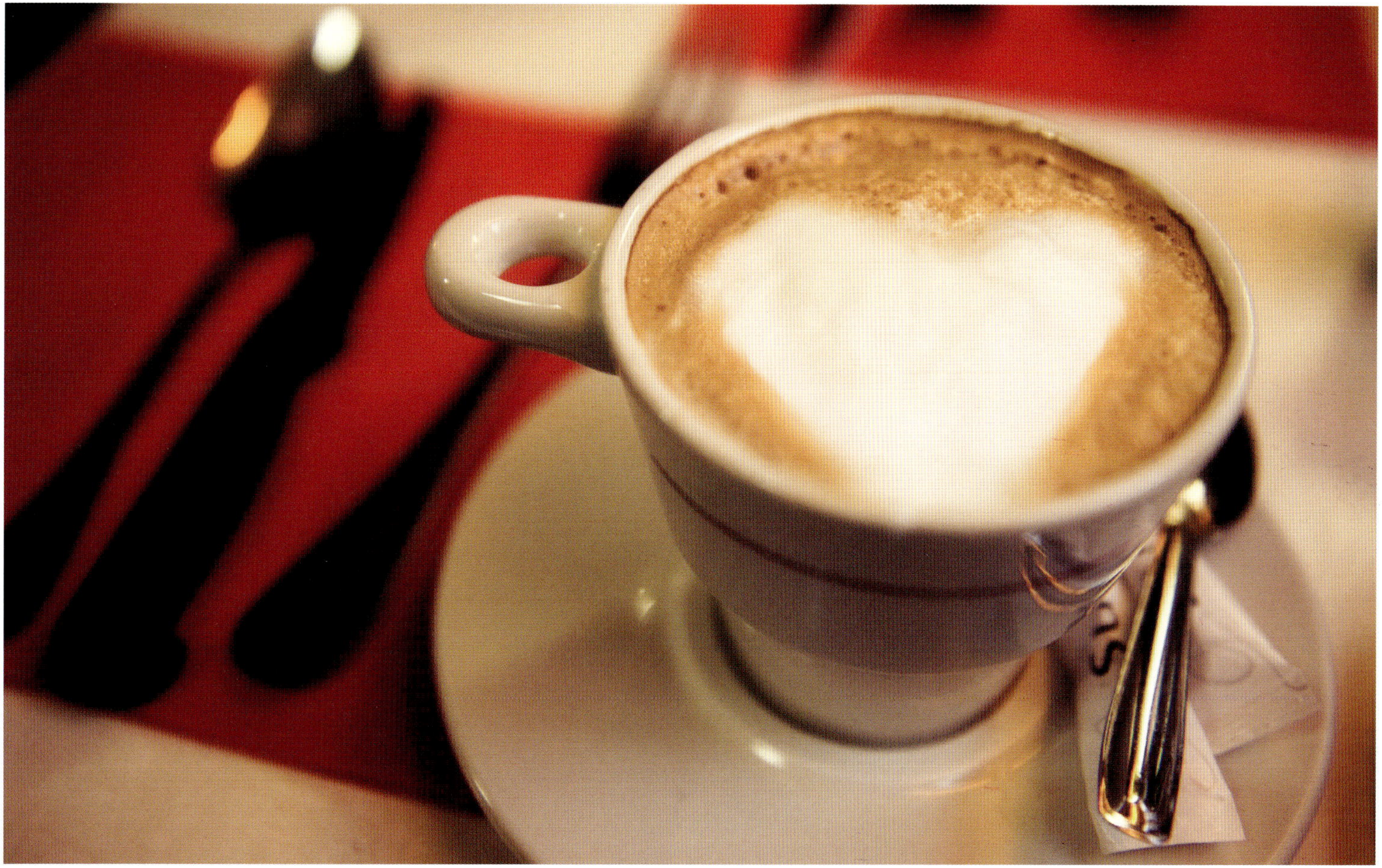

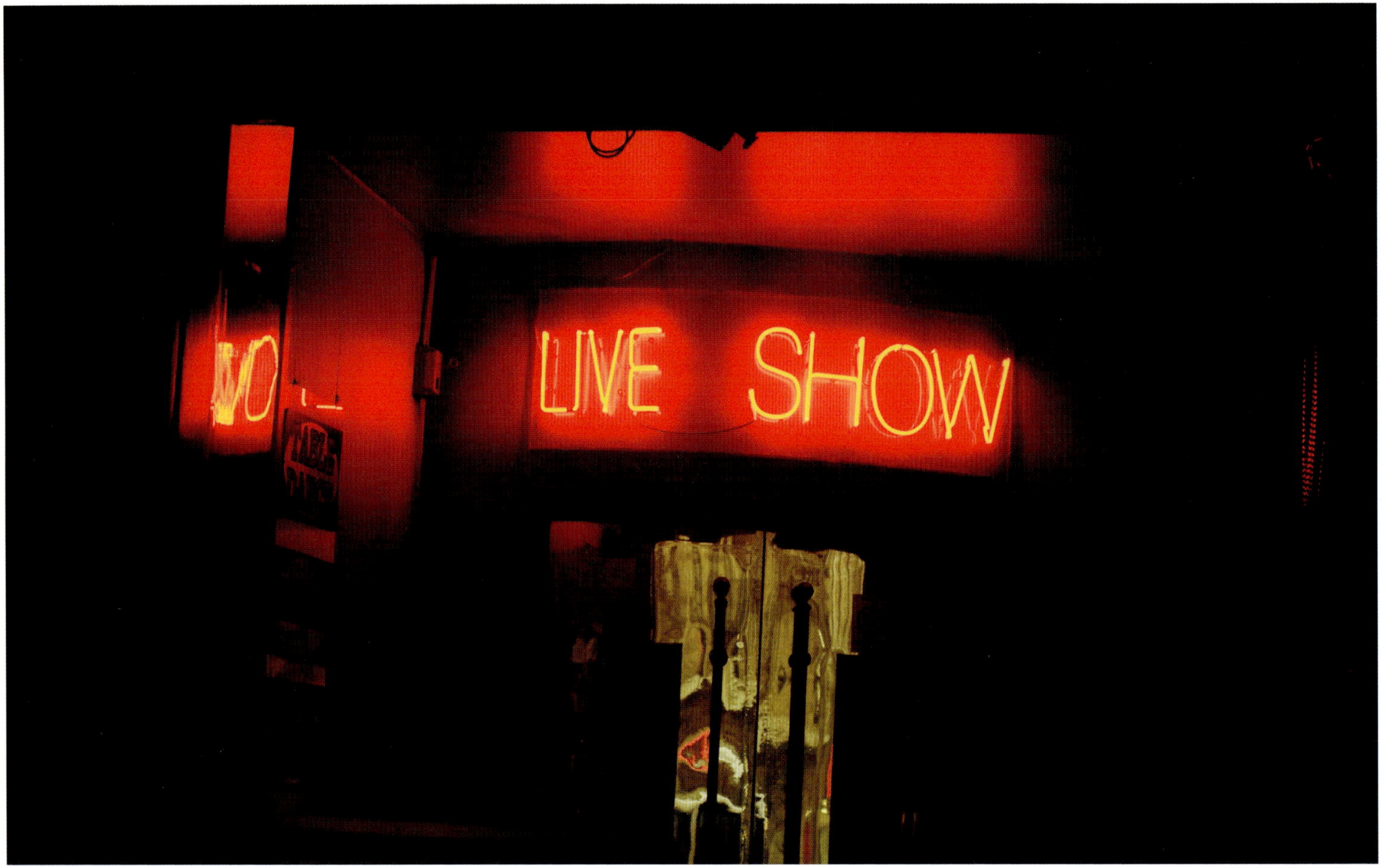
LIVE SHOW

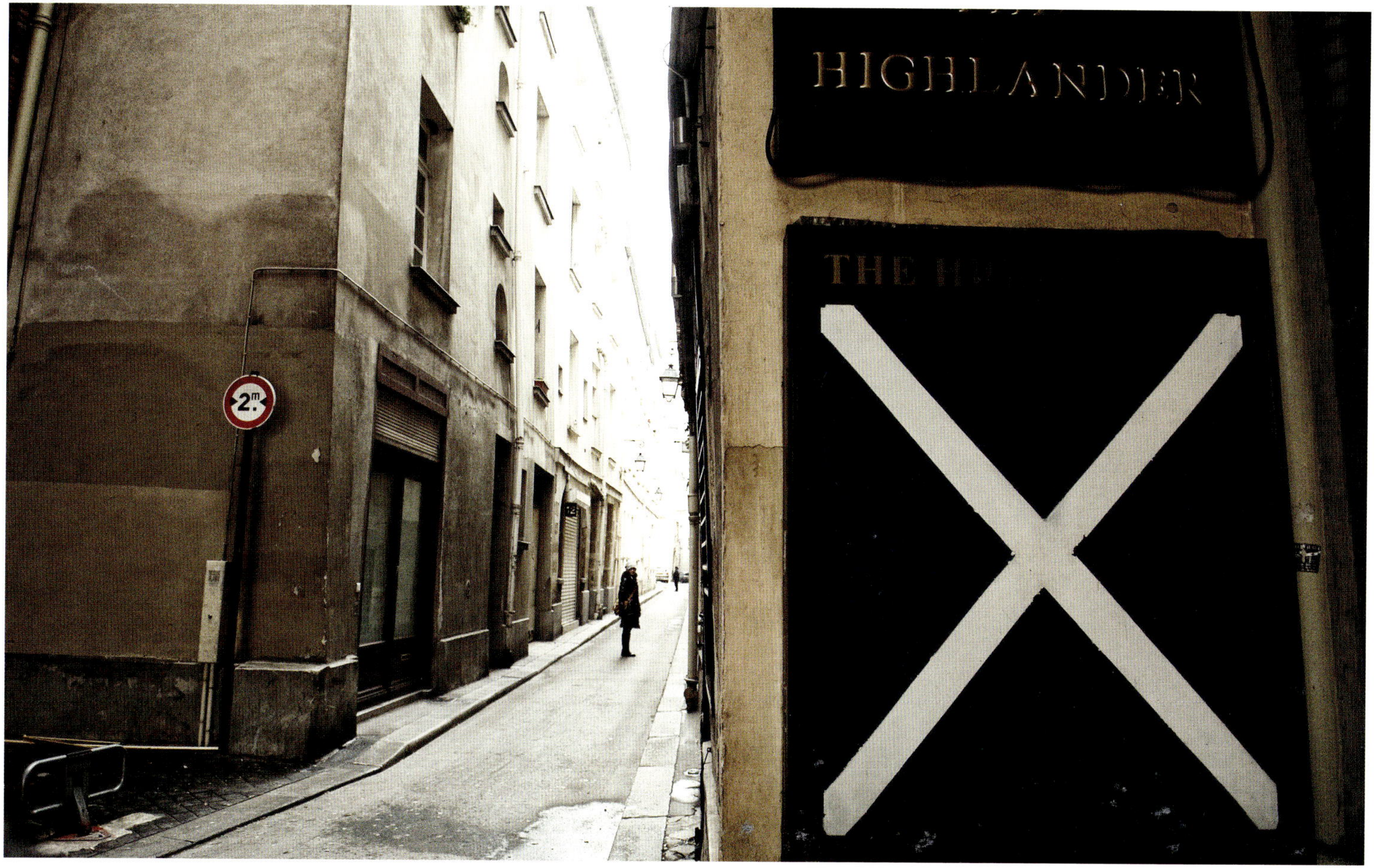
2m
HIGHLANDER

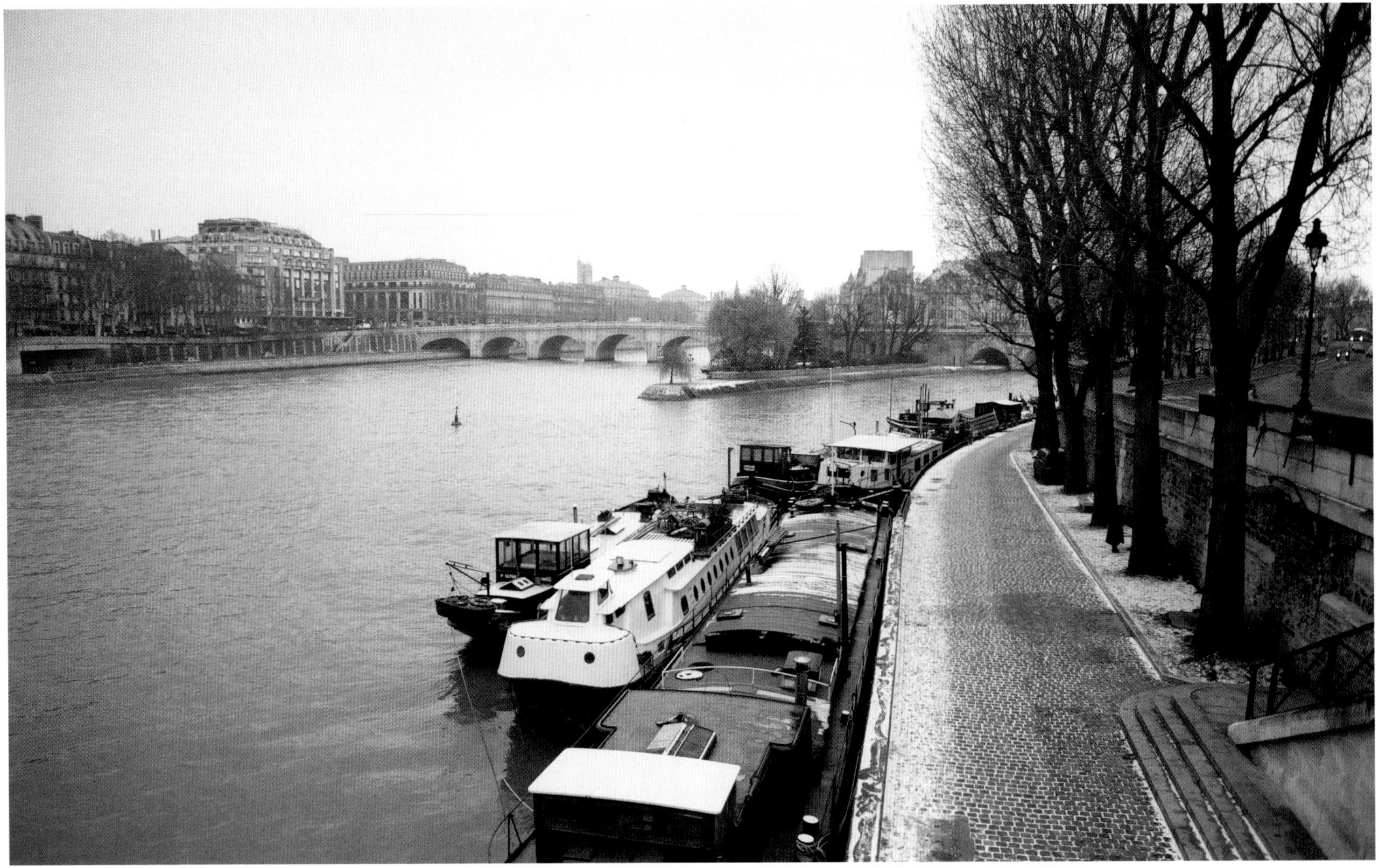

PARIS
VILLE DE LUMIÈRE
VILLE DES NOCTAMBULES
SALON DE LA MODE
Montmartre
AU JOYEUX
MOULIN ROUGE
VILLE DE BEAUTÉ
VILLE D'AMOUR
THE TRIUMPH ARCH
VILLE DES PLAISIRS
VILLE DU MUSIC-HALL
LE FROU-FROU
FOIRE DE PARIS
MOULIN ROUGE
CONCERT
BAL
LA GOULUE

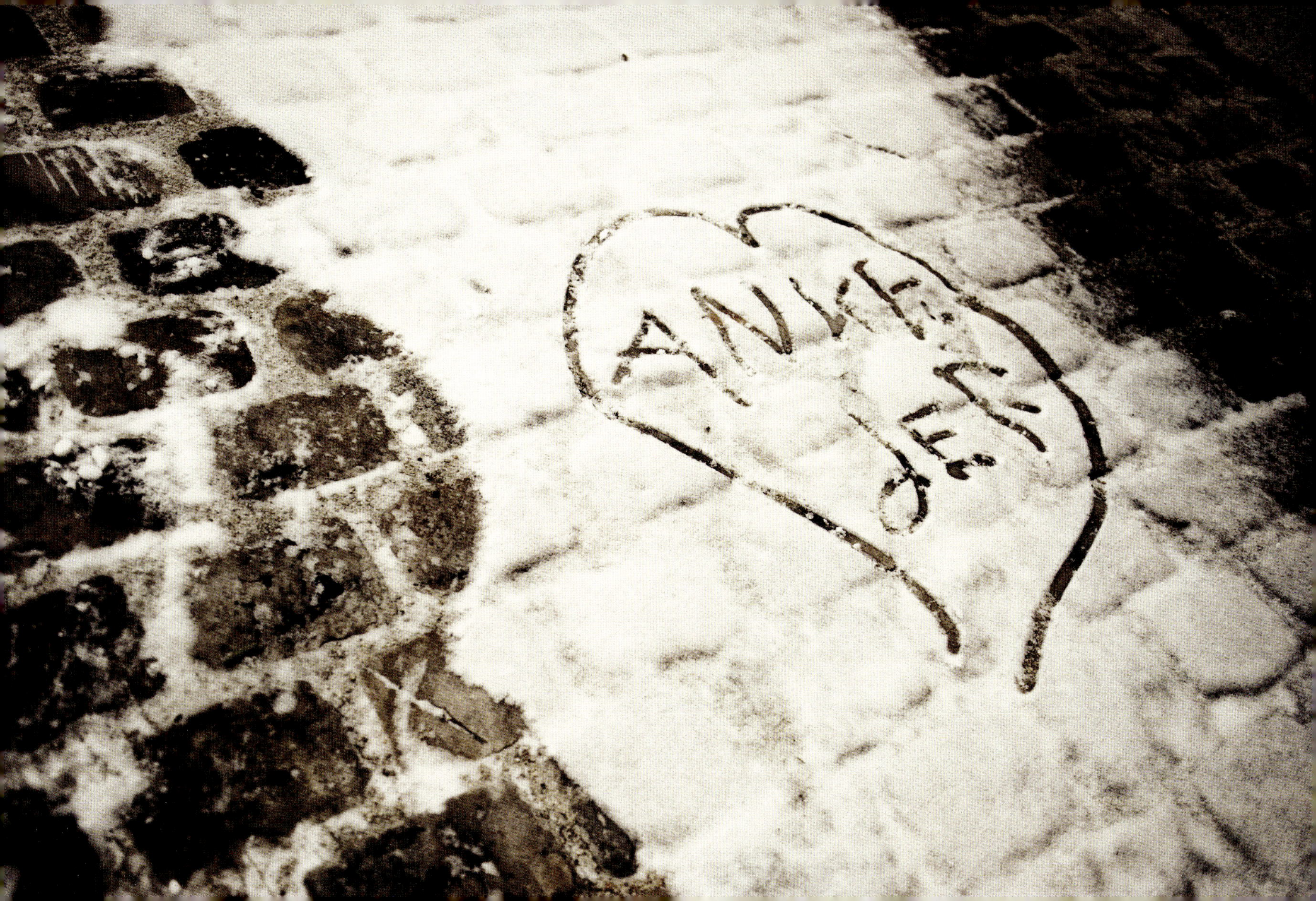

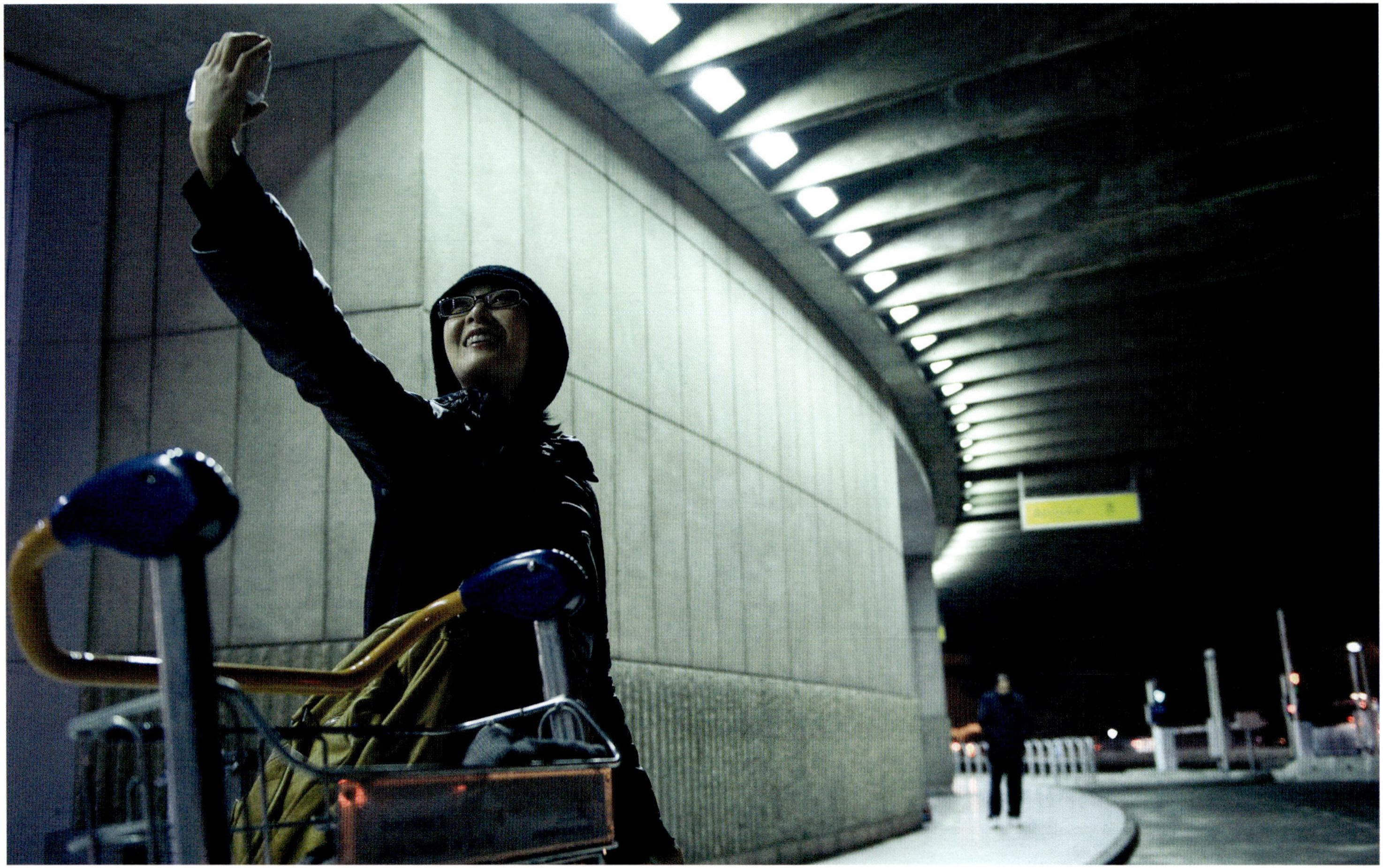

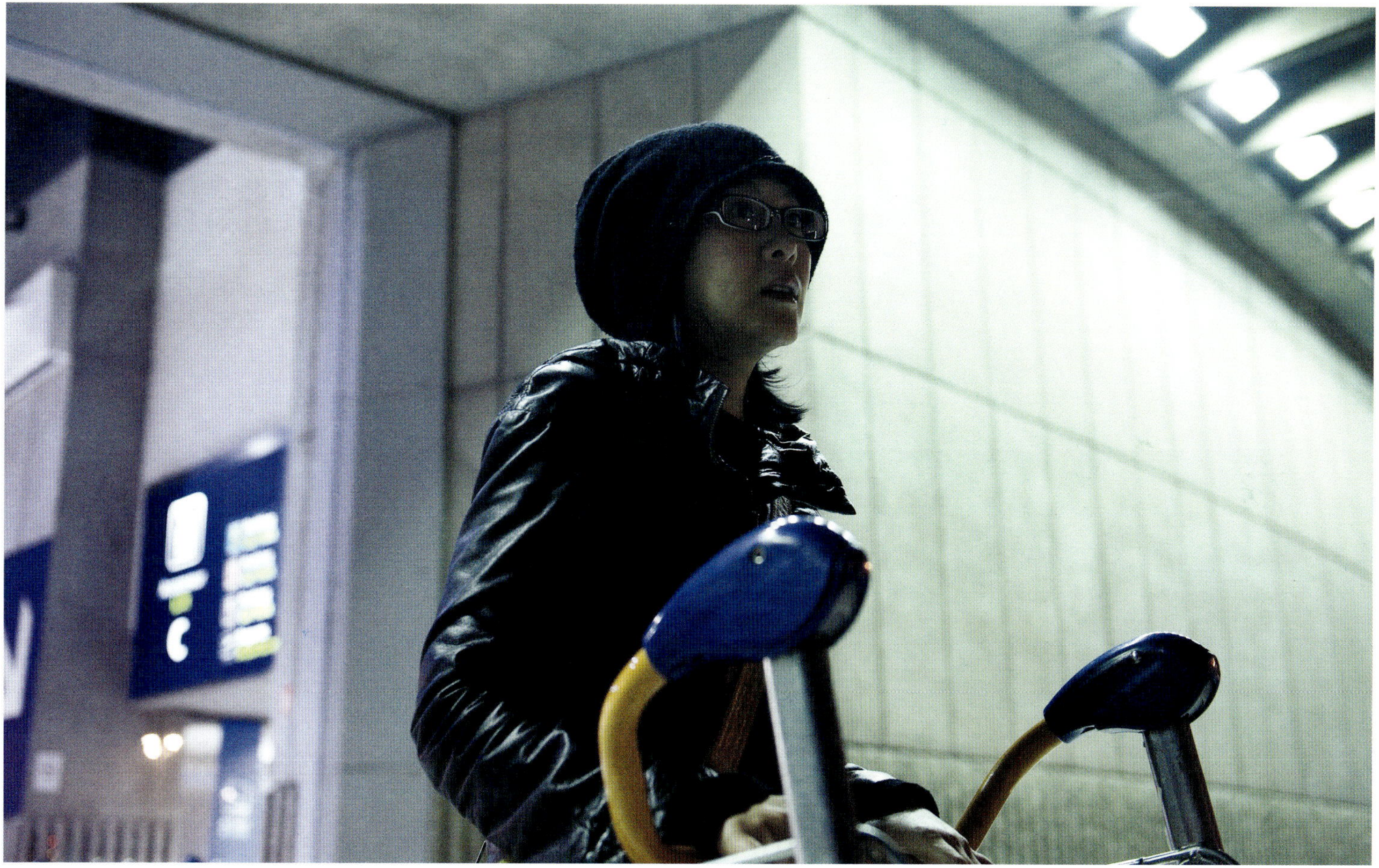
C

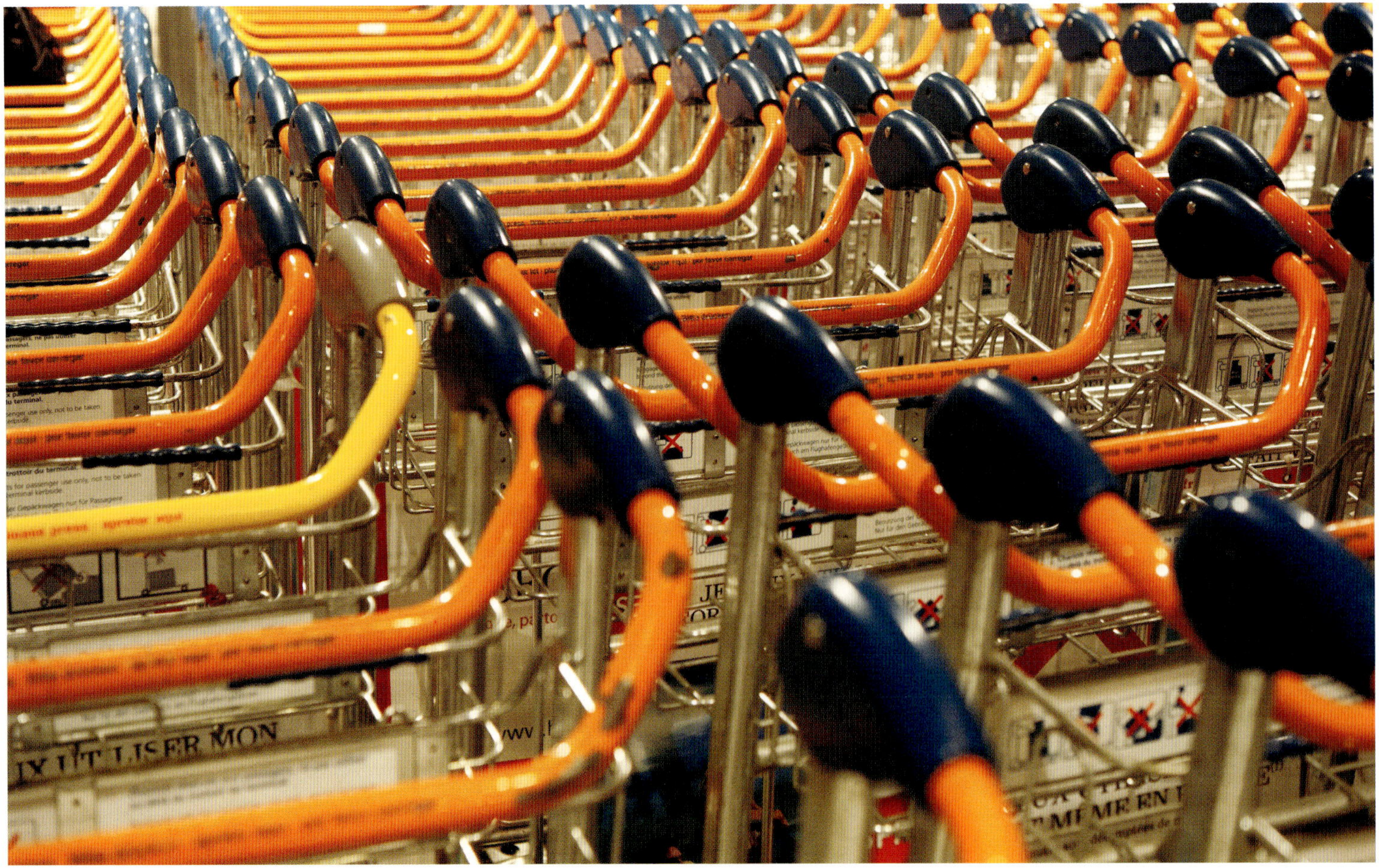

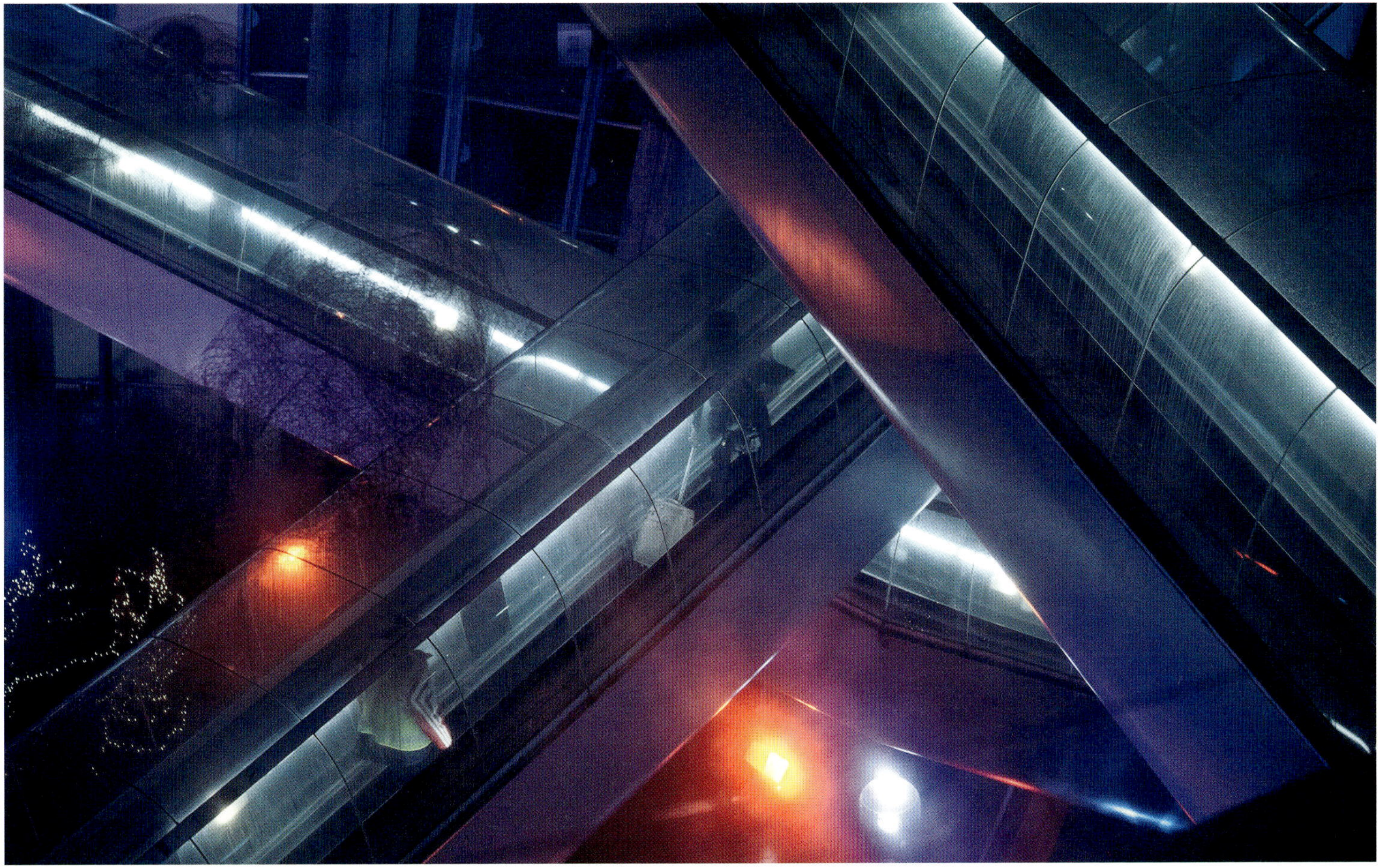

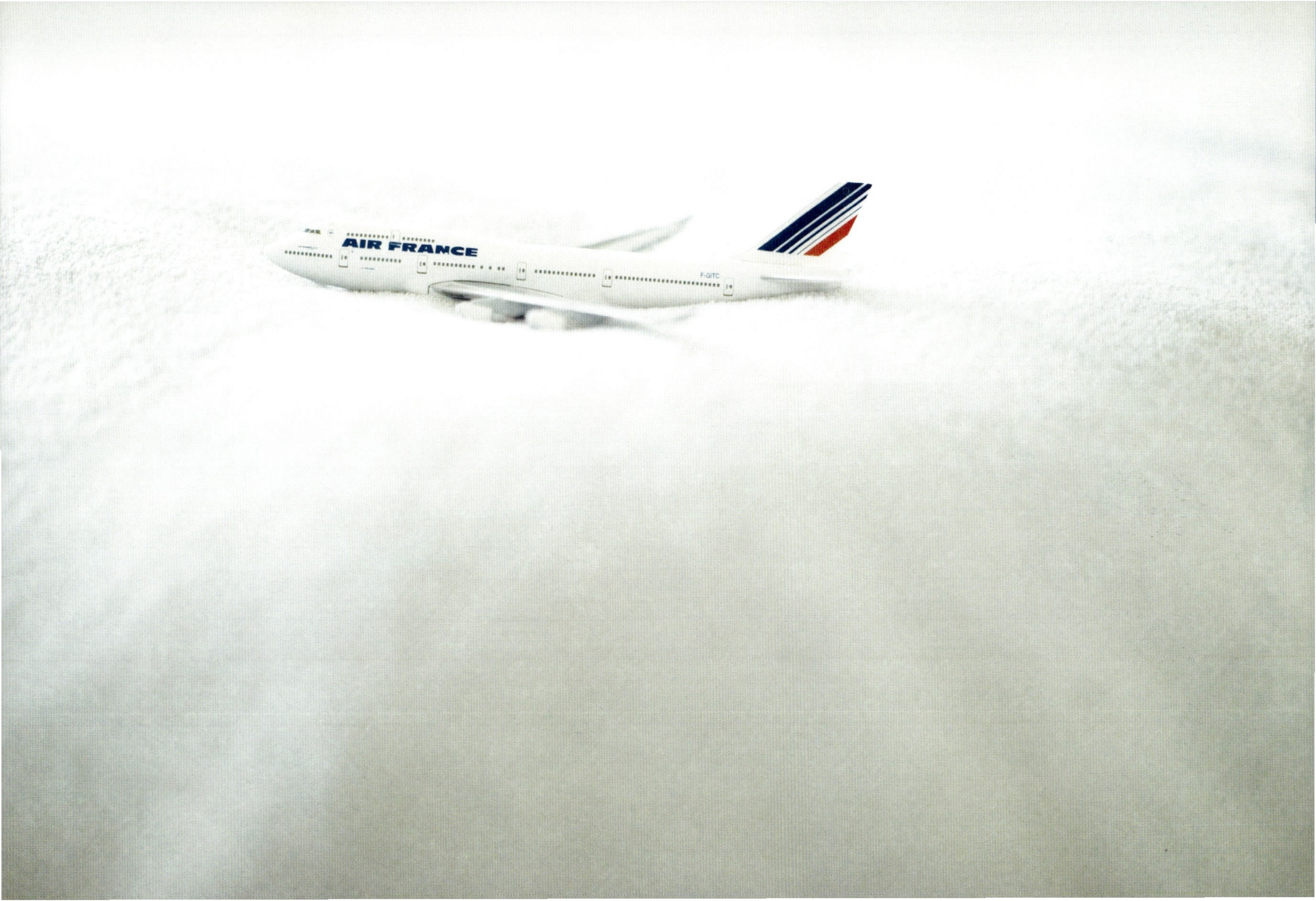
AIR FRANCE
F-GITC

图书在版编目（CIP）数据

爱情，限量版 / 刘若英著. —上海：上海文艺出版社，2012

　　ISBN 978-7-5321-4739-7

　　Ⅰ.①爱... Ⅱ.①刘... Ⅲ.①刘若英—自传 Ⅳ.①K825.7

　　中国版本图书馆CIP数据核字（2012）第289808号

特约策划：吴文娟　邱小群
责任编辑：刘晶晶
封面设计：许品诗

爱情，限量版
刘若英 著
上海文艺出版社出版、发行
上海市绍兴路7号
新华书店 经销　利丰雅高印刷（深圳）有限公司印刷
开本787×1092　1/16　印张12　字数10,000
2013年3月第1版　2013年3月第1次印刷
ISBN 978-7-5321-4739-7/I·3698　　定价：45.00元

文字
刘 若英

摄影
许 品诗

爱情・限量版
C'EST QUOI L'AMOUR?